RICO, OSKAR UND DER DIEBSTAHLSTEIN

© Dirk Steinhöfel

Andreas Steinhöfel, geboren 1962, arbeitet als Übersetzer und Rezensent und schreibt Drehbücher – vor allem aber ist er Autor zahlreicher, vielfach preisgekrönter Kinder- und Jugendbücher, wie z.B. »Die Mitte der Welt«. Für »Rico, Oskar und die Tieferschatten« erhielt er u.a. den Deutschen Jugendliteraturpreis. Nach Peter Rühmkorf, Loriot, Robert Gernhardt und Tomi Ungerer hat Andreas Steinhöfel 2009 den Erich Kästner Preis für Literatur verliehen bekommen. 2013 wurde er mit dem Sonderpreis des Deutschen Jugendliteraturpreises für sein Gesamtwerk ausgezeichnet.

ANDREAS STEINHÖFEL

RICO, OSKAR UND DER DIEBSTAHLSTEIN

MIT FILMBILDERN

CARLSEN

Außerdem von Andreas Steinhöfel im Carlsen Verlag lieferbar:

Anders

Beschützer der Diebe

David Tage Mona Nächte

Defender

Der mechanische Prinz

Die Mitte der Welt

Dirk und ich

Es ist ein Elch entsprungen

Glitzerkatze und Stinkmaus

My Brother and I

O Patria Mia!

Paul Vier und die Schröders

Rico, Oskar und die Tieferschatten

Rico, Oskar und das Herzgebreche

Trügerische Stille

Wenn mein Mond deine Sonne wäre

MIX
Papier aus verantwortungsvollen Quellen
FSC® C083411
FSC www.fsc.org

Veröffentlicht im Carlsen Verlag
April 2016

Umschlaggestaltung: formlabor
Corporate Design Taschenbuch: bell étage
ISBN 978-3-551-31546-5

Für Noah, Mila und Carla –
zur Erinnerung an euren Onkel Gianni,
ohne den es Rico nicht gäbe

FREITAG

EIN W IN DER MITTE

Es war einmal ein Mann, der hatte drei Namen. Der vordere fing mit G an, der mittlere mit W und der letzte mit F. Den vorderen und den hinteren Namen kannte ich. Von dem W in der Mitte hatte ich bis heute nichts gewusst. Ich schaute zu Mama hoch, die mich an der Hand hielt, ein bisschen zu fest und mit schwitzigen Fingern.

»Wofür steht das?«, flüsterte ich.

»Das was?«, flüsterte sie zurück.

»Das W in der Mitte.«

Sie zuckte die Achseln. »Keine Ahnung.«

Sie hielt meine Hand noch fester. Seit wir hier draußen standen, ballten sich über uns am Himmel immer mehr und mehr tintenschwarze Wolken zusammen. Das machte Mama nervös. Am Ende von so einem schwarzen Geballe gibt es nämlich meistens ein Gewitter, und für ein Gewitter war sie nicht passend angezogen.

Für eine Beerdigung auch nicht.

Ich schaute über graue Grabsteine und bunte Frühlingsblumen hinweg den Hang runter, zu der hohen Backsteinmauer, die den Luisenstädtischen Friedhof zur Bergmannstraße hin begrenzt. Irgendwo hinter dieser Mauer wartete Irina in ihrem Flitzer, um nach der Beerdigung Mama und den Bühl so schnell wie möglich zum Flughafen Schönefeld zu bringen. Eine Woche Urlaub über Pfingsten. Sonderangebot. Sieben Tage Knutschen auf Sri Lanka, ohne Kinder. Dieses Sri Lanka ist eine Palmeninsel irgendwo bei Indien, mit Handtüchern und Getränken von achtzehn bis zweiundzwanzig Uhr für umsonst.

Das ohne Kinder war ich.

»Schlechtes Timing«, hatte Mama geseufzt, als wir den Termin fürs Begräbnis erfuhren. »Als hätte ich nicht schon genug um die Ohren!«

Nach ihrer Rückkehr mit dem Bühl vom Knutschen war die Eröffnung von ihrer und Irinas Boutique. Die hatte eigentlich schon vor zwei Wochen stattfinden sollen, aber die Handwerker kamen nicht richtig voran. Jetzt kostete jeder Tag, den die Umbauarbeiten länger dauerten, einen Haufen Geld. Mama hätte gern persönlich überwacht, wie die Handwerker es zu ihrem schönen neuen Ladenfenster rauswarfen, aber dafür hätte sie den Knutschurlaub absagen müssen, der ließ sich nämlich nicht mehr umbuchen, und dann wäre das Geld für das Sonderangebot auch noch futsch gewesen.

Und nun das Begräbnis, ausgerechnet am Abreisetag.

»Wirklich, verdammt schlechtes Timing.« Mama hatte noch einen Seufzer ausgestoßen, aber dann hatte sie mir einen Kuss auf die Nasenspitze verpasst. »Egal, wir begleiten dich natürlich trotzdem zur Beerdigung, Schatz.«

Jetzt pappte ihr hellgrünes Sommerkleid vor lauter Aufregungsschwitze an ihr dran wie eine zweite Haut. Das Kleid war superkurz. Vorhin in der Kapelle hatte der Pfarrer erst Mamas Beine und dann Mama selber angeguckt, als wäre sie nicht ganz dicht im Kopf, hier in so einem Fummel aufzukreuzen.

KAPELLE: Besteht entweder aus Leuten, die witzige Musik mit Instrumenten machen, oder aus Backsteinen, dann kommt die Musik aus knacksenden Lautsprechern, zum Beispiel Time To Say Goodbye. Das bedeutet Tschüss. Es ist ein sehr schönes Abschiedslied für tote Leute und außerdem zur Hälfte italienisch, genau wie ich.

»Ich weiß, das ist nicht der richtige Aufzug für eine Beerdigung«, hatte Mama vor zwei Stunden gesagt, als sie sich im Bad die Beine rasiert und anschließend Klebchen mit kleinen Muscheln drauf auf ihre Zehennägel gepappt hatte. »Aber ich werde auf keinen Fall bei fünfunddreißig Grad im Schatten in einem schwarzen Kleid auf Sri Lanka einschweben, vielen Dank auch!«

In Schönefeld wollte sie nicht noch mal alle Koffer öffnen müssen, um sich umzuziehen. Sie hatte schon Ewigkeiten gebraucht, um sich heute Morgen zurechtzumachen. Für die Kälte im Flieger hatte sie ihre gemütliche Strickjacke eingepackt, aber das war's. Wenn sie in irgendeiner Toilette am Flughafen noch mal komplett von vorn loslegte, würde sie den Flieger verpassen.

Der Bühl hatte sich weniger Sorgen gemacht. Er trug einen schicken Sommeranzug aus leichtem hellgrauem Stoff mit einem weißen Hemd darunter und dazu noch eine voll coole Sonnenbrille. Seine Hand lag auf meiner Schulter. Ich spürte sie kaum, so leicht war sie, aber ich war froh, dass sie da war. Ich bin nicht so der Beerdigungstyp. Das tiefe Loch vor uns in der Erde machte mir Angst. Es war viel zu duster, der Sarg da unten drin wirkte viel zu klein, und ich hab's doch nicht gern eng um mich rum.

Ich reckte den Hals. Am Eingang zum Friedhof war immer noch niemand zu sehen. Wenn Oskar und Lars sich nicht ein bisschen beeilten, würden sie alles verpassen. Wahrscheinlich hatte Lars mal wieder bis mittags gepennt, und Oskar kriegte ihn nicht aus dem Bett, oder Lars hatte nach dem Aufstehen aus dem Fenster geguckt und sofort die Krise gekriegt, weil entweder zu viel oder zu wenig Sonne schien, weil irgendeine Wolke nicht die richtige Form für einen Freitag hatte oder weil er fand, dass die schönen Pellebäume vorm Fenster noch nicht grün genug waren für einen Frühsommertag Anfang Juni. Oskars Papa hat total einen an der Klatsche, das steht mal fest. Manchmal überlege ich, ob es eine gute Idee von Mama war, so einem Heini unsere alte Wohnung im Zweiten anzubieten, obwohl es natürlich der Hammer ist, dass Oskar jetzt im selben Haus wohnt wie ich.

Der Pfarrer schien auch auf die beiden zu warten. Ich hörte ihm zwar nicht richtig zu, aus Angst vor dem Grabloch und wegen der Anteilnahme und dergleichen. Aber offenbar ging ihm langsam die Trauerrede aus, denn inzwischen erzählte er schon von seinem eigenen letzten Urlaub, wo er mit Stecken und Stab durch ein finsteres Tal gewandert war. Selber schuld. Er hätte ja auch nach Sri Lanka fliegen können, wo dauernd die Sonne scheint, mit Getränken und Handtüchern für umsonst.

Ich reckte noch mal den Hals.

Nitschewo.

Kein Oskar und kein Lars in Sicht.

Nitschewo ist russisch und heißt *nichts*. Es ist schon das sechste russische Wort, das ich gelernt habe. Irina meint nämlich, irgendwann müsste ich sie oder Mama womöglich mal in der Boutique vertreten, und weil sie viele russische Kundinnen anlocken will, muss ich dann ein bisschen die Sprache können. Meine anderen Worte auf Russisch sind *Ja, Nein, Danke* und *Raus hier.*

Über uns rumpelte laut der Himmel. Wind kam auf. Er strich über die vielen Gräber und Blumen und durch die hohen Bäume. Mama wehten ihre blonden Haare ums Gesicht. Ich guckte traurig auf den Sarg. Wenn das hier noch viel länger dauerte, würde es bald anfangen zu regnen, und das Grab füllte sich womöglich bis obenhin mit Wasser und schwappte über, und wir würden mit nassen Füßen dem Sarg nachgucken, wie er langsam den Hang runter in Richtung Landwehrkanal davontrieb.

Auf der anderen Seite vom Grab standen der van Scherten und Frau Dahling, beide in Trauerkleidung. Schon zum Trost hätte ich es toll gefunden, wenn die beiden sich bei den Händen gehalten hätten, denn seit dem letzten Sommer, das wusste ich von Frau Dahling, hatte sie eine kleine Zuneigung zum van Scherten gefasst. Aber *nitschewo*. Der van Scherten zickte aus irgendeinem Grund noch rum. Vielleicht hatte es was mit seiner geliebten Hannah zu tun. Die lag ebenfalls hier begraben, in irgendeiner anderen Ecke dieses riesigen Friedhofs, aber genau diese Ecke kann der van Scherten von seinem Wohnungsfenster aus sehen. Womöglich braucht er fürs Verlieben einfach einen größeren Sicherheitsabstand.

Aus der Dieffe 93 war außer Mama und mir und dem Bühl und Frau Dahling nur noch der Mommsen erschienen. Der guckte über seinen dicken Bauch hinweg, runter auf seine verballerten Schuhspitzen, kratzte sich an der Nase, faltete dann die Hände und schielte verstohlen zu der Inschrift auf dem schlichten kleinen Holzkreuz am oberen Ende des tiefen dunklen Lochs.

Gustav W. Fitzke

Vielleicht wusste der Mommsen, wofür das W stand. Er war der Einzige im Haus gewesen, der mit Fitzke einigermaßen gut klargekommen war, wahrscheinlich, weil Fitzkes Gemeinheiten ihm in befuseltem Zustand nicht so viel ausgemacht hatten. Mit Ausnahme von ihm und von Frau Dahling und natürlich von Mama und mir fand der Rest der Dieffe 93 Fitzkes Tod nicht wirklich schlimm, vor allem die RBs und die Kesslers nicht. Herr Runge-Blawetzky hatte sowieso immer Angst gehabt, Fitzke könnte mal ein Spiegelei oder dergleichen anbrennen lassen und so seine Bude in Brand stecken, und dann wäre die Dachwohnung der RBs obendrüber gleich mit abgefackelt. Und Frau Kessler hatte gesagt, sie würde Fitzke ganz sicher nicht vermissen, weil sein ewiges

Gestänkere bei ihren doppelten Zwillingen Wachstumsstörungen verursacht hätte.

Aber ich würde Fitzke und sein Gestänkere vermissen.

In irgendeinem der vielen Bäume zwitscherte ein Vogel, so schön, als gäbe es auf dieser Welt keinen Tod und keine Begräbnisse und keine düsteren Gewitter. Der Mommsen schniefte leise und zog die Nase hoch. Frau Dahling schob sich ein vorsichtiges Millimeterchen näher an den van Scherten ran.

Mama drückte meine Hand ein wenig fester. Ich fühlte mich sehr feierlich und sagte leise Tschüss. Vom Himmel fielen die ersten Regentropfen, der Pfarrer murmelte, *denn Staub bist du, und zum Staub wirst du zurückkehren, Amen,* und ich gab Gustav W. Fitzke ein stilles Versprechen: dass ich alles tun würde, um sein Erbe treu und sorgfältig zu bewahren, wie er es mir in seinem Letzten Willen aufgetragen hatte.

***

Fitzkes Leiche hatten Oskar und ich entdeckt, letzten Montag. Oskar hatte mich am Förderzentrum abgeholt, und später war ich froh, dass wir als erste Kinder aus der Schule nach Hause kamen. Der dicke Thorben von den RBs wäre sonst auf seinem Weg in den Fünften garantiert total unwürdig oder sogar mit Absicht über die Leiche drübergelatscht.

Fitzke war unser erster Toter überhaupt, deshalb waren wir

etwas aufgeregt. Er lag, auf der Seite und mit angewinkelten Beinen, vor seiner verschlossenen Wohnungstür im Vierten, in seinem verlotterten dunkelblauen Schlafanzug mit den grauen Längsstreifen. Mit Augen zu. Das war schon mal gut. Ich hätte garantiert Schiss gekriegt, wenn seine Leiche mich angestarrt hätte.

> LEICHENSTARRE: Wenn jemand so plötzlich und unerwartet tot umfällt, dass er nicht mal mehr dazu kommt, die Augen zuzumachen, und dich deshalb anstarrt. Und starrt und starrt und starrt. Sehr unheimlich, auch wenn man selber an Plötzlich und Unerwartet kein bisschen schuld ist.

Wir stellten unsere Rucksäcke ab. Fitzke sah aus, als wäre er auf dem Boden rumgekrochen, auf der Suche nach irgendwas. Vielleicht war ihm sein Wohnungsschlüssel runtergefallen. Den hielt er verkrampft in einer Hand, und irgendwie wusste ich sofort, dass da kein Leben mehr in ihm drin war.

»Jetzt ist es also passiert«, flüsterte Oskar. Er kniete sich vor Fitzke hin und legte ihm zwei Finger an den Hals, dann fühlte er den Puls, wie es die Leute im Fernsehen immer machen. Fitzkes faltige Hand sah bläulich aus, aber dafür war sein von Bartstoppeln übersätes Gesicht eher gelblich. Oskar wartete eine Weile. Schließlich schüttelte er den Kopf.

»Das Herz?«, sagte ich.

»Bestimmt.«

Fitzke hatte es von Kindheit an am Herzen gehabt. Er nahm deshalb Tabletten, aber die verwahrte er in seinem Badezimmer. Warum hatte er die bloß nicht ständig bei sich gehabt, wenn er doch wusste, wie schnell sein Herz mal danebenschlug?

Ich ging in die Hocke und tippte ihm vorsichtig auf die Schulter. Man kann ja nie wissen. In Horrorfilmen springen die Leichen auch manchmal wieder hoch, und im nächsten Moment haben sie dir ein Ohr abgebissen, und du kriegst es nicht wieder, weil die Leichen es gierig runterschlucken, als wäre es eine leckere kleine Brezel. Aber Fitzke sprang nicht auf. Ich betrachtete sein gelbliches Gesicht. Auf jeden Fall mausetot. So friedlich hätte er niemals ausgesehen, wenn er noch das kleinste bisschen gelebt hätte.

»Sollen wir einen Krankenwagen rufen?«, sagte ich.

»Nee.« Oskar schüttelte den Kopf. »Er ist tot, was sollen die da schon machen? Ich schätze, wir müssen die Polizei verständigen.«

Ich guckte automatisch zur Tür vom Bühl gegenüber. Der war auf Arbeit in seiner Polizeidienststelle, sonst hätten wir es jetzt leicht gehabt. Um diese Zeit waren praktisch alle im Haus auf Arbeit, außer Frau Kessler, und die würde garantiert einen Nervenzusammenbruch kriegen, wenn sie erfuhr, dass ein Toter kreuz und quer im Treppenhaus herumlag. Mama war seit sieben Uhr früh mit Irina in der zukünftigen Boutique, um den Handwerkern Feuer unterm Hintern zu machen, hatte sie gesagt, und Lars pennte noch, und falls er doch schon wach war, würde eine Leiche ihn bestimmt völlig überfordern. Er bricht schon zusammen, wenn er im Kühlschrank Essen entdeckt, bei dem erst seit einem Tag das Verfallsdatum abgelaufen ist.

»Vielleicht sollten wir das besser dem Mommsen überlassen«, überlegte ich laut. Der Mommsen ist schließlich Hauswart, und im Hinterhof muss er auch immer darauf achten, dass nichts im Weg liegt. Außerdem hatte ich letztes Jahr, als Oskar entführt worden war, keine guten Erfahrungen mit der Polizei am Telefon gemacht. Daran war allerdings bloß ein Missverständnis schuld gewesen. Der Bühl hatte mir danach gesagt, die Polizei würde Kinder auf jeden Fall ernst nehmen, solange sie nicht nur anrufen, um *Sind da die Bullen? Ich will zehn Buletten bestellen!* ins Telefon zu brüllen, also könnten Oskar und ich eigentlich doch –

»Okay, gehen wir zu Mommsen«, kam Oskar mir zuvor. Er wollte sofort losstiefeln, hielt aber inne, als ich mich bückte und Fitzke seinen Wohnungsschlüssel aus der Hand nahm. Ich musste zerren, weil die knorrigen Finger ihn so fest hielten.

»Was hast du vor?«, sagte Oskar.

Ich zuckte die Achseln und zeigte auf Fitzkes Wohnungstür. »Ich wollte ihm eine Decke holen. Er kann doch nicht hier so im Kalten liegen.«

»Er friert ganz sicher nicht«, sagte Oskar.

Ich guckte Fitzke noch mal an, wie er da so harmlos lag. Das Letzte, was er in seinem Leben gesehen hatte, war der

Linoleumboden im Treppenhaus gewesen. Plötzlich fühlte ich etwas Schwarzes in meinem Bauch. Es war wie dunkles Wasser, in das man einen Stein geworfen hatte, und jetzt breiteten sich die Wellen aus und wurden größer und größer. Richtige Trauerwellen. Die Schwärze schwappte über mein Herz und in meinen Kopf und vor meine Augen. Es war wie ohnmächtig werden, ohne dabei umzufallen.

»Rico?«

»Hm?«

Oskars kleine Finger pulten sich in meine rein. Ich hatte gar nicht gemerkt, wie ich angesichts von Fitzkes Leiche die Hände zu Fäusten geballt hatte. »Komm. Es geht ihm bestimmt ganz gut jetzt.«

Ja, jetzt vielleicht, dachte ich, irgendwo im Himmel. Aber vorher war Fitzke ein einsamer Mann gewesen, und er war einsam gestorben, und womöglich konnten sie ihn im Himmel nicht leiden, weil er da oben garantiert gleich wieder anfing, wegen irgendwas zu meckern. Hier unten auf der Erde war es ja genauso gewesen.

Der alte Saftsack, hörte ich Mama in meiner Erinnerung sagen.

Nachdem er Oskar und mich letztes Jahr eingeladen und uns seine Steinesammlung gezeigt hatte, war Fitzke wieder verdammt unfreundlich geworden. Keine Einladungen mehr. Wenn ich ihm im Treppenhaus oder auf der Straße begegnet war, hatte er immer so ausgesehen, als würde er über etwas nachdenken, das ihm ordentlich zu schaffen machte. Ihm und womöglich auch seinem Herzen.

Mann, Mann, Mann!

Ich steckte Fitzkes Wohnungsschlüssel in meine Hosentasche und folgte Oskar nach unten. Die blöden Trauerwellen waren immer noch da. Erst als wir bei Mommsen klingelten, wurden sie endlich kleiner und ribbelten schließlich ganz davon.

Beim Mommsen bin ich immer halb gern und halb ungern. Es riecht komisch bei ihm in der Wohnung, so sauer und beißend, als würden außer dem Mommsen auch noch die Tapeten und der alte Parkettboden Bier und Schnaps trinken, und besonders aufgeräumt ist es dort auch nie. Aber in Mommsens Flur steht eine kleine Kommode, in der bunkert er Schokolade. Verschiedene Sorten. Er bunkert sie, weil er Schokolade genauso nahrhaft findet wie ich und weil er glaubt, dass sie gut für die Nerven ist. Manchmal, wenn ich zufällig bei ihm anklopfe und ihn frage, wie es ihm denn so geht und ob er nicht auch findet, dass heute ein schöner Tag ist, weil der Sonnenschein bestimmt prima für die Kakaoernte in Südamerika ist, schenkt er mir eine Tafel. Das funktioniert aber höchstens einmal pro Woche. Öfters zufällig anklopfen hat also keinen Zweck, und das Wetter ist ja auch nicht immer passend.

Die Tür ging auf. Eine Schnapsfahne wehte uns ins Gesicht. Die Augen vom Mommsen waren so winzig klein und rot, als hätte ihm jemand zwei Kirschen in den Schädel gesteckt.

»Wassen?«

»Herr Fitzke liegt tot vor seiner Wohnungstür«, sagte Oskar. Seine Stimme klang gepresst, weil er versuchte, gleichzeitig zu reden und die Luft anzuhalten. »Könnten Sie bitte die Polizei rufen?«

»Tot?«

»Auf jeden Fall«, presste Oskar raus.

»So. Na dann.«

Der Mommsen drehte sich um und schlurfte zum Telefon. Oskar ließ zischend die Luft aus sich raus.

Das alte Telefon steht auf der kleinen Kommode mit dem Schokoladenvorrat drin. Ich guckte sehnsüchtig hin, aber es war gerade kein guter Zeitpunkt, um danach zu fragen. Man muss Respekt vor den Toten haben, und da gehört es sich nicht, wenn man gerade eben erst einen gefunden hat, ans Essen zu denken. Womöglich lässt der liebe Gott sonst zur Strafe die nächsten drei Kakaoernten in Südamerika ins Wasser fallen, und dann kann man Schokolade vor lauter Knappheit irgendwann nicht mehr bezahlen.

Wir hörten den Mommsen unverständlich ins Telefon murmeln. Wir sahen ihn lauschen und nicken, dann murmelte er noch irgendwas, legte auf und kam zurückgeschlappt.

»Polizei kommt. Sonst noch was?«

»Ich glaube, ich hab's gerade ein bisschen an den Nerven«, sagte ich. Ich konnte leider gar nichts dagegen machen und bloß hoffen, dass in Südamerika weiterhin die Sonne schien.

Mommsens Kirschaugen sahen aus, als füllten sie sich langsam mit Wasser. Er drehte sich um und schlurfte zur Kommode zurück. Oskar starrte ihm mit gerümpfter Nase nach. Der Mommsen kam mit einer Tafel Nussnugat wieder, die er mir in die Hand drückte.

»Hier.«

»Danke.«

»Du auch was?«, wandte er sich an Oskar.

»Sie sollten weniger trinken«, sagte Oskar. »Wenn Sie den Alkohol, den Sie jeden Tag konsumieren, in Reinform zu sich nehmen würden, dann –«

»Klappe!«, schnappte der Mommsen. »Kümmer dich lieber um deinen geistesgestörten Vater, bevor du anderen Leuten erzählst, wie viel sie zu trinken haben!«

RUMMS!

Oskar starrte die Tür an. Sein Gesicht war blass und seine Ohren knallrot. Ich wollte nicht, dass er ausrastete, also kruspelte ich schnell die Tafel Schokolade auf und brach sie in kleine Stückchen.

»Magst du?«

»Nein.«

Ich überlegte, wie ich ihn sonst ablenken konnte. »Sollen wir bei Fitzke eine Trauerwache machen oder wie das heißt?«

»Nee. Oder doch. Okay.«

Er ging nach oben. Besser gesagt, er rannte. Machte auf dem Absatz kehrt und stürmte los, aber nur bis in den Zweiten. Ich kam kaum hinterher, weil ich die vielen Schokoladenstückchen balancieren musste, damit sie mir nicht aus den Händen fielen.

»Bin gleich wieder da«, rief er über die Schulter und verschwand in seiner Wohnung. Ich dachte schon, er würde mit Lars wieder rauskommen. Aber er kam ohne ihn zurück, dafür allerdings mit einer gestrickten Bommelmütze auf dem Kopf. Sie war hübsch bunt gemustert. Es gab eine rote Bommel für obendrauf und zwei an sehr langen Bändeln, die von den Ohrenklappen runterhingen. Wie alles, was Oskar sich auf den Kopf setzt, war die Mütze zu groß. Und wie immer sah es völlig beknackt aus.

»Fertig«, sagte er.

Was sollte man da sagen? Wenn Oskar sich tarnt, geht es ihm nicht gut. Nachdem er letzten Oktober mit Lars hier eingezogen war, hatte er noch eine Weile die Sonnenbrille vom letzten Jahr getragen, ungefähr bis Silvester. Danach hatte er keine Tarnung mehr gebraucht, das ganze Jahr bisher nicht. Und jetzt ging es wieder los und ausgerechnet mit so einer dämlichen Bommelmütze!

»Hat meiner Mutter gehört«, sagte Oskar auf meinen fragenden Blick. Er zupfte an einer der Bommeln. »Aus Peru. Echt Lama.«

Als Jule noch in der Dieffe 93 wohnte, hatte sie mal mit einem Peruaner rumgeknutscht. Deshalb kannte ich Peru aus dem Atlas, es ist ein Land in Südamerika. Was ein Lama war, wusste ich auch. Man darf es nicht mit Lima verwechseln, das ist die Hauptstadt von Peru.

LAMA: Säugetier mit innen Spucke und außen Wolle. Die Spucke ist für Feinde und die Wolle für Bommelmützen. Außerdem gibt es noch einen freundlichen kleinen Mann mit Brille, der heißt Dalai Lama und kommt aus Tibet in Asien. Es ist keine Wolle an ihm dran, aber vielleicht kann er ja auch total weit spucken. Womöglich bis Lima.

Wir stiefelten das Treppenhaus hoch. Die neue Wohnung im Dachgeschoss ist wirklich super, aber der Weg bis ganz oben ist nicht von Pappe. Über hundert Stufen. Womöglich war Fitzke gestorben, weil der Aufstieg in den Vierten ihm zu anstrengend gewesen war. Oskar und ich hielten Totenwache bei ihm, bis die Schokolade alle war. Wir saßen nebeneinander auf der Treppe und guckten die Leiche so lange an, bis ich fast wieder heulen musste. Wenn da so gar kein Atem mehr aus einem rauskommt …

»Ich glaube, er hatte kein glückliches Leben«, sagte ich.

»Doch, hatte er.« Oskar guckte den Fitzke nachdenklich an und zupfte dabei ständig an seinen Bommeln. »Und ich sag dir auch, warum: Es gibt Leute, die sind nur glücklich, wenn sie unglücklich sind.«

»Und Fitzke war so einer?«

»Auf jeden Fall.«

»Müssen wir das der Polizei sagen?«

»Nee. Er hat sich ja nicht umgebracht.«

»Sollen wir in unserer Wohnung auf sie warten? Auf die Polizei, meine ich.«

»Okay.«

Als wir die letzten Stufen in den Fünften nahmen, begann hinter unserer Tür ein aufgeregtes Kläffen. Porsche hasst es, wenn er allein gelassen wird, aber ich kann ihn auch nicht ständig mitnehmen, schon gar nicht ins Förderzentrum, auch wenn er dort echt noch was lernen könnte.

»Da liegt was«, sagte Oskar über das Gekläffe aus der Wohnung hinweg. Er streckte einen Finger aus.

Ich hatte es im selben Moment gesehen wie er. Auf unserem *Herzlich willkommen!*-Schuhabtreter lag ein dickes Buch mit abgewetztem grünem Einband und darauf ein handgeschriebener Zettel, beides mit einem Stein beschwert, der gerade mal so groß war wie ein Ei von einem Liliputaner-Huhn. Ich steckte ihn in die Hosentasche und las den Zettel vor.

Doretti, mit mir geht's zu Ende. Du kriegst alle meine Steine, das habe ich im letzten Sommer testamentarisch verfügt (Adresse Anwalt unten). Die Sammlung ist mein Lebenswerk, also pass gefälligst darauf auf. Näheres dazu findest du im Journal. Ich hoffe, ich habe mich nicht in dir getäuscht.

Gustav Fitzke

PS: Glaub bloß nicht, nur weil ich bald ins Gras beiße, würde ich mich jetzt dafür entschuldigen, dich Schwachkopf genannt zu haben!

Unter dem Gekritzel stand ein Name mit Anschrift und Telefonnummer.

»Was ist ein Journal?«, sagte ich.

»Das da«, sagte Oskar und zeigte auf das dicke Heft auf der Fußmatte. »So was wie ein Notizbuch, nur ausführlicher. Fitzke hat es uns letztes Jahr gezeigt. Weißt du nicht mehr?«

»Und was bedeutet testamentarisch verfügt?«

»Ein Testament ist ein Letzter Wille. Man setzt es zusammen mit einem Anwalt auf.«

»Auf was?«

»Papier.«

Ich überlegte. »Wo soll ich die Steine bloß alle unterbringen?«

Oskar zog die Nase hoch. »Auf einer Müllkippe. Ich hoffe, du nimmst nicht ernst, was Fitzke da verlangt.«

Ich las die Adresse auf dem Zettel. Testamentarisch verfügt, letzten Sommer ... Mir fiel der Tag ein, als wir Fitzke geschniegelt und gestriegelt im Anzug vorm Edeka getroffen hatten. Das musste der Tag gewesen sein, an dem er bei diesem Anwalt sein Testament auf Papier gesetzt hatte, denn so ein Testament ist bestimmt eine feierliche Angelegenheit. Mein lieber Schwan ... Ich wusste noch nicht, ob ich diesen Letzten Willen ernst nehmen sollte oder nicht, aber ich fühlte mich sehr geschmeichelt.

»Und falls du dich gerade geschmeichelt fühlen solltest«, trompetete Oskar, »dann denk dran, dass Fitzke einen an der Waffel hatte! Er hat dich bis zum Schluss für dumm genug gehalten, dass du seine idiotische Steinsammlung für ihn pflegst!«

»Jaja.« Ich hörte gar nicht richtig hin. Ich las erneut den Zettel. »Warum sagt man eigentlich, dass einer ins Gras beißt, wenn er stirbt? Könnte man nicht auch in was anderes beißen?«

Oskar tappte genervt mit einem Fuß. Das macht er immer, wenn's ihm mit meiner Tiefbegabung etwas zu viel wird. »Natürlich«, sagte er. »Zum Beispiel in deinen Schülerausweis.«

Ich guckte ihn ungläubig an. Er guckte zurück unter seiner blöden Bommelmütze, dann grinste er und zeigte seine großen Zähne. Der Bühl hat mal gesagt, Oskar sei das einzige Kind auf der Welt, das Ironie versteht. Seine Erklärung, was Ironie ist, fand ich allerdings schwierig, es gibt sie nämlich in verschiedenen Geschmacksrichtungen.

> IRONIE: Spöttisch gemeintes Gegenteil von dem, was man eigentlich sagt. Wenn man es nicht spöttisch, sondern richtig böse meint, ist das Sarkasmus. Außerdem gibt es noch Zynismus, das ist jenseits von Gut und Böse. Wenn alle einfach nett zueinander wären, könnte man also drei schwierige Fremdwörter sparen, aber nee …

Mama, der Bühl und ich eilten den Hang runter in Richtung Bergmannstraße. Als wir den Pfarrer auf seinem Weg zur Kapelle überholten, guckte er mit zusammengekniffenen Lippen auf Mamas hüpfenden Busen und schüttelte missbilligend den Kopf. Auf einem Friedhof rennt man gefälligst nicht so, sagte sein Blick, und wenn hier überhaupt was hüpfen sollte, dann höchstens die Eichhörnchen in den alten Fichten und Tannen. Vorhin, als wir hier angekommen waren, hatte ich eins herumturnen sehen. Sehr niedlich.

»Wir kommen in die Hölle«, keuchte der Bühl, der den Blick des Pfarrers bemerkt hatte.

»Aber vorher komm ich nach Sri Lanka«, schnaubte Mama zurück.

Ich drehte mich im Laufen um und guckte noch mal über die Schulter, um Frau Dahling und Herrn van Scherten zuzuwinken, auch wenn ich Frau Dahling in ein paar Stunden eh wiedersehen würde, denn sie hatte Oskar und mich zu einem Müffelchen-Gedenkabend für Fitzke eingeladen. Aber sie und der van Scherten waren bereits verschwunden. Wahrscheinlich statteten sie der geliebten Hannah noch einen kleinen Besuch ab. Eigentlich hätte jetzt nur noch der Mommsen vor Fitzkes Grab stehen dürfen, dem wir nur flüchtig zugenickt hatten, als wir losgeeilt waren.

Aber der Mommsen war jetzt zu dritt.

Ein älterer Mann mit Hut und eine jüngere Frau mit blonden Haaren und in einer kurzen schwarzen Jacke waren Gott weiß woher an Fitzkes Grab getreten und guckten gerade gemeinsam in das tiefe Loch. Der ältere Herr griff in seine Anzugtasche, holte etwas Kleines raus und warf es ins Grab. Ich konnte nicht erkennen, was es war, aber es musste schwer sein, denn es plumpste in das Loch wie ein Stein. Hoffentlich nichts zu essen. Die alten Ägypter legten ihren Toten immer was zu essen mit in den Sarg, für den Aufenthalt im Jenseits. Vorher zuppelten sie ihnen das Gehirn aus der Nase raus und wickelten sie in Mumientücher. Das machte zwar die Toten haltbarer, das Essen aber nicht. Es war pure Verschwendung.

Die junge Frau sprach auf den Mommsen ein. Irgendwas an ihr kam mir bekannt vor. Es war nur eine undeutliche Erinnerung – ich hab's ja nicht so mit dem Erinnern –, aber die war deutlich genug, um in meinem Kopf eine kleine Alarmsirene aufheulen zu lassen. Ich blieb so ruckartig stehen, dass Mama mir fast die Hand abgerissen hätte.

»Rico, hey –«

»Ich muss noch mal zurück«, sagte ich. »Ich hab was vergessen.«

»Was denn?«

»Ehm … Das hab ich auch vergessen.«

»Schatz, es ist schon fast zwei Uhr! Wir kommen zu spät, wenn wir nicht sofort losfahren!«

Eigentlich hatte ich ja gar nichts vergessen. Ich war bloß neugierig und außerdem verwirrt. Die Erinnerung an die junge Frau hatte eine Farbe, und die war gelb. Es hatte aber nichts mit ihren blonden Haaren zu tun. Es war eher wie das Gelb von Sonnenblumen. Wie das Gelb von –

»Rico, geht's mit etwas mehr Dampf? Du kannst doch später noch mal herkommen, okay?«, drängte der Bühl.

Zehn Sekunden später saßen wir in Irinas Flitzer, und der Motor heulte auf. Irina haute einen Gang rein, dass es krachte.

»Wird auch Zeit«, sagte sie. »Hab ich schon gedacht, dass einer von euch ist der alte Knacker hinterhergehüpft in die Grab.«

Im Vorbeifahren guckte ich durch das offene kleine Gittertor des Friedhofs rauf zum Hügel. Sie waren noch da, alle drei. Der befuselte Mommsen, der alte Herr im dunklen Anzug und die junge Frau mit den blonden Haaren.

Gelb, dachte ich. *Gelb, gelb, gelb* …

***

Seit dem letzten Sommer, als Oskar und ich Mama vor ihrer Erpressung retteten, habe ich nur noch ein einziges Mal Tagebuch geführt, letzten Herbst, kurz bevor Mama und ich in den Fünften und Oskar und Lars in den Zweiten einzogen und wir den totalen Krieg mit dem dicken Thorben von den RBs gehabt hatten. Das Tagebuch ist irgendwie nach den Kampfhandlungen verloren gegangen. Der dicke Thorben leider nicht.

Aber seitdem musste ich nichts mehr aufschreiben. Bis heute ist nämlich alles klasse gelaufen. Mit der Bingotrommel habe ich zum Beispiel in letzter Zeit echt Glück gehabt. Bis auf den üblichen Stress beim Abbiegen in eine Straße – den ich nur noch selten habe, denn ich bin ja jetzt viel mit Oskar unterwegs, der sich nie verläuft – oder wie neulich, als ich erst im Edeka merkte, dass ich zu Hause nach dem Pinkeln den Reißverschluss von meiner Hose nicht zugemacht hatte, gibt sie nämlich seit Monaten ziemlich Ruhe. Es ist fast schon ein wenig unheimlich. Klar, ab und zu höre ich sie in meinem Kopf rumpeln, und hier und da fällt mal ein Kügelchen raus, zum Beispiel im Matheunterricht oder wenn man dann am Reißverschluss herumzerrt und ihn einfach nicht zukriegt, weil er klemmt, und die Edeka-Kassiererin liebenswürdig fragt, ob sie einem helfen soll. Aber sonst ist alles ziemlich bestens.

Der Wehmeyer meint, ich würde erstaunliche Fortschritte machen.

Mein bester Freund wohnt im selben Haus wie ich.

Ich habe einen treuen Hund.

Mama und ich wohnen in der coolsten Wohnung von Berlin.

Und womöglich wird der Bühl irgendwann mein neuer Papa. Deshalb hatte ich auch nicht gemault, als er gefragt hatte, ob es mir was ausmachen würde, wenn er allein mit Mama nach Sri Lanka flog. Er sollte wissen, dass er einen selbstständigen, großzügigen und verständnisvollen Sohn kriegen würde. Außerdem hatte er mir fünfzig Euro Taschengeld für die Woche versprochen.

Mein echter Papa ist schon lange tot. Als ich noch bloß *gedacht* hatte, er sei tot, war er es nicht, und als ich dann dachte, dass er noch lebendig ist, war er das auch nicht. Letzten Sommer, nachdem Mama erpresst worden war, hatte sie das rausgefunden, nach jeder Menge Telefonaten mit Ämtern und Behörden.

Mein Vater war schon vor fünf Jahren von einem Kleinlastwagen überfahren worden. Der Laster hatte Fische zum Markt transportiert, irgendwo an der Küste von Neapel. Das war ein bisschen unheimlich, weil ich mir immer ausgemalt hatte, mein Vater wäre an der Küste von Neapel beim Angeln ertrunken, also hatte ich mit seinem Tod durch Fische gar nicht so falschgelegen. Frau Dahling meinte sogar, nachdem sie davon erfuhr, ich besäße die heilige Gabe der Prophezeiung. Mit einer Prophezeiung sagt man etwas voraus, das später passiert, ohne dass man es vorher wissen konnte. Frau Dahling meinte, ich hätte zwar wegen meiner Tiefbegabung ein wenig danebengelegen, aber vermutlich hätte ich gerade *wegen* meiner Tiefbegabung das Talent der Prophezeiung erhalten, sozusagen als göttlichen Ausgleich.

Ich war nicht traurig wegen meinem Vater. Ich hatte ihn nicht gekannt, und wer ihn gekannt hatte, hatte ihn doof gefunden. Vielleicht war er mal ganz nett gewesen, als Kind, aber vielleicht war er damals auch schon so blöde gewesen wie der dicke Thorben oder wie der bescheuerte Lawottny aus dem Förderzentrum.

Also, alles bestens.

Bis auf heute.

Bis auf das Gelb.

Deshalb fange ich vorsichtshalber jetzt einfach mal dieses neue Tagebuch an.

Man weiß ja nie.

IMMER NOCH FREITAG

MENSCH ÄRGERE DICH NICHT

Auf dem Weg zum Flughafen gerieten wir in einen Stau. Eine halbe Stunde lang ging es kein Stück vorwärts, weil einem LKW ein Reifen geplatzt und der Wagen deshalb umgekippt war. Im strömenden Regen lagen Tausende von Apfelsinen auf der Fahrbahn. Der LKW mittendrin, alles schön kreuz und quer. Der unverletzte Fahrer stand davor, brüllte irgendwas in sein Handy und schüttelte immer wieder ungläubig den Kopf.

Plitsch, platsch, plitsch, der Regen, so dicke, hastige Tropfen, dass man glauben konnte, sie wollten Löcher in den Straßenbelag schlagen. Andere Autos kamen an der Unfallstelle zuerst gar nicht vorbei und später, nachdem endlich die Polizei eingetrudelt war, nur einzeln und langsam, weil alle glotzten. Die Fahrbahn war voller Obstmatsche. Ein paar Leute stiegen aus, ohne den Regen zu beachten, stapften durch orangefarbenen Schlamm und sammelten die Apfelsinen ein, die den Unfall überlebt hatten.

Plitsch, platsch, plitsch …

Blitzgebritzel …

RUMPUMPEL!

Und dann das Ganze wieder von vorn. Auf dem Wagendach schienen kleine Prasseltierchen herumzuhopsen. Regentierchen … Ich musste an Porsche denken, der allein in der Wohnung war. Er hat zwar keine Angst vor Gewittern, aber womöglich wurde er trotzdem langsam unruhig. Ich versuche gerade, ihn an geregelte Zeiten zum Gassigehen zu gewöhnen, aber wir üben noch, und auf den Wohnzimmerteppich pullert er am liebsten.

Plitsch, platsch, prassel ...

Mama war längst schon wieder ins Schwitzen geraten. Der Bühl streichelte schweigend ihre Hand – inzwischen weiß ich, dass er äußerlich ganz ruhig wird, je angespannter er innen drin ist – was ja viel besser ist als innen ruhig, aber außen zappelig –, und Irina fluchte auf Russisch. Es wäre eine prima Gelegenheit gewesen, ein paar neue Wörter für die Boutique zu lernen, aber Irina wollte ihr Geschimpfe nicht für mich übersetzen.

Als wir schließlich am Flughafen ankamen, war der Abschied ein einziges hektisches Hoppeldipoppel. Küsschen hier, Küsschen da von Mama, dann noch eins hier und da und vorsichtshalber noch ein paar, weil ich ja einen Vorrat für die ganze nächste Woche brauchte. Mein Gesicht war so nass, als würde ich draußen im Regen stehen. Der Bühl wuschelte mir kurz grinsend durch die Haare, und im nächsten Moment waren die beiden auch schon zwischen hundert anderen Sonderangebotsurlaubern verschwunden.

Ich starrte ihnen nach, einen kleinen, ängstlichen Klumpen im Bauch. Das ging mir alles zu schnell. Mama war noch nie länger als drei Tage am Stück von mir weg gewesen, und ich hatte Bammel um sie. Womöglich fiel ihr Flugzeug unterwegs in ein Loch in der Luft, so was gibt es nämlich, oder Sri Lanka ging im Indischen Ozean unter, einfach so, bloß um mal etwas Abwechslung oder um selber mal Urlaub zu haben von den vielen Urlaubern. Ich kniff die Augen zu und versuchte eine Prophezeiung hinzukriegen, ob alles in Ordnung gehen würde. Aber da war nichts außer Dunkel ...

… nur war es vielleicht kein gewöhnliches Dunkel, dachte ich erschauernd, sondern das fürchterliche Schwarz des Todes!

Mann, Mann, Mann!

Als ich die Augen wieder öffnete, war das Letzte, was ich von Mama sah, ihr schlankes Handgelenk, das aus einem Meer von Köpfen herausragte und mir zuwinkte. Es war ein hübsches Armband drum, ihr Weihnachtsgeschenk vom Bühl. An das Armband gehören kleine Anhänger dran, die man sich zu allen möglichen Gelegenheiten schenken lassen kann, zum Beispiel zur Silberhochzeit. Silberhochzeit ist ein Fest für Ehepaare, wenn sie 25 Jahre miteinander verheiratet sind, aber Frau Dahling hat mal gemeint, so lange würde heutzutage kaum noch jemand durchhalten, weil Männer – eigentlich sagte sie *Kerle* und noch eigentlicher sagte sie *Dreckskerle* –, also, weil Männer so gerne fremdgehen, und deshalb sei die Silberhochzeit inzwischen fast ausgestorben, und wenn die Männer so weitermachten, würden die Frauen auch bald aussterben, und zwar freiwillig, weil sie von den Dreckskerlen die Nase voll hätten, bis auf die natürlich, die beim Fremdgehen selber mitmachten, und die nannte Frau Dahling nicht *Frauen,* sondern *Weiber,* und noch eigentlicher sagte sie *Flittchen.*

Mir wäre es ja lieber gewesen, der Bühl hätte Mama statt des Armbands einen Verlobungsring geschenkt, dann hätten sie direkt nach Weihnachten heiraten und sofort damit anfangen können, Wochen und Monate für ihre Silberhochzeit zu sammeln. Aber nein, seit die zwei zusammen sind, ist von Heiraten noch nie die Rede gewesen. Von Zusammenwohnen auch nicht, dabei weiß ich vom Bühl, dass er total gern zu mir und Mama raufziehen würde. Platz genug wäre ja. Aber Mama meint, selbst wenn sie ihn jemals heiraten würde, wollte sie ihre eigene Wohnung behalten, vielen Dank auch! Und deshalb hängt an ihrem Armband bis jetzt nur ein einziger kleiner Anhänger, ein goldenes Herzchen zur Feier der Verliebung von ihr und dem Bühl. Ich bin ja keiner, der andere drängelt, aber wenn die zwei sich nicht beeilen, bin ich irgendwann erwachsen und hab selber eine Frau. Ich finde, Eltern sollten nicht erleben müssen, dass ihre Kinder vor ihnen heiraten.

Und schon gar nicht sollten sie vor der Hochzeit von ihrem einzigen Kind bei einem Flugzeugabsturz sterben. Auf der Rückfahrt presste ich mir die Nase am Beifahrerfenster platt, aber am dunkelgrauen Himmel über Schönefeld waren keine Flammenbälle oder dergleichen zu sehen. Okay, vielleicht guckte ich auch in die völlig falsche Richtung, oder womöglich war der Flieger sofort nach dem Abheben wieder runtergefallen, ohne viel Gedöns. Dann wäre ich seit einer halben Stunde bereits ein Waisenkind, ohne es zu wissen. Im Waisenhaus würden sie mich Porsche nicht behalten lassen, der käme dann in sein eigenes Heim, oder er würde davonlaufen und verhungern, und ein tiefbegabtes Kind findet garantiert nicht so schnell nette neue Eltern in einer netten Geradeaus-Straße wie der Dieffe, und …

KLACKER, KLICKER, KLACKER …

Na toll! Die Bingokugeln hatten seit Ewigkeiten Ruhe gegeben, aber jetzt … Ich drehte mich schnell zu Irina um.

»Irina?«

»Hm?«

»Kannst du mich apportieren, wenn der Flieger abstürzt?«

»Was ist apportieren?«

»Wenn man ein fremdes Kind als sein eigenes annimmt.«

»Ist adoptieren.«

»Hab ich doch gesagt.«

»Hast du nicht.«

Wir waren gerade an der Apfelsinen-Unfallstelle vorbeigekommen. Der LKW lag immer noch da, aber vom Fahrer war nichts mehr zu sehen. Nur noch Pampe auf der Straße. Ich merkte, wie ich immer schneller und immer heftiger atmete.

»Kleiner Moment, bitte«, sagte Irina. Sie schaltete die Scheibenwischer aus, weil es inzwischen nicht mehr regnete. Als der nächste Parkplatz angezeigt wurde, setzte sie den Blinker und fuhr ab. Die Bingotrommel in meinem Kopf bollerte inzwischen herum wie seit Monaten nicht mehr. Sie beruhigte sich erst, als Irina den Wagen angehalten und meine Hand genommen hatte.

»Fred, hör mir zu.« Sie guckte mich so intensiv an, dass ich dachte, ich versinke in ihre honiggoldenen Augen. »Flugzeuge stürzen weniger ab, als LKW verlieren die Reifen, klar?«

»Ja, aber –«

»Nix aber. Ich verstehe, du hast der tote alte Knacker gemocht, wenn auch nur Gott in Himmel weiß, warum. Aber darfst du jetzt nicht denken, weil er tot ist, dass auch alle andere Leute sterben.«

Ich wand mich unbehaglich. »Tu ich gar nicht.«

»Tut deine untere Bewusstsein, kriegst du selber gar nix von mit. Ich weiß das.« Ihre Stimme wurde leiser. »Als ich hab mein Vater verloren, hab ich danach gedacht, meine Mutter stirbt bald auch.«

»Ist sie aber nicht?«

»Doch, zwei Monate später. Unfall bei Kartoffelernte mit Traktor.«

»Siehst du!«

»Nitschewo ›Siehst du‹! Schlag dir der blöde Tod aus der Kopf! Wenn du weiter daran denkst, kriegst du ans Ende nur, wie sagt man …? Para-Neujahr!«

> <u>PARA-NEUJAHR</u>: Wenn man davon überzeugt ist, dass jemand hinter einem her ist, obwohl er sich in Wirklichkeit gar nicht für einen interessiert. Irina sagte, so ginge es ihr ständig mit irgendwelchen Typen. Ich verstehe bloß nicht, was das mit dem 1. Januar zu tun hat.

Bei der Weiterfahrt lauschte ich noch eine Weile in meinen Kopf, aber die Bingotrommel gab Ruhe und mein unteres Bewusstsein offenbar auch. Dann guckte ich weiter aus dem Fenster und überlegte, wie die kommende Woche wohl werden würde. Ich würde bei Oskar wohnen. Das war gut. Aber ich würde auch bei Lars wohnen, und das war gar nicht gut.

Lars hat echt voll den Sockenschuss. Mama und der Bühl hatten sich überlegt, dass er lernen sollte, mehr Verantwortung zu übernehmen. Und weil Irina mich nicht bei sich wohnen lassen wollte, war ich jetzt das Versuchsobjekt, an dem Lars seine Verantwortung ausprobieren durfte. Tolle Idee. Als ob er es mit einem Tiefbegabten besser auf die Reihe kriegen würde als mit einem Hochbegabten. Als ob er überhaupt irgendwas auf die Reihe kriegen würde …

Irina hatte deshalb ein schlechtes Gewissen. Als sie vor der Dieffe 93 anhielt, blieb sie sitzen und fächelte sich übertrieben mit einer Hand Luft zu. Das Gewitter hatte sich inzwischen völlig verzogen, die Wolken waren aufgebrochen, und die Sonne schien wieder, aber es war noch nicht wirklich sommerhitzig. Auf zehn Meter Entfernung hätte jeder bemerkt, was für eine schlechte Schauspielerin Irina war. Ab und zu lugte sie aus dem Augenwinkel zu mir rüber. Ich ließ sie eine Weile zappeln. Selber schuld.

Irgendwann holte sie tief Luft und legte von ganz alleine los. »Also gut! Es tut mir leid, Fred, dass ich dir nicht lass bei mir wohnen und du deshalb von der Bekloppte da oben aufgepasst wirst – sagt man so, ja?«

Sagte man nicht so, aber das war mir egal. Gleich würde sie mir wieder aufzählen, warum ich nicht bei ihr wohnen konnte. Seit sie und Mama sich das mit der Boutique überlegt haben, ist Irina nämlich nur noch im Stress.

»Aber bin ich gerade voll in Stress!«

Na bitte.

»Hab ich die Verantwortung für die Boutique an der Hacken – mein Problem! Die blöde Handwerker – mein Problem! Alle Klamotten ständig hin und her räumen, noch in die Verpackungen – mein Problem! Ganz zu schweigen von das Putzen!« Irina wischte sich über die trockene Stirn, als würde sie schwitzen. »So. Und hab ich außerdem auch noch der Abendkurs für Aufbau von Schneiderin.«

Das war neu.

»Was für ein Abendkurs?«

»Na, was denkst du – dass ich hab nix gelernt in meine Leben, außer gut auszusehen in Brüstenhalter? Ich war ehrbares Mädchen, bevor ich bin gekommen nach Berlin, mit gute Ausbildung – Schneiderin. Also. Hab ich dann aber Hälfte von alles wieder verlernt in die Zeit seitdem. Deshalb: Abendkurs für Aufbau!«

»Wegen der Boutique?«

»Genau. Können wir die Kunden anbieten Service von Änderungen in eigene Schneiderei. Ist gut für Geschäft!«

Sie ließ sich rückwärts in den Sitz fallen und fing schon wieder mit dem Gefächel an. »Stress«, murmelte sie. »Der bringt mir um! Hab ich heute Morgen in der Spiegel geguckt, und hab ich ausgesehen, wie als wenn ich wäre dreißig.«

Ich runzelte die Stirn. »Du bist schon zweiunddreißig.«

Ihre Augen wurden zu schmalen Schlitzen. Ihre Lippen auch. »Woher du weißt?«

»Mama.«

»Okay.« Sie zeigte auf meine Tür. »Wenn du das irgendwer weitererzählst, kannst du das mit die Adoptierung vergessen!«

Sie grinste. »Jetzt raus aus mein Auto, und schöner Tag noch mit der Bekloppte!«

***

Normalerweise begleitet mich Oskar, wenn ich Porsche ausführe, jedenfalls wenn er Zeit hat und nicht gerade damit beschäftigt ist, das Mathebuch fürs kommende Schuljahr nach Druckfehlern abzusuchen oder dergleichen. Aber diesmal würde ich ihn gar nicht erst fragen, ob er mitgehen wollte. Es war eine Frechheit, nicht zur Beerdigung von jemand zu kommen, dessen Leiche man eigenhändig im Treppenhaus gefunden hatte. Bis ich Porsche im Fünften abgeholt hatte und wir auf dem Weg nach unten waren, hatte ich mich allerdings schon wieder einigermaßen abgeregt. Es hatte sicherlich nicht an Oskar gelegen, dass er und Lars nicht auf dem Friedhof aufgekreuzt waren.

Er öffnete so schnell auf mein Klingeln, als hätte er hinter der Tür gestanden und auf mich gewartet. Er trug die peruanische Bommelmütze. Das ging jetzt womöglich den ganzen Sommer lang so.

»Wo wart ihr heute Mittag?«, blaffte ich ihn an.

»Frag mich nicht.«

»Hab ich schon.«

Er seufzte. »In Steglitz. Papa hatte einen Termin bei seiner Selbsthilfegruppe.«

»Ihr hattet einen Termin auf dem Friedhof!«

Oskar lugte rasch über die Schulter, dann senkte er die Stimme. »Ich weiß. Papa hatte das mit dem Gruppentreffen vergessen. Es fiel ihm erst beim Frühstück wieder ein. Und dann wollte er auf einmal nicht hingehen. Wenn ich ihn nicht begleitet hätte –«

»Wenn er sowieso nicht hinwollte, warum hat er es dir dann überhaupt erzählt?«

Ein Achselzucken war die Antwort. Es bedeutete so viel wie *Weil Papa eben Papa ist*. Bei Lars funktioniert das nämlich so: Anstatt für sich zu behalten, dass er einen wichtigen Termin hat, zu dem er aber nicht hingehen will, posaunt er es raus. Dann versucht Oskar, ihn davon zu überzeugen, doch hinzugehen, und ruck, zuck gibt's Streit, und mit einem Streit ist für Lars der Vormittag gerettet und der Nachmittag auch, weil er dann Schuldgefühle hat wegen dem Streit am Vormittag. So viel zum Thema Sockenschuss.

Es geht Oskar nie gut nach solchen Auseinandersetzungen, da musste ich jetzt nicht auch noch anfangen. Also holte ich tief Luft und schluckte meinen Ärger runter.

»Ist das immer noch die Gruppe für Leute mit Depressionen?«

Oskar nickte. Depressionen sind das graue Gefühl. Frau Dahling hat das früher öfters gehabt, aber seit sie hinter dem van Scherten her ist, ist es wie weggeblasen. Ich überlegte, ob ich Oskar vorschlagen sollte, dass sein Papa sich mal verlieben könnte. Vielleicht gab es ja eine nette Frau in der Selbsthilfegruppe, mit der er erst zusammen eine Depression haben konnte und dann zusammen keine mehr. Oder vielleicht …

»Gibt's dafür eigentlich keine Medikamente?«

»Doch. Aber wenn Papa keine Depression hat, meint er, er braucht sie nicht. Und wenn er deprimiert ist, befürchtet er, dass er mit den Tabletten umgebracht werden soll.«

»Dann hat er Para-Neujahr«, stellte ich fest, schön beiläufig und gleichzeitig fachmännisch, aber natürlich kriegte Oskar das wieder nicht mit. Er kriegt fast nie mit, wenn ich mal was Schlaues sage, vermutlich, weil schlaue Sachen für ihn völlig normal sind. Er zupfte geistesabwesend an einer Bommel von seiner Mütze.

»Könnte sein. Ein wenig. Jedenfalls tut es mir wirklich leid, dass ich nicht bei der Beerdigung war. War's schön?«

»Fitzke hatte ein W in der Mitte. Als zweiten Namen. Weißt du, was das heißt?«

»Wilhelm, schätze ich. Würde vom Alter her passen. Und sonst?«

Ich zuckte die Achseln. »Es gab nette Musik. Von diesem dicken Italiener. *Time To Say Goodbye.* Er ist blind, wusstest du das? Deshalb kann er die Frau nicht sehen, die ihm dauernd dazwischensingt.«

»Ist vielleicht auch besser so. Ich befürchte, die ist anorektisch.«

»Was ist das?«

»Magersüchtig. Deshalb hat sie auch so eine dünne Stimme.«

Ich schätze, das war Ironie oder Sarkasmus, aber ich kam nicht dazu, darüber nachzudenken, denn Porsche begann zu winseln. Ich ging in die Knie und streichelte ihm über den Kopf. »Wir gehen ja gleich.« Ich sah hoch zu Oskar. »Kommst du mit?

»Klar.«

Mindestens drei Mal am Tag gehe ich mit Porsche Gassi. Morgens und abends laufen wir meistens bloß kurz um den Block. Das ist gar nicht so schwierig, wie ich früher immer dachte, man muss nämlich bloß die Ecken vom Block wegdenken und sich stattdessen vorstellen, man liefe im Kreis. Allerdings darf man sich unterwegs nicht ablenken lassen, indem man seinem Hund beim Pinkeln zuguckt oder dergleichen, sonst vergisst man die Richtung und läuft den Kreis wieder zurück, und dann ist es womöglich nur ein Halbkreis, und das gilt nicht. Anfangs ist mir das öfters passiert, manchmal sogar mehrfach hintereinander, weil Porsche alle paar Meter das Beinchen hebt. Da waren wir dann schön lange unterwegs, mit vielen Halbkreiswechseln. Kann sein, dass das Porsche verwirrt hat und er sich deswegen inzwischen genauso schlecht zurechtfindet wie ich. Nur wenn er eine Schnüffelspur verfolgt, kann ihn nichts vom Weg abbringen. Er ist ein großartiger Spurensucher und würde sogar vom Nordpol bis zurück in die Dieffe finden. Jedenfalls, wenn ihm nicht unterwegs ein Eskimo ein Eisbein oder dergleichen vor die Nase hält. Porsche folgt nämlich jedem, der ihn auch nur angrinst oder ein Leckerchen schenkt. Er ist der verfressenste Hund der Welt, und ich frage mich echt, woher er das hat. Ich gebe mir solche Mühe mit seiner Erziehung.

Nachmittags, wenn wir länger unterwegs sind, gehen wir komplett um den Urbanhafen herum. Immer habe ich Plastikhandschuhe und kleine Tüten und ein Schippchen dabei, für Porsches Geschäft, und ich hab Leckerchen in der Hosentasche, falls er mal abhaut und ich ihn zurücklocken muss. Allerdings läuft er nicht mehr weg, seit er mitgekriegt hat, dass ich die Leckerchen selber esse, wenn ich zu lange auf ihn warten muss.

Als Porsche jetzt sein Geschäft machte, schön praktisch direkt neben einer Mülltonne auf dem kiesigen Weg am Hafen, sagte Oskar: »Hast du gewusst, dass in Berlin jeden Tag fünfundfünfzig Tonnen Hundekot anfallen? Das entspricht dem Gewicht von hundertzehn Eisbären.«

»Was ist Kot?«

Er zeigte auf Porsches kleinen Haufen, den ich gerade in die Tüte bugsierte. »Das da.«

Ich starrte ihn an. »Wer rechnet denn so was aus?«

»Das mit den Haufen?«

»Nee. Wie viele Hundehaufen einen Eisbären ergeben.« Wer die vielen Häufchen in die fünfundfünfzig Tonnen schippen musste, fragte ich lieber gar nicht erst. Es ist mir immer noch peinlich, wenn Oskar mich für blöde hält, obwohl wir uns schon so lange kennen.

Er zuckte die Achseln und bückte sich nach einem Stöckchen für Porsche. »Man kann es in alles umrechnen, was man will, wenn man dessen Gewicht kennt. Wie viel wiegst du?«

Ich ließ die Tüte in die Mülltonne plumpsen. »Dreißig Kilo, glaube ich.«

»Dann entsprechen die Haufen ungefähr 1830 Mal dir«, kam es wie aus der Pistole geschossen.

»Hm.« Ich überlegte kurz, während ich die Plastikhandschuhe auszog und der Tüte hinterherwarf, aber 1830 war mir zu viel. Ich kriegte es schon nicht hin, mich mir nur zwei oder drei Mal vorzustellen. »Das ist echt eine Menge, oder?«

Oskar nickte. Ich fand es beruhigend, dass er nicht die genaue Zahl im Kopf ausrechnen konnte.

»Eigentlich«, sagte er und warf das Stöckchen, »1833 Komma drei Periode.«

Mann, Mann, Mann! Ich gab mir Mühe, nicht so neidisch auszusehen, wie ich mich fühlte, aber in Gedanken pfefferte ich das Komma, die Drei und die …

»Was ist eine Periode?«

»Ein sich ständig wiederholender mathematischer Wert.«

… und die blöde Periode in die stinkigste von den fünfundfünfzig Tonnen. Warum konnte ich so was nicht? Während Porsche hinter dem Stöckchen herflitzte, versuchte ich, so schnell wie möglich, sieben mal acht weniger neun auszurechnen – man kann ja ruhig etwas kleiner anfangen und ohne mathematische Wertwiederholung –, aber Pustekuchen. Ich wette, als der liebe Gott damals sauer auf die Menschen war und ihnen die Sintflut schickte, um sie alle plattzumachen, schickte er außerdem noch Mathe hinterher, nur zur Sicherheit. Und als dann die Sintflut vorüber war und die Arche mit einem Paar von jedem Tier wieder auf dem Trockenen saß, hat Gott das mit dem Mathe-Fluch einfach vergessen, schließlich war ja jetzt niemand mehr da außer Noah und seiner Familie, und die mussten bloß noch bis zwei zählen. Seitdem haben wir den Salat.

Porsche brachte stolz wedelnd das Stöckchen zurück und legte es Oskar vor die Füße. Aber Oskar beachtete ihn nicht. Er schaute zwei Frauen entgegen, die gerade auf uns zukamen. Seine kleine Zunge flitzte über die Lippen.

Jetzt also das wieder!

Als die beiden Frauen nur noch ein paar Meter entfernt waren, hob Oskar einen Arm ganz hoch. Er guckte wichtigtuerisch auf seine Uhr und schielte kurz zu mir rüber. Ich machte mich bereit, holte tief Luft und rief laut:

»Schicke Uhr! Die war bestimmt teuer!«

Die Frauen interessierte das überhaupt nicht. Mich eigentlich auch nicht, aber ich wollte Oskar einen Gefallen tun. Ich glaube, er hat es Lars nie verziehen, dass der ihn letztes Jahr bei Mama und mir ausgesetzt und dann einfach vergessen hatte. Lars hat bis heute nicht erzählt, wo er damals gewesen ist.

»Wenn ich ihn umtauschen könnte, würde ich das sofort tun«, hatte Oskar mir danach anvertraut. »Ich befürchte bloß, es würde ihn keiner haben wollen. Und ich will ihn auch nicht!«

In Wirklichkeit will er ihn aber doch, und der Beweis dafür ist die protzige Armbanduhr. Oskar hat sie im Februar zu seinem achten Geburtstag geschenkt bekommen. Von Lars. Das Ding ist so schwer, dass es Oskars schmächtigen Arm nach unten zieht, wenn er ihn länger als zehn Sekunden ausstreckt. Aber er ist total stolz auf die dicke Uhr. Er richtet es geschickt immer so ein, dass jeder sie sieht und darauf gucken kann, zum Beispiel beim Einkaufen bei Edeka. Er lässt seinen Arm, KRAWUMMS, auf die Theke vor der Kasse knallen und guckt sich dann so lange und ausgiebig die Auslagen an, bis die Kassiererin ganz rappelig wird, weil sich hinter Oskar die nächsten Kunden stapeln. Irgendwann hebt er dann endlich den Arm ganz hoch, schaut auf die Uhr und sagt: »Oh, schon halb eins – ich muss nach Hause! Nur gut, dass die Uhr so genau geht. Ist ein Geschenk von meinem Vater.« Dann gucken zwar alle Leute hin, aber nur deshalb, weil sie darauf warten, dass die Kassiererin Oskar endlich beim Schlawickel packt und ihn rauswirft. Ich bringe es nicht übers Herz, ihm das zu sagen.

Die beiden Frauen gingen an uns vorbei, ohne Oskar und die Uhr eines Blickes zu würdigen. Er tat so, als bemerkte er das nicht und als hätte er sowieso gerade nach der Zeit gucken wollen. Aber seine dünnen Lippen waren noch dünner geworden.

»Bald vier«, sagte er. »Wir sollten nach Hause gehen.«

Klar. Zu dem Bekloppten. Ich hätte Oskar gern gefragt, ob es Selbsthilfegruppen für die Kinder von Selbsthilfegruppen-Besuchern gibt. Aber er war schon losgestapft, und sein Gang war so niedergeschlagen, dass ich es ließ.

***

Im Vierten schloss gerade der Kiesling seine Tür ab, als ich raufkam. An seinem einen Arm hing eine kleine Reisetasche und am anderen ein großer Typ mit Sonnenbrille. Garantiert sein Neuer.

»Hi, Rico«, sagte der Kiesling mit einem Blick über die Schulter. »Na, alles klar?«

Ich starrte misstrauisch den Neuen an. Wahrscheinlich wollte er nur cool aussehen, aber eine Sonnenbrille im dunklen Treppenhaus macht einen sofort verdächtig, finde ich.

»Wer sind Sie?«

»Neugierig sind wir gar nicht, hm?«, sagte der Neue freundlich. »Aber gut, wenn einen selber die ganze Stadt kennt ... Du bist der Kleine, der letztes Jahr Mister 2000 erledigt hat, stimmt's?«

»Der Kleine ist Oskar. Ich bin der Große.«

Der Neue lachte.

Seine Stimme war mir bekannt vorgekommen. Sogar seine Zähne kamen mir bekannt vor, als er jetzt grinste. Tadellos weiß und schön regelmäßig. Aber der Kiesling ist schließlich Zahntechniker, der achtet sicherlich auf so was, wenn er sich einen zum Knutschen aussucht. Hoffentlich hatte er auch darauf geachtet, dass der Typ ab und zu eine Frage beantwortet. Auf die nach seinem Namen kam nämlich nichts.

»Fahren Sie weg?«

»Nur über die Pfingstfeiertage«, antwortete der Kiesling. Seit er mitgekriegt hat, dass ich Porsche nach seinem coolen Wagen benannt habe, ist er etwas aufgeschlossener und netter zu mir. »Rauf in den Norden, an die Ostsee. Ein bisschen Sonne tanken. Wie es aussieht, war das vorhin der letzte Regenschauer. Für die nächsten Tage ist Sonne angesagt.«

»Fünfundzwanzig Grad«, bestätigte der Neue. »Schwacher bis mäßiger Wind aus Südwest.«

Seine Stimme kam mir immer noch bekannt vor, aber da bretterten die beiden auch schon an mir vorbei die Treppe runter. Ich überlegte, ob ich ihnen noch was hinterherrufen sollte, aber dann ließ ich es bleiben. Ein Kompass ist ein sehr kompliziertes Instrument, für das ich wahrscheinlich zu tiefbegabt bin. Trotzdem hätte ich gern gewusst, warum man rauf nach Norden fahren muss, wenn man mit Wind aus Südwest an eine See im Osten will.

Ich hatte mir vorgenommen, mit dem Tagebuchschreiben anzufangen, und das tat ich. Danach spielte ich noch eine Weile mit Porsche und ließ ihn in meinem Gesicht rumschlabbern, bevor ich ihm frisches Wasser hinstellte, meine Zahnbürste einsteckte und runter zu Oskar ging. Porsche jaulte, weil er nicht allein bleiben wollte, aber Mitnehmen ging nicht. Lars hat angeblich eine Hundeallergie, aber ich glaube ihm kein Wort. Wenn Porsche eine Katze wäre, hätte Lars nämlich eine Katzenallergie. Es ist ein Wunder, dass er es ab und zu wenigstens mit anderen Menschen aushält.

Einer von seinen Aushaltemenschen heißt Otto. Lars kennt ihn aus der Selbsthilfegruppe. Otto ist viel älter als er und so dick, dass seine Stimme eher klingt wie ein Schnaufen. In letzter Zeit kommt er ziemlich oft zu Besuch, so wie heute. Die Stimmen der Männer schwappten mir durch die Diele entgegen, als Oskar mir die Tür öffnete. Ich guckte ihn fragend an, aber er zuckte bloß die Achseln. Wahrscheinlich war Otto gekommen, um Lars beim Tragen der Verantwortung für uns zu unterstützen.

Es ist komisch, in seine eigene frühere Wohnung zu kommen, die man warm und gemütlich in Erinnerung hat, und nun ist sie kalt und ungastlich und ohne Nachdenksessel. Oskar zog mich hinter sich her in sein Zimmer. Lars und er haben unsere alte Aufteilung übernommen: Mamas Schlafzimmer ist jetzt das Schlafzimmer von Lars, mein altes Zimmer ist das von Oskar, und das Wohnzimmer ist das Wohnzimmer geblieben. Nur die Einrichtung ist komplett anders. Wenig Zeugs überall. Kein Firlefanz in den Regalen, nur Bücher, und keine Bilder an den Wänden. Sehr leer. Spartanisch hat Oskar das mal genannt.

> <u>SPARTA</u>: Stadt im alten Griechenland mit nur dem Nötigsten. Die Männer waren dauernd mit Soldatenkriegen beschäftigt und die Frauen mit Kinderkriegen für den Nachschub. Wenn die Kinder tiefbegabt waren, ließ man sie einfach in eine Felsenschlucht fallen. Die Spartaner warfen ihnen nicht mal einen Teddy hinterher.

Oskar hat zwar einen Teddy; ein Geschenk von Afra, letztes Jahr, als wir beide noch berühmt waren, doch inzwischen beachten uns die Kessler-Zwillinge nicht mehr, was ein noch viel größeres Geschenk ist. Ansonsten besitzt er nur ein großes, rappelvolles Bücherregal, eine fleckige alte Holztruhe voller Spiele und das Sonnensystem, das an seinem Fenster klebt. Die Truhe finde ich schrecklich, weil kaum ein Spiel drin ist, für das ich schlau genug bin. Aber kaum hatten wir Oskars Zimmer betreten, da steckte er auch schon so tief in dem blöden Teil drin, dass nur noch seine Beine rausguckten.

»Was gibt das denn?«, sagte ich ahnungsvoll.

»Spielenachmittag«, dröhnte es aus der Truhe, und dann kam Oskar wieder zum Vorschein, eine große flache Schachtel zwischen den Händen. Ich warf einen Blick auf den Pappdeckel. Sofort wurde mir schlecht.

»Wer hat bestimmt, dass wir *Mensch ärgere dich nicht* spielen?«

»Lars«, sagte Oskar, und er sagte es so, wie ein Polizist im Krimi ruft: Jeder Widerstand ist zwecklos!

Ausgerechnet *Mensch ärgere dich nicht!* Auf dem Spielbrett sind zwar Richtungspfeile drauf, aber ich gehe mit meinen Männchen trotzdem ab und zu falsch herum. Mit denen von den anderen Spielern auch. Der Ärger war also vorprogrammiert, aber ich sagte nichts. Ich hatte mir vorgenommen, in der Woche bei Lars auf keinen Fall über irgendwas zu meckern. Sollte später bloß keiner behaupten, ich wäre daran schuld gewesen, dass er das mit der Verantwortung nicht auf die Reihe gekriegt hatte.

»Lass ihn gewinnen, okay?« Oskar wischte mit dem Ärmel über die Schachtel, als wäre Staub drauf. »Papa flippt aus, wenn er nicht gewinnt. Aber das tut er sowieso bei fast jedem Spiel.«

»Warum spielst du dann überhaupt mit ihm?«

»Weil er manchmal ohne Grund ausflippt, und wenn es beim Spielen passiert, hat er dafür wenigstens einen Anlass. Es ist besser, wenn seine Frustration eine Richtung findet.«

Unter anderen Umständen hätte ich gefragt, was eine Frustration war – vermutlich irgendwas Tiefbegabtes, wenn sie mit Richtungen genauso wenig zurechtkam wie ich. Aber ich hielt die Klappe. In meinem Kopf fing es nämlich spürbar an zu rumpeln, als würde die Bingomaschine schon mal warm laufen.

Und zwar wegen Überforderung. Erst Fitzkes Beerdigung mit den geheimnisvollen Besuchern und das Gelb, an dem ich immer noch herumrätselte. Dann der Abschied von Mama und dem Bühl, die womöglich mit ihrem Flieger längst abgestürzt waren, gefolgt von fünfundfünfzig Tonnen voller Hundehaufen, in die ich nur mit einer Periode passte. Was sieben mal acht weniger neun war, hatte ich auch immer noch nicht rausgekriegt, und jetzt also noch so ein dämliches Brettspiel, für das ich zu doof war und das Lars spielte, um zu meckern, und Oskar, damit Lars einen Grund zum Meckern hatte.

Der Tag war echt gelaufen.

Ich war heilfroh, dass wir für heute Abend mit Frau Dahling verabredet waren.

Im Wohnzimmer hockten Lars und Otto auf der Couch. Otto ist eigentlich einen Kopf größer als Lars, aber er saß trotzdem viel tiefer, so sehr drückte sein Gewicht ihn runter. Die Couch selber ist blau und aus so einer Art Leder, das total quietscht, wenn man den Hintern ein bisschen darüberschiebt. Als ich mich das erste Mal draufsetzte, hörte es sich an wie ein Furz. Vor lauter Peinlichkeit wäre ich am liebsten sofort tot gewesen.

»Hallo, Rico«, sagte Lars, und irgendwie kriegte sein Milchbubi-Gesicht eine Art Lächeln hin. Immerhin erkannte er mich.

»Tach auch«, schnaufte Otto. »Na, alles klar?«

Ich nickte beiden nur zu und kniete mich vor den Tisch. Ich hatte mit einem Blick entschieden, noch schlechtere Laune zu haben. Sessel oder Stühle gab es nämlich genauso wenig wie Nüsschen oder Salzstangen oder etwas zu trinken. Es war die unverantwortlichste Umgebung für Kinder, die man sich vorstellen konnte. Alles total Sparta.

Oskar kniete sich schweigend neben mich und begann das Spielbrett aufzubauen. Die Männer schauten ihm dabei zu, auch schweigend. Lars ist immer blass, immer hat er Bartstoppeln – nicht so schön regelmäßig übers Gesicht verteilte wie bei den Typen, mit denen der Kiesling rumknutscht, sondern ein Durcheinander aus Borsten und freien Stellen wie bei einem Igel mit Haarausfall –, und immer sieht er viel zu jung aus für einen Papa. Fast wie ein kleiner Junge, der zufällig einen Sohn gekriegt hat und dem vor lauter Überraschung seitdem immer der Mund ein wenig offen steht. Als der Sohn auf die Welt kam, zog er ihn verwundert bei beiden Ohren hoch, um ihn sich genauer anzugucken, und davon hat Oskar seine Segelohren. Die von Lars sind total normal.

Otto sieht aus wie … na ja, wie ein Otto, also irgendwie rund und gemütlich. Das liegt nicht nur an seinem Gewicht, sondern auch an seinem Namen, der ansonsten so ziemlich der langweiligste Vorwärts-rückwärts-Name ist, den es gibt.

PALINDROM: Ein Wort, das vorwärts und rückwärts funktioniert, zum Beispiel Otto oder Hannah. Es gibt sogar Vorwärts-rückwärts-Sätze wie Tunk nie ein Knie ein, Knut. Das klingt zwar schwachsinnig, aber nur so lange, bis dem Knut beim Spazierengehen mal ein Euro runterfällt, genau hinter einen heimtückischen Hundehaufen, für den kein Platz in einer von den fünfundfünfzig Tonnen gewesen ist. Und wenn der Knut sich danach bücken muss …

Aber das Auffälligste an Otto sind seine kleinen Augen. Sie huschen und rollen immer hin und her, als wäre in ihm tief drin eine große Unruhe. Wenn man sich das zu lange anguckt, wird man selber ganz unruhig. Während Oskar die Spielmännchen in ihre Häuschen stellte, huschten Ottos Blicke über ihn hinweg wie Querschläger aus einer Pistole.

»Die Mütze kannst du absetzen«, schnaufte er nach einer Weile in die Stille hinein. »Der Winter ist vorbei.«

Sollte wohl ein schwacher Witz sein, oder das Schweigen ging ihm genauso auf die Nerven wie mir. Aber Oskar war nicht in Stimmung für Witze. Er starrte Otto über den Tisch hinweg so verachtungsvoll an, als hätte der ihm vorgeschlagen, mal für fünf Minuten aufs Atmen zu verzichten. Oskar ist mindestens ein so guter Starrer, wie Otto ein guter Huschroller ist. Ich wusste vorher schon, wer gewinnen würde. Außer Mama – und das auch nur beinahe, als die beiden sich kennenlernten – hatte noch keiner Oskar im Starren besiegt.

Jetzt auch nicht.

»Meine ja nur«, murmelte Otto nach ein paar Sekunden eingeschüchtert. Die Kulleraugen rollten ziellos durch die Gegend, bevor er schnell hinzufügte: »Ich nehm Grün.«

»Geht nicht«, gab Oskar knapp zurück. »Grün ist Ricos Farbe.«

Keine Ahnung, wann er das entschieden hatte – mir war meine Farbe eigentlich völlig egal, ich würde sie ja eh mit den anderen durcheinanderbringen.

»Dann Blau«, grunzte Otto.

»Blau ist meine.«

»Dann …« Ottos Augen standen plötzlich still, und ich glaube, er hielt sogar die Luft an. »Dann nehm ich Gelb!«

»Gerne«, sagte Oskar und grinste.

»Nein, warte!« Otto wurde panisch. »Doch lieber Rot!«

»Jetzt behältst du Gelb! Du hast Gelb genommen, weil du dachtest, ich würde sagen, das sei Papas Farbe, und dass du dann Rot kriegen würdest, was du in Wirklichkeit willst.« Oskars Augen blitzten triumphierend, während die von Otto beleidigt in der Gegend herumhuschten. »So. Papa fängt an.«

Lars, der den kleinen Schlagabtausch beobachtet hatte wie andere Leute ein Tennisspiel, nur irgendwie gelangweilter, schnappte sich wortlos den Würfel und würfelte gleich als Erstes eine Sechs und dann eine Drei. Er streckte eine Hand aus und griff nach einem grünen Männchen.

»Ich hab doch gesagt, dass die Rico gehören!«, sagte Oskar.

»Kann sein. Aber da *ich* nicht gefragt wurde, welche Farbe ich möchte, suche ich mir eben jetzt eine aus.«

»Aber Grün gehört Rico!«, rief Oskar schrill.

»Träum weiter.« Lars rückte mit verkniffenem Gesicht das grüne Männchen drei Felder vor. »Otto, du bist dran.«

Otto zuckte die Achseln, beugte sich vor, um nach dem Würfel zu greifen, und das Sofa machte einen Lederfurz. Jedenfalls dachte ich, dass es das Sofa war, bis Otto schnaufte: »'tschuldigung!«

Mein lieber Schwan!

Otto würfelte drei Mal, ohne eine Sechs zu kriegen. Oskar war dran. Lars sah ihn abwartend an. Oskar verschränkte die Arme.

»Ich spiel nicht mit.«

»O doch, das tust du.«

Die beiden musterten sich böse über das Spielbrett hinweg. Oskar starrte seinen Papa an, mit knallrotem Gesicht. Das Gesicht von Lars war kalkweiß. Ich zählte die Sekunden mit, die das gegenseitige Anstarren dauerte …

… eins, zwei, drei …

… und nichts änderte sich. Womöglich hatte Lars gerade eine Frustration, und Oskar wartete darauf, dass sie eine Richtung fand …

… vier, fünf, sechs …

… aber plötzlich geschah das Unfassbare und – Oskar senkte den Blick! Er nahm den Würfel und kullerte alles Mögliche zusammen, bloß keine Sechs. Und in all der Zeit, die er zum Würfeln brauchte …

… sieben, acht, neun …

… grinste Lars so blöde wie ein kleiner Junge auf dem Schulhof, der soeben einen noch kleineren Jungen plattgemacht hat. Als er sich mir zuwandte, immer noch dieses gemeine Grinsen im Gesicht, und mir genau in die Augen sah, hatte ich das Gefühl, als schaute ich in die tiefsten Tiefen meiner Bingotrommel, und die drehte sich so wild, dass ich zuerst gar nichts hörte, sondern bloß sah, wie Lars den Mund bewegte, bis ich endlich irgendwann hörte:

»Hallo? Ist jemand dadrin?«

»Was?« Ich holte tief Luft. »Ja, klar. Sechsundvierzig.«

»Was?«

»Sieben mal acht weniger neun.«

»Hat das was mit dem Spiel zu tun?«

»Mit Mathe.«

Neben mir lachte Oskar so leise, dass bestimmt nur ich es hörte. Vom Sofa kam ein Furzgeräusch, das jeder hörte, gefolgt von einem geschnauften »'tschuldigung!«.

Also echt!

Ich schüttelte die Zahlen aus meinem Kopf und nahm den Würfel. »Welche Farbe hab ich noch mal?«

»Siebenundvierzig«, sagte Oskar.

Und während des weiteren Spiels fiel kein einziges Wort mehr.

Und Lars gewann.

FAST SCHON SAMSTAG

DAS SCHWEIGEN DER STEINE

Nach der kalten Ungemütlichkeit bei Lars fühlte ich mich in Frau Dahlings Wohnzimmer wie im Inneren einer warmen Wolke aus Kuscheligkeit und Kümmern. Ich hatte schon heimlich befürchtet, es gäbe heute Abend nur Trauermüffelchen, mit grauer Leberwurst und blassem Käse und welkem Gemüse drauf, schließlich ist der Tod ja nicht gerade eine appetitanregende Sache. Aber Frau Dahling hatte alles so liebevoll und lecker zubereitet wie immer.

»Soll keiner sagen, wir hätten Fitzke nicht in Würden verabschiedet«, sagte sie, als sie den Teller auf dem Tisch abstellte. »Ich hol euch rasch Sprudel aus der Küche, hm?«

Oskar nickte bloß.

Er hockte unglücklich auf dem Fernsehsofa, so weit hinten, dass seine Beine nicht mal über den Rand baumelten. Mit seiner peruanischen Bommelmütze sah er zwischen den vielen gemütlichen Plüschkissen aus wie ein vergessenes Stofftier. Er rührte keinen Bissen an, im Gegensatz zu mir. Ich musste vorneweg drei Müffelchen verputzen, um über den bescheuerten Nachmittag hinwegzukommen, drei weitere aus Mitgefühl für Oskar und die spartanischen Schluchtkinder, und mit der würdevollen Verabschiedung von Fitzke fing ich gerade erst an, als Frau Dahling aus der Küche zurückkam.

»Dass *ihr* ihn finden musstet!« Sie goss uns kopfschüttelnd Sprudel ein. Das mit dem Finden sagte sie jetzt schon zum ungefähr hundertsten Mal seit letztem Montag. »Ein Toter im Treppenhaus – das ist doch nichts für Kinder! Kein Hunger, Oskar?«

Oskar schüttelte bloß den Kopf.

»Wenn Fitzke in seiner Wohnung gestorben wäre«, sagte ich kauend, »hätte ihn gar keiner gefunden. Oder erst, wenn sein Leichengift beim Kiesling durch die Zimmerdecke getropft wäre. Wissen Sie, wofür das W in seinem Namen stand?«

»Wilhelm«, murmelte Frau Dahling und guckte automatisch rauf zu ihrer eigenen Decke. »Leichengift?«

Ich nickte ernst. »Leichen lösen sich auf, wenn sie eine Weile vor sich hin gegammelt haben. In stinkige grüne Flüssigkeit. Stimmt doch, Oskar, oder?«

Oskar zuckte bloß die Achseln.

Das war ernst. Normalerweise hätte er jetzt einen Vortrag über Vergammeln und Verwesung gehalten, oder er hätte sich wenigstens gefreut, dass er mit dem Wilhelm in der Mitte Recht gehabt hatte. Aber *nitschewo.* Der Stress mit seinem bekloppten Vater hatte ihn völlig aus der Fassung gebracht. Irgendwas tief in ihm drin war so fürchterlich am Brodeln, dass es mich nicht gewundert hätte, wenn kleine schwarze Bläschen auf seiner Haut zerplatzt wären. Als es an der Tür klingelte, zuckte er unmerklich zusammen.

»Nanu?« Frau Dahling stellte die Flasche ab, strich mit beiden Händen über ihre gestreifte Kittelschürze und ging raus.

»Keine Sorge, ist nicht dein Papa«, flüsterte ich in Oskars Richtung und rief Frau Dahling nach: »Das ist Herr van Scherten!«

Als Frau Dahling mit ihm ins Wohnzimmer kam, warf sie mir einen bewundernden Blick zu, weil ich schon wieder eine tadellose Prophezeiung hingekriegt hatte. Wobei das eigentlich gar keine Prophezeiung gewesen war, sondern einfach nur gut geraten. Frau Dahling hatte, seit ich sie kannte, noch nie von jemandem Besuch bekommen außer von mir. Und Lars war viel zu bequem, um die eine Treppe raufzukommen, falls er irgendwas wollte. Der würde eher sein blaues Furzsofa abfackeln und darauf warten, dass wir hier oben die Rauchzeichen am Fenster vorbeiziehen sahen.

Der van Scherten war immer noch voll aufgetakelt von der Beerdigung, mit grauem Anzug und Krawatte. Bloß trug er jetzt keine schwarze Krawatte mehr, sondern eine mit niedlichen kleinen Schmetterlingen drauf. Er liebt Schmetterlinge. An fast jeder Wand in seiner Wohnung hängen Sammelkästen, in denen welche aufgespießt sind, mit noch ein paar anderen Krabbelviechern als Zugabe.

»Oh, es gibt Häppchen«, sagte er gut gelaunt.

»Für unseren Fernsehabend«, sagte ich und fügte vorsichtshalber hinzu: »Zu dritt.«

»Ach, siehste mal, hatte ich ganz vergessen, dass ihr drei … Ich darf doch?«

Er grapschte sich ein Müffelchen mit Käse und Schnittlauchgefrissel und schluckte es runter, praktisch ohne zu kauen, jedenfalls nicht zweiunddreißig Mal, wie man das machen soll, damit jeder Zahn was davon hat.

Als hätte ich es nicht geahnt! Ich mag den van Scherten wirklich gut leiden, schon deshalb, weil er Oskar jetzt nicht auf die peruanische Bommelmütze ansprach, und sowieso, weil er letztes Jahr sein Leben riskiert hatte, um Mama zu helfen. Aber das ging nun doch ein bisschen weit – der war imstande und plünderte den ganzen Teller! Wenn er noch imstandiger war, würde er als Nächstes seine Krawatte lockern, sich zu uns setzen und bestimmen, was wir in der Glotze guckten. Wahrscheinlich einen Tierfilm, irgendwas über Schmetterlinge. Der Lawottny aus dem Förderzentrum hat mal einen Film mit Schmetterlingen gesehen, der hieß *Das Schweigen der Lämmer*, aber als er uns in der Pause davon erzählen wollte, war der Wehmeyer dazwischengegangen und hatte geschimpft, das sei verdammt noch mal kein Film für Kinder und falls er mitkriegte, dass der Lawottny noch mal davon anfing, würde er sich dessen Eltern vorknöpfen, weil die ihn nachts vor der Glotze abhängen ließen. Ich wusste deshalb nicht viel über den Film, außer dass ein Schmetterling in einer Hauptrolle mitspielt. Der ist zwar von Anfang an tot, aber immerhin flattern ein paar von seinen Kumpels in Nebenrollen durch die Gegend. Zusätzlich sterben auch noch ein paar Leute. Es ist also anscheinend nicht nur ein Tierfilm.

»Tja, schade, dass Ihr Abend schon verplant ist«, wandte der van Scherten sich an Frau Dahling. »Ich hatte überlegt, Sie in Klärchens Ballhaus zu entführen. Schon mal davon gehört?«

Frau Dahling nickte begeistert. Ich nicht. Ich kannte nur Karstadt Sport. Da war der Bühl mit mir gewesen, um mir einen Basketball zu kaufen. Der dazugehörige Korb lag immer noch in unserer Wohnung, weil der Mommsen Randale gemacht hatte, als wir ihn im Hof aufhängen wollten.

»Eine Runde schwofen«, sagte der van Scherten, »ein Gläschen Wein hinterher und so weiter. Ist so ein schöner lauer Abend. Ich darf doch, oder?«

Er zwinkerte mir verschwörerisch zu und schnappte sich das nächste Müffelchen. Das Zwinkern war wahrscheinlich irgendwas unter Männern. Das Müffelchen war das letzte mit Salami und einem kleinen Gürkchen drauf.

»Das kommt jetzt ein wenig überraschend«, sagte Frau Dahling und strichelte nervös über ihre Kittelschürze.

»Überraschungen!«, dröhnte der van Scherten. »Das Salz in der Suppe des Lebens! Männer sollten Frauen viel öfter überraschen.«

»Mit einem Fußball?«, sagte ich zweifelnd.

»Nein. Mit einem Ball wie dem, bei dem Aschenputtel ihren, ehm, Prinzen kennenlernt.« Jetzt kriegte er tatsächlich rote Ohren. »Bei Klärchens tanzt man natürlich nur Standard. Aber ich denke, ich gebe immer noch eine flotte Figur auf dem Tanzparkett ab.«

»Das ist … eine wunderbare Idee«, sagte Frau Dahling zögerlich. »Aber ich wäre ja gar nicht richtig angezogen. Außerdem hab ich die Jungs hier, und, nun ja …«

Sie würde so gerne! Sogar ein Blinder mit Krückstock und einer von diesen dicken Sonnenbrillen hätte das gesehen. Und ich fand, Oskar und ich mussten sie lassen. Man konnte ja nie wissen, womöglich hatte der van Scherten ausgerechnet heute Abend den Sicherheitsabstand fürs Verlieben verringert, und jetzt saßen wir Frau Dahlings Glück nur wegen ein bisschen Fernsehen und ein paar Müffelchen im Weg.

Andererseits wollte ich echt nicht so schnell wieder runter nach Sparta.

»Oskar und ich könnten allein hierbleiben und fernsehen«, schlug ich vor. »Jedenfalls bis das Essen alle ist oder so.«

»Hach, wenn … Also gut, ich … wenn ihr meint.«

Oskar meinte zwar gar nichts, er gab nämlich immer noch keinen Pieps von sich. Aber Frau Dahling war schon herumgewirbelt und losgespurtet. In der Tür drehte sie sich noch mal kurz um und strahlte den van Scherten und mich an, mit dermaßen roten Backen, dass ich dachte, die brennen gleich durch. »Wirklich, Sie kommen auf Ideen, Ludger! Und du, Rico, hast ein gutes Herz! Das hast du. Ein gutes Herz!«

Und weg war sie.

Sie und *Ludger.* Das kriegen nur Erwachsene hin, dass sie sich schon fast ein ganzes Jahr kennen und sich trotzdem nur halb duzen. Andererseits, bei so einem merkwürdigen Namen …

»Ludger?«, wiederholte ich. »So kann man heißen?«

Ich fand den Namen wirklich merkwürdig. Außerdem stand der van Scherten viel zu nah am Teller mit den Müffelchen, also tat ihm etwas Ablenkung sicher gut. Früher ist er Lehrer gewesen, und Lehrer drehen normalerweise vor Freude sofort durch, wenn man ihnen eine Frage stellt.

»Kann man«, legte der van Scherten los. »Der Name ist eine Ableitung von *Luitger*, setzt sich also aus *luit* und *ger* zusammen, den althochdeutschen Wörtern für *Volk* und *Speer.*«

Na bitte!

»Er bezeichnet also einen Kämpfer aus dem Volk beziehungsweise, im weitesten Sinne, einen gemeinen Soldaten.«

Eins weiß ich inzwischen: Man sollte nie denken, dass es für jedes Wort ein Gegenteilwort gibt. Deshalb fragte ich gar nicht erst, ob es auch neutiefdeutsche Wörter gab.

»Heißt Rico auch was?« Ich fischte unauffällig nach einem Müffelchen. Es lag so nah am Tellerrand, dass der van Scherten sich bloß bücken und die Hand danach ausstrecken musste. »Frederico, meine ich?«

»Selbstverständlich. Ist übrigens die portugiesische Form deines Namens, nicht die italienische. Das wäre *Fe*derico. Grund?«

»Keine Ahnung. Mama hat bestimmt gedacht, das wäre italienisch«, sagte ich mit Lachs und Sahnemeerrettich drauf im Mund. »Als ich zur Welt kam, war sie vor Papa längst abgehauen, sie hätte mir also genauso gut einen deutschen Namen geben können. Aber sie ist eher der italienische Typ. Sie mag zum Beispiel Pizza viel lieber als Schnitzel.«

»Eh … ja«, sagte der van Scherten. »Also, wenn deine Mama eher der Schnitzeltyp wäre, würdest du jetzt Friedrich heißen. Und das bedeutet, frei übertragen, so viel wie ›der Mächtige‹ oder, etwas genauer, ›Friedensherrscher‹.«

Fast hätte ich vergessen runterzuschlucken. Einen langweiligeren Namen konnte man ja wohl kaum haben! Da half es auch nicht, dass ich der Herrscher war und der van Scherten nur ein abgeleiteter Gemeiner im weitesten Sinne mit einem Speer aus dem Volk.

»Könnte Rico nicht auch was anderes heißen?«

»Nur, wenn man das Wort bewusst falsch ableitet. Weißt du, was das italienische Verb *ricordare* bedeutet?«

Italienisch kann ich noch weniger als Russisch, und was ein Verb war, wusste ich auch nicht. Weil ein Halbitaliener sich das aber unmöglich anmerken lassen kann, winkte ich so lässig wie möglich ab. »Klar. Ricordare. Das Verb. Hatte ich gar nicht dran gedacht.«

> <u>VERB</u>: Wort für Dinge, die man tut, deshalb heißt es auch Tuwort. Zum Beispiel schlafen, stehen, sitzen. Das Getue kann man zusätzlich noch beugen, das nennt man dann Grammatik, und die ist kompliziert, denn beim Schlafen, Stehen, Sitzen tut man ja gar nichts, schon gar nichts mit Verbeugungen. Es müsste also eigentlich Lasswort heißen, aber das ist leider auch so ein Gegenteilwort, das es nicht gibt.

Gott sei Dank kam, bevor der van Scherten weiter rumverben konnte, Frau Dahling ins Wohnzimmer, in ihrem hübschen Blümchenkleid, an dem man ihre Speckfalten sehen kann, und mit einem Nachschubteller voller Müffelchen. Beides sah großartig aus.

Zwei Minuten später waren Oskar und ich mit den Müffelchen allein. Oskar hatte sich zum Abschied gerade mal ein

Tschüss abgerungen. Sein erstes Wort heute Abend, seit wir hier waren.

»Okay«, sagte ich, »was ist los mit dir?«

Die Antwort kam so schnell, wie ein Korken aus einer Sektflasche ploppt. Als hätte Oskar die ganze Zeit nur darauf gewartet, endlich seinem Ärger Luft machen zu können, nur dass er keine Erwachsenen dabeihaben wollte.

»Ich bin sauer.«

»Auf Lars.«

Er verschränkte die Arme. »Auf das Schicksal. Von allen Blödmännern auf der Welt habe ich ausgerechnet den blödesten als Vater gekriegt. Das ist ungerecht.«

»Ich hab gar keinen.«

»Sei froh. Ich wünschte, meiner wäre auch tot.«

PÄNG! Ich finde, von allen schlimmen Sätzen auf der Welt, die man nie sagen und nie hören sollte, ist *Ich wünschte, du wärst tot* einer der schlimmsten. Schlimmer ist nur noch *Der Kühlschrank ist alle, und der Spätkauf hat schon zu.*

»Denkst du, Lars hat dich nicht lieb?«

»Klar hat er mich lieb. Aber Liebe ist ein Gefühl, und Gefühle bringen ihn nun mal grundsätzlich durcheinander.« Oskar zupfte und zerrte so heftig an einer Bommel, dass er sie fast abriss. »Gefühle sollte man abschaffen. Können wir jetzt bitte fernsehen?«

Ich wollte Ja sagen, weil ich wirklich gern ferngesehen hätte, und ich wollte Nein sagen, weil ich Oskar gern geholfen hätte. Aber ich wusste nicht, wie. Ich hatte ihn noch nie mit diesem schwarzen Gebrodel in sich drin erlebt. Normalerweise bekommt er, wenn er wütend wird, nur einen roten Kopf.

»Ich krieg mich schon wieder ein«, sagte er, als hätte er meine Gedanken erraten. »Ich bin völlig von Adrenalin durchflutet, aber das sollte sich bald wieder geben.«

Er ließ sich vom Sofa gleiten und begann, auf der Stelle zu hüpfen.

»Was ist Adrenalin?«

»Ein Stresshormon. Wird vom Körper in Krisensituationen ausgeschüttet, damit er besser für eine Flucht vorbereitet ist. Beschleunigter Herzschlag, die Blutgefäße erweitern sich, sogar die Pupillen, und alle Muskeln spannen sich an.« Jetzt bewegte er auch noch die Arme rauf und runter. »Kann man nix gegen machen, aber es baut sich schneller wieder ab, wenn man sich bewegt. Eigentlich ein natürlicher und sinnvoller Reflex. Ich sollte abhauen.«

Dieses brodelnde Adrenalinzeugs, fand ich, klang verdächtig nach Bingotrommel. Und weil ich wusste, dass bei vollem Trommeleinsatz am besten Ablenkung hilft, griff ich nach den Fernbedienungen für den Fernseher und den DVD-Spieler.

»Komm, wir gucken irgendwas. Hast du Lust auf Miss Marple?«

Oskar zog eine Grimasse, aber immerhin hielt er endlich wieder still. »Die Filme kann ich inzwischen auswendig. Geht nicht auch mal was anderes?« Er zeigte auf den Fernseher. »Was hat denn Frau Dahling zuletzt geguckt?«

»Keine Ahnung. Wart mal.«

Ich drückte die Tasten auf den Fernbedienungen. Mit einem leisen Brummen lief der DVD-Spieler an, dann kam das Bild. Im Fernseher brannte ein Feuer. Hübsche orangegelbe Flammen auf ein paar aufgeschichteten Holzscheiten. Es brannte und brannte. Eine Minute lang, zwei Minuten lang. Und brannte und brannte.

»Was issen das?«, sagte ich, als es einfach nicht aufhörte.

Oskar ging zum DVD-Spieler. Er hob eine leere Hülle hoch. »Kaminfeuer«, las er vor und drehte sie um. »›Neun verschiedene Kamine knacken und knistern behaglich im Heimkino-Sound.‹«

»Was ist behaglich?«

»So was wie gemütlich, nur noch gemütlicher.«

Ich fand das nicht behaglich. Ich fand es bescheuert und traurig noch dazu. Da saß die arme Frau Dahling abends allein hier rum und guckte Kaminfeuer im Fernsehen, aber so ein Fernsehfeuer macht nicht wirklich warm, also tat sie das bestimmt nicht, weil sie Heizkosten sparen wollte. Jetzt war ich erst recht froh, dass wir ihr Ausgang gegeben hatten.

Oskar setzte sich neben mich und betrachtete die flackernden Flammen. Er saß ganz still. In seinen Augen glänzte der Feuerschein aus dem Fernseher. »Ich find's eigentlich ganz cool«, sagte er nach ein paar Minuten.

»Ich nicht. Darf ich auf Fernsehen umschalten?«

Er zögerte, aber nur ganz kurz. »Klar.«

Wir hatten sofort einen punktgenauen Treffer, mitten in einen Spielfilm rein. Eine junge Polizistin quetschte sich gerade im Dunkeln unter einer verklemmten Tür durch, um in so eine Art Lagerschuppen reinzukommen. Glück gehabt, dachte ich zufrieden. Bestimmt ein Krimi. Als die Polizistin sich an einem Nagel kratzte, machte Oskar leise: »Autsch!«

In dem Moment wurde oben in der Ecke vom Fernseher mit einem kleinen *Bling!* der Titel eingeblendet, und mir blieb die Spucke weg. Wenn das mal keine Eins-a-Prophezeiung war! Vorhin hatte ich noch daran gedacht …

»Das Schweigen der Lämmer«, las Oskar vor. »Kennst du den?«

»Nee, aber der Lawottny aus dem Förderzentrum hat ihn mal gesehen. Er fand ihn toll. Ist mit Schmetterlingen.«

»Und mit Lämmern?«

»Glaub schon.«

»Ein Tierfilm?«

»Also … Es kommen auch ein paar Leute drin vor. Sieht man ja.«

Oskar beugte sich gespannt nach vorn. Die junge Polizistin hatte inzwischen ihre Taschenlampe angeknipst. Bedrohliche Musik erklang, während sie sich in dem riesigen Schuppen umsah. Als sie in eine alte Kutsche einstieg, wurde mir ein bisschen mulmig. Als sie in der Kutsche ein Einmachglas mit einem vergammelten Kopf drin fand, krallte Oskar sich erschreckt in meinen Arm. »Das sieht gruselig aus. Ist der gruselig?«

»Keine Ahnung. Der Lawottny meinte, er wäre was für Babys.«

Als der Film schließlich zu Ende war, waren wir völlig fertig mit den Nerven. Ich hatte mir die ganze Zeit die Ohren zugehalten und Oskar sich die Augen. Die schweigenden

Lämmer hatte man überhaupt nicht gesehen und den toten Schmetterling nur ganz kurz. Wie der Lawottny sich gar nichts zugehalten und den Film trotzdem überlebt hatte, war mir ein Rätsel. Noch ein Rätsel war, warum Oskar den Fernseher erst ausmachte, als wir alles überstanden hatten.

»Gute Frage«, sagte Oskar. »Ich denke, es hat etwas mit der Faszination des Grauens zu tun. Man muss einfach hingucken, so wie schaulustige Leute bei Autounfällen hingucken. Weil man sich dann freuen kann, dass man selber noch am Leben ist.«

»Du hast doch gar nichts gesehen.«

»Doch. Zwischen den Fingern durch.«

Mir fiel der Lastwagenunfall auf dem Weg zum Flughafen ein. Es stimmte, da hatte ja auch jeder hingeguckt, auch wenn nur ein paar Apfelsinen überlebt hatten. Vielleicht waren die Schaulustigen froh gewesen, dass sie selber nicht in einer Saftpresse oder dergleichen gelandet waren.

»Es war schrecklich, aber auch toll«, sagte Oskar und griff nach einem Müffelchen. »Dieser Hannibal Lecter war ein Genie!«

Er langte ordentlich zu, was mir ausnahmsweise egal war. Erstens hatte ich ja schon eine Kleinigkeit gegessen, und zweitens war mir der Appetit vergangen. Dieser Hannibal Lecter fraß nämlich Leute, die er nicht leiden konnte, mal so nebenher zum Frühstück. Womöglich auch noch welche zu Mittag und zum Abendessen. Normalerweise machen Gruselfilme mir keine Angst, weil man ja weiß, dass es Monster in Wirklichkeit nicht gibt. Aber wenn ganz normal aussehende Leute das Monster sind, also so welche, die einem sonst beim Edeka freundlich über den Blattspinat hinweg zulächeln, ist das was anderes. Da kriegt man doch vor jedem Schiss, der einen anlächelt, weil der womöglich einen kleinen Jungen viel leckerer findet als den Blattspinat.

Ich half Oskar dann doch noch ein bisschen bei den Müffelchen, bevor wir die leeren Teller und unsere Gläser in die Küche brachten und sie rasch abspülten. Als wir die Wohnung verlassen wollten und ich im Flur die Hand schon am Türgriff hatte, erklangen aus dem Treppenhaus Schritte. Sie kamen nach oben und waren schon fast bei uns im Dritten. Ich zog die Hand wieder zurück.

»Das müssen die RBs sein«, flüsterte ich Oskar zu.

Weiter oben war ja außer denen zurzeit niemand. Womöglich war es die ganze Familie, und ich hatte keine Lust, mir nach dem gefräßigen Hannibal Lecter auch noch den gefräßigen Thorben vorm Einschlafen anzugucken.

Ich blinzelte durch den Türspion. Oskar reckte den Hals. Selber durch den Spion gucken konnte er nicht, dafür war er zu klein.

»Und?«

Er flüsterte automatisch, wie man es immer tut, wenn man jemanden heimlich beobachtet. Ich flüsterte zurück.

»Weiß nicht. Ist total dunkel.«

»Ist das Licht kaputt?«

»Keine Ahnung. Vorhin ging es doch noch.«

Oskar zog eine Klappe von der Bommelmütze hoch und presste sein Ohr an die Tür. Ich lauschte ebenfalls. Die

Schritte von einer einzelnen Person bewegten sich draußen an der Tür vorbei und weiter nach oben. Im Vierten machten sie halt. Da waren die Wohnungen vom Bühl und von Fitzke. Ein Schlüssel klackerte und wurde langsam in einem Schloss umgedreht. Tür auf, Tür zu, fast unhörbar leise.

Wir guckten beide zur Decke rauf. Von da oben, direkt über uns, kam nichts. »Der Bühl kann es also schon mal nicht sein«, sagte Oskar, was ich ziemlich schwach fand für einen Hochbegabten. Er wusste schließlich, dass der Bühl irgendwo im Indischen Ozean unterwegs war.

»Also ist es Fitzke«, stellte ich fest.

»Ehm … Fitzke ist tot.«

»Ach, und warum –«

– ist er dann gerade nach Hause gekommen?, hätte ich beinahe gesagt. Was mit Sicherheit die tiefbegabteste Frage des Jahres gewesen wäre. Plötzlich hatte ich ein komisches Doppelgefühl. Die eine Hälfte war Peinlichkeit. Die andere war Angst.

»Oh, Mann!«, flüsterte ich. »Los, zurück ins Wohnzimmer!«

Wir spurteten los. Am sichersten sah das Sofa aus. Wir sprangen drauf und setzten uns dicht aneinander.

»Das muss ein Einbrecher sein«, sagte ich leise.

»Woher willst du das wissen?«, raunte Oskar zurück. »Er hat doch einen Schlüssel benutzt.«

»Ach, welchen denn? *Ich* habe den Schlüssel zu Fitzkes Wohnung! Weißt du nicht mehr? Ich hab ihn eingesteckt, als wir seine Leiche gefunden haben.«

»Hast du ihn noch?«

»Klar hab ich ihn noch. In unserer Wohnung.« Der Schlüssel lag in meinem Regal, zusammen mit dem Journal und dem Brief und dem Stein, mit dem der Brief beschwert gewesen war. Aber das Journal hatte ich noch nicht gelesen, den Schlüssel noch nicht benutzt und die vielen Steine in Fitzkes Wohnung noch nicht gezählt. Ich hatte damit bis nach der Beerdigung warten wollen. Vorher wär's mir komisch vorgekommen.

»Wir könnten ihn holen und nachsehen«, schlug Oskar vor.

»Hast du sie noch alle? Und wenn das ein Killer ist?«

»Was für ein Killer?«

»Einer wie Hannibal Lecter.«

»Es gibt keine Killer wie …«

Oskars Stimme wurde immer dünner und immer leiser. Er guckte kurz zum dunklen Fernseher, als wünschte er sich das behagliche Kaminfeuer zurück. Mit einer Hand fischte er nach Frau Dahlings Wolldecke und zog sie sich bis unters Kinn.

»Rück mal ein Stück«, flüsterte ich. Ich schob mich neben ihn unter die Decke und wir drückten uns noch enger aneinander als zuvor. Mit einem Menschenfresser im Haus ist nicht zu spaßen. Womöglich suchte der in Fitzkes Wohnung nur nach einer kleinen Vorspeise, und wenn er dort nichts fand …

Wir warteten schweigend eine Minute.

»Der Mommsen hat auch einen Schlüssel, oder?«, sagte Oskar. »Er hat doch am Montag die Polizei in die Wohnung gelassen, nachdem wir Fitzke gefunden hatten, und am Donnerstag den Bestatter, als der passende Klamotten für Fitzke geholt hat.«

»Ja, aber eben im Treppenhaus, das war nicht der Mommsen. Der liegt um diese Uhrzeit längst befuselt in seinem Bett. Außerdem ist der so paddelig, dass er selbst nüchtern und bei Flutlicht nicht so leise die Treppen raufkommen würde.«

»Vielleicht hat der Bestatter sich heimlich eine Kopie des Schlüssels anfertigen lassen.«

»Glaubst du das im Ernst?«

»Nein.«

Noch eine Minute verging und noch eine.

»Der Kiesling müsste doch eigentlich hören, dass über ihm einer in der Wohnung ist, oder?«, flüsterte Oskar.

»Ist über Pfingsten weggefahren«, sagte ich. »Mit seinem Neuen.«

»Der hat einen Neuen? Wer war denn der Alte?«

»Keine Ahnung. Der Neue hat jedenfalls eine schwarze Sonnenbrille. Inkognito, schätze ich.«

Ich dachte an Oskars große schwarze Sonnenbrille vom letzten Jahr und musste grinsen. Aber nur kurz.

Noch eine Minute und noch eine.

»Vielleicht ist er inzwischen weg«, flüsterte ich.

»Nee«, flüsterte Oskar zurück.

»Sollen wir noch mal durch den Türspion gucken?«

»Nee.«

Ich stellte mir vor, wie Fitzkes Steine da oben alle ganz ruhig und still in der Dunkelheit herumlagen, in einer Wohnung, in der kein Lufthauch ging. Bloß dass es inzwischen nicht mehr Fitzkes Steine waren. Sie gehörten jetzt mir. Ich hatte Mama Fitzkes Testamentszettel gezeigt, und sie hatte den Anwalt angerufen. Das mit dem Erbe ging klar, die Einzelheiten würden wir irgendwann später erfahren, wenn sie aus Sri Lanka zurück war. Dann würde sie auch von mir erfahren, dass ich die Steine alle in unsere Wohnung holen wollte, und wahrscheinlich total ausflippen deswegen.

»Wir sind solche Vollidioten!«, flüsterte Oskar plötzlich.

»Warum?«

Er schaute zum Wohnzimmerfenster.

Oh, Mann!

Die Wolldecke segelte wie von allein von uns runter. Sekunden später drückten wir uns die Augen und die Nasen am Fenster platt und glotzten runter in die Dieffe. In Richtung Urban-Krankenhaus war nichts zu sehen. In die andere Richtung verschwand gerade ein silberner Wagen um die Kurve, an der Ampelkreuzung Grimmstraße. Wir sahen nur noch kurz die Rücklichter aufleuchten. Der fuhr jetzt zur Urbanstraße und von dort aus Gott weiß wohin.

»Verdammt!«, zischte Oskar. »Hast du die Marke erkannt?«

»Nee.«

Er zog die Gardine wieder vors Fenster. »Morgen früh«, sagte er.

»Was?«

»Wir könnten morgen früh nachsehen, ob bei Fitzke irgendwas fehlt. Wenn es hell ist. Nach dem Frühstück. Oder willst du lieber sofort …?«

»Nein.« Die Vorstellung, in Fitzkes Wohnung zwischen tausend schweigenden Steinen womöglich auf Hannibal Lecter zu treffen, der mich nur kurz freundlich anlächelte, bevor er sich selber Guten Appetit wünschte, war einfach zu schrecklich. »Aber sollten wir nicht lieber jetzt gleich die Polizei rufen?«

»Das gibt nur unnötigen Stress«, sagte Oskar. »Ich meine, was soll es denn bei Fitzke schon zu holen geben, außer ein paar wertlosen Steinen?«

Als wir schließlich durchs Treppenhaus runter in den Zweiten tapsten, hatte ich eine Gänsehaut am ganzen Körper. Wer auch immer sich in Fitzkes Wohnung umgesehen hatte, war längst fort, wir hatten ihn ja davonfahren sehen. Aber vielleicht war nur irgendein beliebiges Auto da draußen vorbeigefahren. Es fühlte sich nämlich trotzdem so an, als wäre noch jemand im Haus.

In Gustav W. Fitzkes dunkler Wohnung mit den schweigenden Steinen.

***

Wenn man vor Aufregung nicht schlafen kann, kann man genauso gut Tagebuch schreiben. Oskar schläft schon. Ich darf seinen Computer benutzen, und wenn ich fertig bin, kuschele ich mich zu ihm. Eigentlich soll ich auf dem Furzsofa übernachten, aber ich krieg Schiss, wenn ich heute Nacht allein sein muss. Da nehm ich lieber in Kauf, dass ich mich im Schlaf zufällig mit den Bommeln von der peruanischen Strickmütze erdrossele. Oskar hat sie nicht mal im Bett abgelegt. Es geht ihm wirklich nicht gut.

Ständig muss ich daran denken, wer da wohl in Fitzkes Wohnung war und was er dort wollte.

Ich muss auch dauernd an Porsche denken.

Hoffentlich frisst Hannibal Lecter keine kleinen Hunde.

SAMSTAG

ALTE GESCHICHTEN

Manchmal ist Lars doch für eine Überraschung gut. Als Oskar und ich in die Küche kamen, war der Frühstückstisch total hübsch gedeckt. Es standen duftende Körnerschrippen in einem Körbchen drauf. Plus, es gab ein nagelneues Glas Nutella, extra für mich. Plus, Lars war rasiert und frisch gewaschen. Er war so stolz auf seine Leistung, dass er fast platzte, und er berichtete von seinem Weg zum Bäcker und zum Edeka, als hätte er sich mit bloßen Händen durch den Regenwald bis zur Quelle des Amazonas durchgekämpft.

> AMAZONAS: Vermutlich benannt nach den Amazonen im alten Griechenland. Sie waren so eine Art Spartaner mit Busen. Keine Ahnung, wie die nach Südamerika kamen, zum Schwimmen war's ja etwas weit. Männer brauchten sie bloß für den Mädchennachschub, und ich schätze, wenn's ein Junge wurde ... Tja. Und ganz ohne Teddy.

»Heute ist ein besonderer Tag«, strahlte Lars uns über den Esstisch hinweg an. »Und ein gesundes Frühstück ist die beste Grundlage dafür, dass er noch schöner wird! Guten Appetit!«

»Gesund?« Oskar griff nach einem Töpfchen Frischkäse. »In Nutella ist mehr Zucker und Fett drin als Nüsse und Kakao. Rein anteilsmäßig gesagt. Es schmeckt lecker, aber ich finde das nicht wirklich gesund.«

Und das war's dann mit dem Frieden beim Frühstück. Er hatte genau zwei Minuten gehalten. Oskar meinte später, das sei schon ein ziemlicher Rekord. Von einem Moment auf den anderen wurde Lars wieder zu dem gemeinen kleinen Jungen, den ich gestern beim *Mensch ärgere dich nicht* gesehen hatte.

»Es zwingt dich ja keiner, es zu essen«, sagte er, und er machte dabei sogar Oskars Trompetenstimmchen nach. »War sowieso für Rico gedacht. Du kannst gern in einen Hungerstreik treten. Mal so rein anteilsmäßig gesagt.«

Echt, wie konnte man bloß so fies sein?

Oskars Kopf zuckte so schnell hoch, dass ihm die Bommeln um die Ohren hüpften. Eine davon landete auf seiner eben bestrichenen Schrippenhälfte, aber das bemerkte er nicht. Was von seinem kleinen Gesicht unter der großen Strickmütze sichtbar war, hatte dieselbe Farbe angenommen wie der Schriftzug auf dem Nutella-Glas, nur ohne vorne das große schwarze N. Ein schabendes KRRRCH! ertönte, als der Stuhl zurückgeschoben wurde. Bestimmt hatte Oskar das schon öfters gemacht, so geübt sah das aus. Weil seine Beine zu kurz waren, musste er sich und den Stuhl mit den Händen von der Tischkante wegdrücken. Er ließ sich zu Boden rutschen und stapfte auf die Küchentür zu.

»Du bleibst hier!«, schnappte Lars.

»Bleib ich nicht.«

Eins weiß ich von Oskar: Lars hat ihn noch nie gehauen. Lars vermeidet es sowieso, ihn anzufassen, was aber vielleicht nur daran liegt, dass Oskar sich von niemandem gern begrabbeln lässt. Festhalten war jetzt jedenfalls nicht drin. Kuscheln in Friedenszeiten aber auch nicht. Für beide nicht.

Oskar war schon halbwegs draußen. Erst in der Tür drehte er sich zu mir um. »Kommst du?«

Lars guckte zwischen ihm und mir hin und her. In seinem Gesicht zeichneten sich so viele schnell wechselnde Gefühle ab, dass ich kaum hinterherkam mit dem Beobachten. Das heftigste Gefühl sah aus wie große Verzweiflung. Ich war bloß nicht sicher, ob Lars eher an sich selbst verzweifelte oder eher an Oskar. Er hatte nicht mal loswerden können, warum heute ein besonderer Tag sein sollte.

Ich murmelte eine Entschuldigung, stand schnell auf und ging. Meine frisch bestrichene Nutella-Schrippe ließ ich liegen. Für eine Freundschaft muss man manchmal ein Opfer bringen, auch wenn es einem das Herz zerreißt.

***

Fitzke war kein reicher Mann gewesen. Es hingen keine Ölbilder an den Wänden, es standen keine Kunstgegenstände oder toll eingebundene Bücher in den Regalen. Es gab auch keine vornehmen antiken Möbel, wie ich das aus der Wohnung vom van Scherten kannte. Es gab nur vergilbte Tapeten, abgelatschtes Parkett und blätternden Lack an den Türrahmen. Zehn Monate waren vergangen, seit Oskar und ich hier gewesen waren, und es sah immer noch alles genauso aus wie in meiner Erinnerung. Staubiger vielleicht, aber womöglich bildete ich mir das nur ein. Wenn einer gestorben ist, denkt man immer irgendwie an Staub, wahrscheinlich, weil wir Staub sind und zum Staub zurückkehren, so wie es der Pfarrer bei Fitzkes Beerdigung gesagt hatte, auch wenn ich mich inzwischen frage, warum es dann Beerdigung und nicht Bestäubung heißt.

Ins Wohnzimmer fiel kaum Licht, denn die Gardinen waren vorgezogen. Nichts war zu hören, bis auf das leise Plätschern der fünf Aquarien mit den Wassersteinen drin. Der Wasserpegel in den Becken war ein wenig gesunken, stellte ich fest, da musste man bald mal nachfüllen.

Porsche schnupperte um meine Füße herum, so wie er auch schon im Bad, in der Küche und im Schlafzimmer geschnuppert hatte. Wir hatten ihn mitgenommen, als wir im Fünften den Schlüssel holten, es war sowieso bald Gassi-Zeit. Sein Kaffeekringelschwänzchen wackelte so aufgeregt, als suchte er eine Spur. Ich traute ihm sogar zu, eine zu finden und sie erfolgreich zu verfolgen, aber wir würden vermutlich bloß auf dem Luisenstädtischen rauskommen, an Fitzkes frischem Grab. Die ganze Wohnung roch nach altem Mann.

Im Halbdunkel musterten Oskar und ich das fadenscheinige dunkelgrüne Sofa, die zwei Sessel und den niedrigen Tisch, das Bord mit dem dicken Fernseher drauf, den wackeligen Sekretär, die Regale an den Wänden und den hohen alten Wandschrank.

SEKRETÄR: Gibt es als Möbelstück, auf dem man selber schreiben kann, oder als Mensch, damit man nicht mehr selber schreiben muss. Außerdem heißt so ein afrikanischer Raubvogel mit einer coolen Frisur, der wie gestochen durch die Gegend rennt, um Beutetiere aufzuscheuchen. Man könnte sich also ein Foto von einem Sekretär von seinem Sekretär auf den Sekretär stellen lassen.

»Was wird denn aus all den Möbeln und dergleichen?«, sagte ich. »Fitzke hatte doch niemanden.«

»Die Wohnung wird entrümpelt.«

»Und die Sachen, die ihm lieb und teuer waren?«

»Was teuer ist, behält der Entrümpler.«

»Wer ist das? Der Mommsen?«

»Nein. Darum kümmert sich die Hausverwaltung. Der Mommsen ist nur von denen eingestellt, um nach dem Rechten zu sehen. Reinigung, kleinere Instandsetzungsarbeiten, so was halt.«

Bei Mommsen hatten wir vor zehn Minuten geklingelt, um ihn zu fragen, ob er unverschämterweise einen Schlüssel zu Fitzkes Wohnung an irgendwen rausgerückt hatte. Aber er war nicht da gewesen, oder er schlief noch.

Ich ging zum Fenster und zog eine Gardine auf. Frühsommerlicht flutete ins Zimmer. Staubkörnchen tanzten und flimmerten golden in der Luft. Oskar und ich standen in einem Ozean aus Steinen. Die meisten lagen paarweise herum. Und nicht nur hier, sondern in der ganzen Wohnung. Steine überall. Angeblich dauerte es ewig, bis sie sich endlich mal vermehrten. Wenn das stimmte, wären es zuletzt so viele, dass über dem Kiesling irgendwann die Decke einstürzte.

»Falls das gestern Abend wirklich ein Einbrecher war, der was mitgenommen hat«, sagte ich, »wonach sollen wir dann überhaupt suchen? Wir wissen doch gar nicht, was es war.«

Ich fand, das war eine ziemlich schlaue Feststellung, aber die rauschte an Oskar natürlich wieder vorbei. Genauer gesagt, verpuffte sie irgendwo in seinem Rücken, denn er stand vor dem Sekretär und zog gerade eine Schublade auf. Ich hörte, wie er durch die Zähne pfiff, und trabte zu ihm rüber.

»Was denn?«

»Guck mal.«

Ich sah neugierig über seine Schulter. In der Schublade lag eine Kassette. Sie war unverschlossen. Ein paar Geldscheine und zwei Heftchen lagen darin.

»Bargeld und zwei Sparbücher«, stellte Oskar fest.

»Wie viel Geld ist es denn?«

»Das geht uns nichts an.«

Er klappte die Kassette wieder zu, schloss die Schublade und drehte sich um. »Wenn der Einbrecher an Geld nicht interessiert war … woran dann?« Er stand ganz still, wendete nur den Kopf von einer Seite zur anderen und wieder zurück und sah sich dabei konzentriert um: Wände, Fußboden, Schrank, Regale.

Ich versuchte genauso konzentriert zu gucken wie er. Aber ich sah nur Steine, Steine und nochmals Steine, und meine Nase war voll von dem Geruch nach Fitzke. Ich wurde ganz benommen. Es war, als hätte jemand alles aus meinem Kopf mitten ins Zimmer reingeschüttet oder das ganze Zimmer rein in meinen Kopf. Erst verstand ich gar nicht, warum. Aber plötzlich wurde mir bewusst, dass wir hier eigentlich nicht hingehörten. Fitzke hatte hier vor einer Woche noch drin gelebt, zwischen all seinen vertrauten Sachen. Er hatte sich was zu essen gemacht, ferngesehen, die Zeitung gelesen, ab und zu nach seinen Steinen geschaut, sein Journal geführt … Und jetzt war er wahrscheinlich beklaut worden, zwei kleine Jungs standen ohne Einladung zwischen seinen geliebten Steinen, und irgendwann demnächst würde einer kommen und sagen, was für ein dummes Gerümpel, weg damit, aber die Kaffeemaschine in der Küche sieht schön neu und teuer aus, die behalte ich.

»Ich glaube, ich krieg eine Trauerwelle«, sagte ich.

»Und ich glaube …«

Ohne den Satz zu beenden, ging Oskar entschlossen auf den Wandschrank zu. Soweit ich sehen konnte, war da nichts aufgebrochen. Wäre auch unnötig gewesen, denn in jeder Tür steckte ein passender kleiner Schlüssel. Oskar machte die mittlere Tür weit auf, stellte sich auf die Zehenspitzen, nahm ein Holzkästchen heraus und klappte es auf.

Bei unserem Besuch letztes Jahr hatte ich den Kalbstein nicht mal anfassen dürfen. Er war Fitzkes einziger Züchtungserfolg, und ich wusste noch genau, wie er ausgesehen hatte: nicht mal so groß wie mein Daumennagel, graubraun mit einem weißen Streifen mittendurch und knubbelig wie eine winzige Kartoffel. Er hatte in diesem Kästchen gelegen, auf blauen Samt oder so etwas gebettet. Das Kästchen selber war aus fast schwarzem Holz gearbeitet, in den Deckel war ein Elefant aus Elfenbein eingelassen. Letztes Jahr, als ich es zum ersten Mal gesehen hatte, war ich völlig verblüfft gewesen, weil es so sehr meinem Sorgenkästchen glich, das in meinem Kopf in einem eigenen kleinen Regal stand, bloß dass auf dem statt eines Elefanten eine Schildkröte drauf war. Mein Sorgenkästchen war inzwischen fast so verstaubt wie Fitzkes Wohnung. Ich hatte schon lange keine großen Ängste mehr gehabt, die ich reinpacken musste. Irgendwann hatte ich es, genau wie Fitzkes Schatulle, einfach vergessen.

Bis jetzt. Ich starrte entsetzt in das geöffnete Elefantenkästchen, das Oskar mir schweigend entgegenhielt. Ich hatte Gustav Wilhelm Fitzke bei der Beerdigung feierlich versprochen, sein Erbe treu und sorgfältig zu bewahren und zu beschützen. Und ausgerechnet der Teil des Erbes, der ihm am wichtigsten gewesen war, war geklaut.

Das Kästchen war leer.

Der Kalbstein war verschwunden.

***

Es gibt nichts Schöneres als den Urbanhafen zum Sommeranfang. Die Zweige der Trauerweiden wedeln auf dem Wasser herum, hellgrün und federleicht, und das Wasser im Hafen ist so strahlend blau, als wäre ein Stückchen vom wolkenlosen Himmel reingeplumpst. Menschen sitzen allein oder in kleinen Grüppchen im Gras und halten die Nasen der Sonne entgegen, und überall tschilpen Spatzen um die Wette. Ausflugsdampfer gleiten über winzige Wellen, Möwen kreisen durch die Luft, und wenn sie einem der im Hafenbecken paddelnden schneeweißen Schwäne mal auf den Kopf kacken, findet der das nicht schlimm, denn es ist ja Sommeranfang.

Mir hatte das Schicksal auf den Kopf gekackt, ich fand's schlimm, und der Sommeranfang war mir ausnahmsweise egal. Ich wollte den Kalbstein zurück.

»Aber warum?«, wollte Oskar wissen, während wir, Porsche vorweg, über den gekiesten Weg am Hafen entlang in Richtung Baerwaldbrücke gingen. »Ich verstehe nicht, warum du dich so aufregst, dir bleiben doch noch Hunderte andere Steine. Die übrigens alle genauso viel wert sind wie dieser komische Kalbstein, nämlich gar nichts.« Er schüttelte den Kopf. »Ich meine, das war ja nicht mal ein ernsthafter Einbruch! Wir können es der Hausverwaltung oder von mir aus der Polizei melden. Aber ansonsten sollten wir es einfach vergessen.«

»Vergessen?« Mein Gesicht wurde so heiß, als hätte mir jemand frisch gebrühten Tee in den Kopf geschüttet. »Es ist mir egal, ob der Kalbstein was wert ist oder nicht! Ich hab es

Fitzke versprochen, an seinem Grab! Dass ich mich um seine Sammlung kümmere! Und dieses Versprechen ist *nicht* egal! Es ist, als wenn … als wenn …«

KLACKER, KLICKER, KLACKER …

Toll, wirklich ganz toll!

Bingokugeln mit Schicksalskacke obendrauf.

Das hatte man dann davon.

Am nahesten an mir dran war Oskar. Ich griff nach einer von seinen Bommeln und schloss die Augen. Der Wehmeyer hatte mir mal diesen Tipp gegeben, mich an was festzuhalten oder etwas in die Hand zu nehmen, wenn die Bingokugeln loslegten. *Tief einatmen, langsam wieder ausatmen. Lass alle Gedanken einfach los und konzentriere dich ausschließlich auf das Gefühl, das das Festgehaltene in deiner Hand verursacht.*

Das Festgehaltene in meiner Hand war pelzig und pappig. Ich linste durch ein Auge und hielt mir die Bommel unter die Nase. Sie war mit kleinen weißen Klecksen gesprenkelt. Ich leckte daran.

»Das ist Frischkäse«, stellte ich fest.

Oskar zog die Nase kraus. »An meiner Bommel?«

»Du hast sie über deine Schrippe geschleift, als du vom Tisch geflüchtet bist. Deshalb.«

»Ich bin nicht geflüchtet.«

»Es ist trotzdem Frischkäse.«

Ich guckte hungrig die rote Bommel an. Ich stehe eigentlich nicht so auf Frischkäse, aber das Frühstück war ausgefallen.

»Wenn du noch mal dran leckst, kündige ich dir die

Freundschaft«, sagte Oskar, allerdings mit einem Grinsen. Er kannte den Wehmeyer-Trick schon von mir. »Geht's jetzt besser?«

Ich nickte und ließ die Bommel los. »Der Kalbstein hat Fitzke viel bedeutet«, sagte ich ruhig. »Deshalb will ich ihn zurückhaben. Er ist das einzige Besondere, was von ihm bleibt auf der Welt. Und er war ihm bestimmt teurer als die Kaffeemaschine.«

»Welche Kaffeemaschine?«

»Die neue in seiner Küche. Die der Entrümpler mitnimmt.«

Ich sah Oskar erwartungsvoll an. Ich hatte gehofft, dass er nach meiner Erklärung sofort die Jagd nach dem Einbrecher mit mir aufnehmen würde. Aber er zog nur einen Mundwinkel hoch und schüttelte den Kopf. Meine Schultern sackten nach vorn. Ich hatte ihn nicht überzeugt.

Porsche lief schnuppernd voraus, während wir schweigend die Baerwaldbrücke überquerten. Gleich dahinter bogen wir wieder ab, in den kleinen Böcklerpark. Je weiter wir gingen und je länger Oskar schwieg, umso dunkler wurde es in mir drin. Wie um mich zusätzlich zu ärgern, kamen uns auch noch alle paar Meter Spaziergänger und Jogger entgegen, die blöde in der Gegend herumgrinsten.

»Willst du wissen, warum die alle gute Laune haben?«, sagte Oskar. »Das liegt an der Sonne. Die UV-Strahlen setzen Endorphine frei. Das sind Glückshormone. Zusätzlich sorgt das UV für die Produktion von Vitamin D. Ist gut für den Knochenaufbau.«

Jetzt war ich es, der keine Antwort gab. Wenn er mir nicht helfen wollte, konnte er sich das U, das V und das D an seine dämliche Mütze stecken, von mir aus auch an irgendeinen glücklichen Knochen.

»Vitamin D reguliert außerdem den Kalziumspiegel im Blut. Kalzium unterstützt die Blutgerinnung, die Funktion von Muskeln und Nerven und …«

Ich beschloss, einfach nicht mehr hinzuhören, aber da war es natürlich schon zu spät, und ich musste über Vitamin D und Kalzium nachdenken. Meine Muskeln funktionierten zwar prima, aber mit den Nerven war ich wegen dem Kalbstein völlig runter, und nur der liebe Gott wusste, ob meine Blutgerinnung noch funktionierte und was Blutgerinnung überhaupt war. Wie zum Beweis dafür fing es in meinem Kopf sofort wieder bedrohlich an zu rumpeln. Aber diesmal war es mir egal. Lieber würde ich mich den Bingokugeln ausliefern, als Oskar noch mal an seine pappige Bommel zu packen.

Keine Ahnung, wie lange er weiterplapperte, aber irgendwann schien er zu merken, dass ich nicht zuhörte. Er guckte kurz zu mir rüber und stieß einen kleinen Seufzer aus.

»Also gut«, legte er los. »Auch wenn der Kalbstein mir persönlich egal ist …«

Endlich!

»Ich denke, dass dieser Einbrecher gar kein richtiger Einbrecher war. Jedenfalls kein geübter.«

»Warum?«

»Weil er dann nicht nur den Kalbstein, sondern auch das Kästchen mitgenommen hätte. Und das Geld und die Sparbücher. Dann wäre viel weniger aufgefallen, dass überhaupt etwas fehlt.« Er kratzte sich an der Nase. »Ich hätte niemals geglaubt, dass diese Art von Irrsinn bei mehr als einem Menschen auftaucht. Aber offenbar sind es schon mindestens zwei.«

Ich sagte nichts, weil ich kein Irrsinniger sein wollte, aber eigentlich glaubte ich ja auch ein kleines bisschen ans Steinezüchten, also waren es mit mir zusammen –

»Beziehungsweise drei«, sagte Oskar mit einem kurzen Seitenblick auf mich. »Wie auch immer, wir haben es offenbar mit jemandem zu tun, der diesen Quatsch wirklich ernst genommen hat. Ein weiterer Sammler. Vielleicht ein Steinzüchter, genau wie Fitzke einer war.«

»Meinst du, er hat auch noch andere Steine mitgenommen?«

»Schwer zu sagen. Und noch schwerer herauszufinden. Wenn Fitzke tatsächlich über alles Buch geführt hat, müssten wir jeden Stein, der in der Wohnung lagert, gegen diese Einträge in seinem Journal abgleichen. Das könnte Tage dauern.«

»Wir haben doch Zeit. Es ist Pfingsten.«

Oskar war immer langsamer gegangen. Nun blieb er stehen, guckte über den Hafen und zupfte dabei nachdenklich an der Frischkäse-Bommel. »Na ja, schaden könnte es nicht, Fitzkes Geschreibsel mal unter die Lupe zu nehmen. Vielleicht erwähnt er ja sogar ein paar andere Sammler.«

Gelb, schoss es mir unvermittelt durch den Kopf. *Gelb, gelb, gelb …*

»Ich glaube, da ist einer gewesen«, sagte ich langsam.

»Wo?«

»Bei Fitzkes Beerdigung. Ein älterer Mann, er kam erst ganz am Schluss, deshalb hab ich ihn nur von weitem gesehen, als ich mit Mama und dem Bühl schon auf dem Weg zum Auto war. Er hat Fitzke was ins Grab nachgeworfen.«

»Einen Stein?«

»Blumen waren es jedenfalls nicht. Und da war auch noch eine junge Frau bei ihm. Und natürlich der Mommsen.«

»Der Mommsen? Das ist ja mal interessant.« Oskar ging in die Hocke und kraulte Porsche hinter den Ohren. »Die Indizien verdichten sich, mein lieber Watson, dass unser geschätzter Hauswart den Schlüssel zu Fitzkes Wohnung an Unbefugte ausgehändigt hat.«

»Was sind Indizien?«

»Überdeutliche Hinweise.«

»Und wer ist dein lieber Watson?«

»Der Assistent von Sherlock Holmes.«

Sherlock Holmes kannte ich aus dem Fernsehen, in Schwarz-Weiß. Er war Detektiv und trug so eine komische Kappe, die man über den Ohren runterklappen konnte, ähnlich wie bei Oskars Bommelmütze, nur ohne bunte Troddeln. Ich mochte Sherlock Holmes lange nicht so gern wie Miss Marple, er war nämlich ein ziemlicher Angeber. Allerdings war er auch wirklich sehr, sehr intelligent. Ich guckte runter zu Oskar, der immer noch Porsche kraulte.

»Oskar?«

»Hm?«

»Machen Klappen über den Ohren einen automatisch schlau?«

Oskar gab Porsche einen kleinen Klaps und richtete sich auf. Er sah sich nach links und rechts um, als erwartete er, dass hinter irgendeinem Busch ein wild gewordener Cowboy aufspringen würde, um ihn über den Haufen zu schießen. Dann holte er tief Luft und zog die Bommelmütze ab. »Hier. Aber nur kurz.«

Ich setzte mir die Mütze auf den Kopf. Sie war gar nicht so warm, wie ich gedacht hatte, und auch längst nicht so kratzig. »Und jetzt?«

»Wie viel ist die Wurzel aus achtzehn?«

»Achtzehn was?«

»Aus der Zahl achtzehn.«

»Zahlen haben Wurzeln?«

Oskar streckte eine Hand aus. »Gib mir die Mütze zurück.«

Meine Güte, so was musste man doch erst mal wissen! Zahlen mit Wurzeln … Zähne hatten auch Wurzeln, und beide Wörter fingen mit Z an. Was ein Indiz dafür sein konnte, mein lieber Watson, dass Mathe was mit Zahnschmerzen zu tun hatte.

Gewundert hätte es mich nicht. Was mich allerdings wunderte, war der nächste Satz von Oskar, denn während ich noch über Z und Wurzeln nachdachte, sagte er: »So, und jetzt werden wir dem Mommsen mal auf den Zahn fühlen.«

Langsam wurde mir diese Sache mit den Prophezeiungen ein bisschen unheimlich.

***

Vor der Dieffe 93 standen Berts und seine Freundin, in voller Motorradkluft, und setzten gerade ihre Helme auf. Neben der roten Ducati stand ein gepackter Reiserucksack.

Nachdem Jule letztes Jahr bei ihnen ausgezogen war, hatten Berts und Massoud eine Weile lang allein zusammengewohnt. Aber im Frühjahr verknallte Berts sich an der Uni, und zack, seitdem gibt es diese neue Mitbewohnerin. Sie ist hübsch, hat lange dunkelbraune Haare und mörderisch dicke Hupen – das hat der Bühl mal Mama zugeflüstert, als er nicht mitkriegte, dass ich zufällig lauschte. Autos haben Hupen, aber es ist auch ein anderes Wort für Brüste, so viel wusste Oskar, und mörderisch bedeutet riesig, so viel wusste ich. Was Brüste mit Autos zu tun haben, wussten wir leider beide nicht, und den Bühl wollte ich nicht fragen, damit er sich nicht von mir belauscht vorkam. Er hat ja auch gar kein Auto. Der Kiesling hat zwar den tollen Porsche, aber ich schätze, der kriegt die Krise, wenn ich mit Brüsten bei ihm ankomme.

Berts' Freundin finde ich eigentlich ganz okay, anders als Oskar, der findet sie fürchterlich. Angeblich hat er dafür mindestens drei schwerwiegende Gründe, aber als ich ihn danach fragte, nannte er nur einen, nämlich dass er es völlig daneben findet, wenn jemand so heißt wie eine Zeichentrickbiene aus dem Fernsehen. Ich mag die kleine Zeichentrickbiene aus dem Fernsehen, und ihren dicken Freund Willi mag ich auch, und für seinen Vornamen kann keiner was, aber Oskar blieb stur bei seiner Meinung. Bestimmt hat er in Wirklichkeit einfach Angst vor dicken Hupen. Damit wären zumindest die zwei übrigen schwerwiegenden Gründe erklärt.

»Hallo, Berts«, grüßte ich. »Hallo, Maja.«

»Hallo, Maja«, sagte Oskar. »Hallo, Willi.«

»Hi!« Berts schob seinen Helm zurecht. »Na, wo geht's hin?«

Das ist ja eigentlich eher eine Frage, die man einem stellt, der aus dem Haus rausgeht statt rein, aber bei Verknallten funktioniert irgendwas im Gehirn nicht richtig. Sie grinsen zum Beispiel wochenlang ohne Unterbrechung, sogar im tiefen Winter, also völlig ohne Vitamin D und Kalzium und dergleichen. Bei Mama und dem Bühl war das auch so gewesen. Jetzt war es so bei Berts. Nur Maja grinste nicht, aber das lag nur daran, dass sie Oskar genauso wenig mag wie er sie. Sie hält ihn für einen Besserwisser. Wenn sie ihn sieht, verzieht sie ihren Mund immer so, als hätte sie gerade in eine besonders saure Gurke gebissen.

»Wir gehen rein«, sagte ich. »Und ihr?«

»Kurz an die Uni«, sagte Berts. »Letztes Vorbereitungstreffen. Übernächste Woche sind die mündlichen Prüfungen.

Ich sage euch, mir geht der Arsch schon ganz schön auf Grundeis!«

»Was ist Grundeis?«

Er runzelte die Stirn, überlegte kurz und fing an zu lachen. »Also, ehrlich gesagt – keine Ahnung.«

»Diesen Satz würde ich bei den Prüfungen vermeiden«, sagte Oskar.

Das war nur witzig gemeint, aber Maja hatte natürlich nur auf irgendeinen Einwurf von ihm gewartet, um ihm für den Willi eine verpassen zu können. »Ganz schön altklug!«, zischte sie.

Oskar starrte sie an, zeigte seine großen Zähne in einem gefälschten Lächeln und begann leise zu summen, *in einem unbekannten Land, vor gar nicht allzu langer Zeit.* Neulich im Treppenhaus war es noch *summ, summ, summ, Bienchen, summ herum* gewesen. Er wiegte sich dabei in den Hüften, das brachte die Bommeln ordentlich zum Wippen. Maja guckte ihn so böse an, als wollte sie ihm eine klatschen oder ihm die Bommeln in den Hals stopfen.

Ich zeigte auf den Reiserucksack. »Und nach der Uni?«

»Geht's weiter. Rauf nach Norden, an die Ostsee. Ein bisschen Erholung über Pfingsten, bevor der Stress losgeht. Obwohl, die Hälfte des Gepäcks besteht aus Büchern.« Berts grinste schon wieder, als Maja zur Ducati ging und den Rucksack schulterte. »Wir müssen los. Schönen Tag noch euch zweien! Hey, und passt auf unsere Bude auf – Massoud ist bei seinen Eltern im Iran!«

Ich überlegte, ob ich ihm nachrufen sollte, dass der Kiesling auch an der Ostsee war und dass es dort fünfundzwanzig Grad hatte mit Wind aus … irgendeiner Richtung. Aber dann guckte ich nur traurig zu, wie die beiden aufstiegen, Berts die Maschine startete und mit einem letzten Winken losfuhr. Sobald er seine Prüfungen bestanden hatte, würde er wegziehen. Er war so gut in seinem Beh-Weh-Ell, dass er schon einen Job angeboten bekommen hatte, in irgendeinem von den beiden Frankfurts.

> FRANKFURT: Es gibt Frankfurt/Main und Frankfurt/Oder. Da fragt man sich wieder mal, wer sich so was ausdenkt. Frankfurt/Main und /Dein oder Frankfurt/Entweder und /Oder könnte man sich viel besser merken. Womöglich wäre dann sogar noch Gedächtnis im Kopf übrig für die Flüsse, an denen diese Frankfurts liegen.

Bei Mommsen mussten wir nicht klingeln. Die Flügeltür zum Hinterhof stand weit offen, und wir sahen ihn dort vor den Mülltonnen mit dem Besen herumfuhrwerken. Ein ausgebeulter grauer Jogginganzug spannte sich über seinen Bauch.

»Dann mal los«, sagte Oskar leise.

Im nächsten Augenblick war er nicht mehr an meiner Seite, sondern zehn Schritte vorausgeeilt. Bis ich aufgeholt hatte und draußen ankam, hatte er das *Hallo, so ein Zufall, was machen Sie denn hier an diesem schönen sonnigen Tag, fegen Sie etwa den Hof?* schon hinter sich und den Mommsen voll in der Mangel.

»Sie haben den Schlüssel zu Fitzkes Wohnung weitergegeben«, hörte ich ihn sagen, und er klang dabei erwachsener, als selbst manche Erwachsene klingen. Das war schlau. Als Frage formuliert, so was wie *Haben Sie etwa einen Schlüssel weitergegeben?,* wäre der Mommsen sicherlich weniger überrumpelt gewesen. Er hielt mit dem Fegen inne.

»Und?«

»Und nun fehlt was aus der Wohnung.«

»Sagt wer?«

»Sagen wir. Wir haben nachgesehen.«

Offenbar war der Mommsen nüchtern. Er glotzte Oskar verblüfft an und stützte sich auf den Besenstiel. Wenn er befuselt ist, zeigt er weniger Regung. Eigentlich gar keine.

»Eingebrochen, oder was?«

»Fitzke hat Rico testamentarisch in seinem Nachlass bedacht. Wir haben einen Schlüssel.«

»So, bei euch ist der also gelandet. Hatte mich schon gewundert … Ihr habt da rumgeschnüffelt?«

Oskar gab keine Antwort. Normalerweise starrt er Leute gern an, was sie furchtbar verunsichert, aber diesmal guckte er einfach an der Hauswand vom Seitenflügel rauf, als hätte er dort gerade etwas wahnsinnig Interessantes oder Lehrreiches entdeckt, obwohl die mit ihrem blätternden Putz echt nicht so toll aussieht.

Nach einer Weile bewegte der Mommsen die Schultern vor und wieder zurück, als würde ihn etwas unangenehm am

Rücken kratzen. »Wennschon«, brummte er. »Was soll da großartig fehlen bei Fitzke? Der hatte nichts.«

»Er hatte seine Steinesammlung«, sagte Oskar, den Blick immer noch nach oben gerichtet.

»Und? Andere Leute sammeln Briefmarken.«

»Manche Briefmarken sind wertvoll.«

»Die Steine aber nicht. Die waren bloß Spinnerei.«

»Den fehlenden hätten wir trotzdem gern zurück.« Jetzt wandte Oskar den Kopf und feuerte eine volle Breitseite aus seinen grünen Augen ab. In mir blitzte kurz die Frage auf, wie er ausgerechnet dem manchmal so unwirschen Mommsen gegenüber so erwachsen sein konnte, Lars gegenüber aber hilfloser war als ein Neugeborenes.

»Also, wen haben Sie in die Wohnung gelassen?«

Der Mommsen presste die Lippen so fest zusammen, als wollte er ein Hemd dazwischen bügeln, und er musterte Oskar mit einem Blick, als überlegte er, ob so ein nervender kleiner Junge unauffällig in die Biotonne passte.

»Ich kann auch noch mal etwas lauter fragen«, sagte Oskar, und ich guckte automatisch an den Wänden von unserem und vom Nachbarhaus rauf. Überall standen Fenster schräg, um die schöne Frühsommerluft reinzulassen. Wenn man hier unten einigermaßen laut sprach, das hatte ich vom Dachgarten aus schon mitgekriegt, flogen die Worte nach oben wie durch einen Trichter.

Der Mommsen guckte erst ebenfalls rauf und dann runter auf seine Schuhspitzen. Seine Unterlippe stülpte sich langsam vor, wie eine Schnecke, die aus ihrem Haus rauskommt, um zu gucken, ob die Luft rein ist. »Hab mir ja nichts dabei gedacht«, murmelte er schließlich. »Sie wollte doch bloß ein paar Erinnerungsstücke.«

»Wer?«

»Die Julia. Und es gab ja auch keinen Grund, sie nicht reinzulassen. Fitzke hätte nichts dagegen gehabt, sie hat sich hin und wieder um ihn gekümmert. Na ja, kümmern, was sag ich … Jedenfalls hat sie ihn ab und zu besucht.«

Das war mir neu. Ich hatte nie mitgekriegt, dass irgendwer Fitzke besucht hätte. Außer letztes Jahr, da …

GELB!

Und endlich fiel mir alles wieder ein. Ich sah die junge Frau vor mir, wie sie Oskar und mir im Haus eilig die Treppe runter entgegenkam, in zerschlissenen Jeans und in einer hellgelben Sommerjacke. Am Vorabend unseres Ausflugs nach Neukölln war das gewesen, als wir in Mamas Nachtclub eindringen wollten. Die Haare der Frau waren dunkler und länger gewesen, nicht blond gefärbt und kurz, deshalb hatte ich mich nicht sofort an sie erinnert. Fitzke hatte ihr von oben hinterhergebrüllt: *Lass dich hier nie wieder blicken! Da muss ich schon mit den Füßen zuvorderst zur Wohnung raus, bevor du kriegst, was du willst – und selbst für den Fall hab ich vorgesorgt!*

Und das hatte er, denn kurz zuvor war er beim Anwalt gewesen, um sein Testament zu machen. Und jetzt wusste ich oder glaubte zumindest zu wissen, was die junge Frau von ihm gewollt hatte. Ich wusste sogar, wer sie war.

»Julia Bonhöfer«, sagte ich.

Dass sie die Enkelin von Fräulein Bonhöfer aus dem Hinterhaus war, die sich vor Gott weiß wie vielen Jahren in die Luft gesprengt hatte, hatte Fitzke Oskar und mir im Anschluss an sein Gebrüll im Treppenhaus erzählt. Ich wusste noch, wie verwirrt ich gewesen war, dass ein Fräulein eine Enkelin hatte.

Oskar sah mich so überrascht an, als hätte ich doch noch das mit der Wurzel aus achtzehn rausgekriegt, und der Mommsen guckte genauso überrascht, als wäre ihm bisher gar nicht aufgefallen, dass da noch einer war außer ihm und Oskar. Dann nickte er mit einer Selbstverständlichkeit, als gäbe es keine anderen Julias auf der Welt.

»Woher kannte sie Fitzke denn so gut?«, sagte ich.

»Na, von früher«, sagte der Mommsen. »Als sie mit ihrem Vater noch da oben wohnte.«

Er zeigte am abgesperrten Hinterhaus hinauf, das dank der Sprengung wahrscheinlich bis ans Ende aller Zeiten einsturzgefährdet bleibt. Leere Wohnungen starrten mich durch dunkle Scheiben an. Mit einem kleinen Schaudern dachte ich kurz an die Tieferschatten. Es hatten also drei Bonhöfers dort gewohnt – das alte Fräulein im Dritten und ihr Sohn mit seiner Tochter im Zweiten, auf den der Mommsen jetzt zeigte.

»Fitzke ging bei ihnen ein und aus«, fuhr er fort. »Da wurde noch Jahre später dieses und jenes gemunkelt – dass er und die Bonhöfer mal was miteinander gehabt hatten, ihr versteht schon. Ging aber angeblich nicht lange, die Sache. Dem Fitzke waren wohl seine Steine wichtiger als die Frauen.«

»Dann war der Sohn von Fräulein Bonhöfer –«

»Ein Ableger von Fitzke?« Mommsen lachte kurz auf. »Nee. Der stammte von irgendeinem Kerl, der die Bonhöfer'sche mit dem Balg sitzen ließ, Ende der Fünfziger. Der Fitzke zog erst Anfang der Sechziger hier ein. Und man mag ja von ihm halten, was man will, aber offenbar kümmerte er sich um den Jungen. Und dass ihr mal nicht denkt, das wäre selbstverständlich gewesen. Eine unverheiratete Frau mit Kind, das war seinerzeit noch ein richtiger Skandal. Die wurden behandelt wie Aussätzige.«

»Von wem denn ausgesetzt?«

»Aussätzige, du Pappkopf!«, schnaubte der Mommsen. »Wie jemand mit Pest oder Lepra oder was weiß ich! So war das eben früher. Aber Zeiten ändern sich, Menschen ändern sich, Meinungen ändern sich. Und der Fitzke pfiff sowieso auf das, was die Leute sagten. Er fand wohl Gefallen an dem Jungen und kümmerte sich um ihn. Und als der Junge erwachsen war und eine eigene Tochter bekam, kümmerte er sich auch um diese Tochter.«

»Julia.«

»Mhm. Ein schwieriges Kind. Ihr Vater musste sie allein aufziehen, unterstützt von dem alten Fräulein. Die Mutter hatte sich früh aus dem Staub gemacht. Geschichte wiederholt sich – das stammt nicht von mir, das hat jemand Schlaues gesagt. Wäre besser, die Julia würde sich von keinem ein Kind andrehen lassen. Liegt wohl in der Familie, dass regelmäßig ein Elternteil stiften geht.« Der Mommsen lachte erneut auf, wurde aber sofort wieder ernst, als er Oskars düsteren Blick bemerkte. Er zeigte erneut aufs Hinterhaus.

»Wie gesagt, die wohnten da oben. Als ich meinen Posten hier antrat, waren sie aber schon ein paar Jahre nicht mehr da.«

»Aber gestern«, schaltete Oskar sich wieder ein, »war Julia mit ihrem Vater auf dem Friedhof? Um sich von Fitzke zu verabschieden?«

Mommsen nickte.

»Und um Sie um den Schlüssel zu Fitzkes Wohnung zu bitten?«

»Genau.«

»Hat sie ihn noch? Den Schlüssel?«

»Keine Ahnung, da müsste ich nachsehen.« Der Mommsen schaute in Richtung Hausdurchgang, zu den Briefkästen. »Wollte ihn mir einwerfen.«

»Sammeln die beiden auch Steine?«, sagte ich. »Fitzke hat sie doch früher bestimmt mal mitgenommen, wenn er welche suchte.«

»Nee, Blödsinn. Das mit den Steinen, das war doch sogar der Grund dafür, warum der Bonhöfer zuletzt mit Fitzke nichts mehr zu tun haben wollte. Hatte irgendwann die Nase voll von dem Schwachsinn.« Mommsen zog lautstark die eigene Nase hoch und rotzte auf den Boden. »Steine züchten! Da muss einer auch erst mal draufkommen, auf so einen Stuss.«

»Aber Julia hatte die Nase nicht voll?«, sagte Oskar. »Jedenfalls nicht voll genug, um nicht wenigstens einen Stein von ihm zur Erinnerung haben zu wollen?«

Der Mommsen musterte interessiert seine über den Boden verteilte Rotze. »Wird wohl so sein.«

»Wissen Sie, wie wir sie erreichen oder wo wir sie finden können?«

»Nee. Keine Ahnung. Da müsstet ihr schon ihren Vater fragen.«

»Und wo wohnt der?«

Jetzt plusterte der Mommsen sich auf. »Wie käme ich denn dazu, euch kleinen Flitzpiepen die Adresse –?«

»Wie kämen wir denn dazu«, unterbrach Oskar ihn scharf, »der Hausverwaltung mitzuteilen, dass Sie Fitzkes Wohnung einer Unbefugten zugänglich gemacht haben? Da liegen noch Bargeld und Sparbücher herum. Sie können von Glück reden, dass Julia sich dafür offenbar nicht interessiert hat.«

Mein lieber Schwan. Das war Erpressung!

Aber sie funktionierte.

***

Der Mommsen hatte uns eine Adresse in Lankwitz genannt, deshalb nahmen wir ab Südstern die U-Bahn. Ein paar Stationen weiter würden wir auf die S-Bahn umsteigen müssen. Anschließend dann noch Bus und ein Stück zu Fuß. Allein hätte ich mich das nicht getraut, und wenn überhaupt, dann nur mit Proviant für mindestens drei Tage im Rucksack, falls ich mich völlig verfranzte und in Sri Lanka oder dergleichen rauskam.

PROVIANT: Die Franzosen haben das Wort aus zwei anderen Wörtern zusammengebastelt, die sie vorher den Italienern geklaut haben. Es bedeutet Mundvorrat. Ich hätte es Rucksackvorrat genannt, weil in einen Rucksack mehr reinpasst, oder Mundraub, weil es eben ein geklautes Wort ist, aber eigentlich ist das egal. Hauptsache, man packt genug davon ein, bevor man durch die Gegend fährt.

Mit Oskar dabei musste ich mir keine Gedanken machen, jedenfalls nicht ums Verfahren. Gedanken machte ich mir trotzdem, aber die hatten mit der Dieffe 93 zu tun.

»Ist doch komisch, oder?«, sagte ich, nachdem wir am Südstern eingestiegen waren.

»Was?«

»Mit Häusern und den Leuten, die darin wohnen. Zum Beispiel hat vor mir und Mama der Marrak in unserer Wohnung gewohnt. Aber vor ihm haben ja auch schon Leute darin gewohnt, vor denen bestimmt Leute darin gewohnt hatten, die nach Leuten eingezogen waren, die auch schon darin gewohnt hatten. Darüber habe ich noch nie nachgedacht.«

»Ich auch nicht«, sagte Oskar abwesend.

»Wenn man sich all diese Leute zusammen in der Wohnung vorstellte, gäbe das morgens eine ziemlich lange Warteschlange vor dem Klo, was?«

»Tja«, machte Oskar, und dann guckte er zum Fenster der brausenden U-Bahn raus in den dunklen Tunnel, und plötzlich war es wie das geheimnisvolle Dunkel der Vergangenheit und der Zukunft. Von beiden wusste man gar nichts. Ich hatte zum Beispiel keine Ahnung davon gehabt, dass in der Dieffe 93 früher mal ein Steine züchtender Mann sich um ein ausgesetztes Fräulein mit Kind gekümmert hatte. Und irgendwann würde niemand mehr eine Ahnung davon haben, dass viele Jahre später ein anderer Mann aus diesem Haus Kinder entführt hatte, dass da eine Jule gewohnt hatte, bis sie irgendwo auf der Karte unten links oder rechts gelandet war, oder ein Berts, der in eins von zwei Frankfurts mit Fluss abhaute. Irgendwann würden auch Mama und ich vergessen sein und Mommsen, Massoud und die Kesslers, der Kiesling, die RBs, Oskar und Lars, Frau Dahling, der Bühl ... Plötzlich kam wieder eine Trauerwelle angerauscht, aber bevor sie sich richtig in mir ausbreiten konnte, waren wir schon angekommen und stiegen in die S-Bahn um.

Der Bonhöfer wohnte in einem von diesen braunen Häuserblöcken mit kleinen Fenstern, die in der Adventszeit immer bunt glitzern und blinken wie Landebahnen für sehr kleine UFOs, in denen aber auch gern mal das graue Gefühl nistet. Auf dem Klingelschild stand *H. Bonhöfer.* Ich hatte ein bisschen Schiss, dass er uns nicht reinlassen würde, und konnte nur hoffen, dass Oskars erwachsene Masche bei ihm noch mal genauso zog wie bei Mommsen. Tat sie!

»Wir müssen mit Ihnen über Ihre Tochter reden«, sagte Oskar in die Sprechanlage. »Sie steckt in Schwierigkeiten.«

Es summte, die Tür ging auf, und eine Minute später saßen wir Herrn Bonhöfer in seiner freundlich eingerichteten Küche am Tisch gegenüber. Alles an ihm war kantig, als hätte er ein Skelett aus Eisen. Selbst seine Haare waren kräftig und silbern wie eine Drahtbürste. So jemand, überlegte ich, kannte kein graues Gefühl. Aber der Bonhöfer kannte ganz bestimmt jede Menge Sorgen. Sie hatten ihm tiefe Knitterfalten ins Gesicht gegraben.

»Dann legt mal los«, sagte er mit tiefer Stimme. »Was hat Julia diesmal wieder angestellt?«

Er war es also gewohnt, wegen seiner Tochter Stress zu haben, aber gut, irgendwo mussten die Falten ja herkommen. Bestimmt hatte er deshalb seine Küche mit Blümchentapete tapeziert – damit er, wenn er schon so eine Sorgentochter hatte, wenigstens ab und zu bessere Laune kriegte. Neben der Tür hing ein witziges Schlüsselbrett mit Haken, die aussahen wie fünf nebeneinander blühende Tulpen, zwar mit nur drei Schlüsseln dran, aber dafür mit einem handgemalten roten Herzchen über einer der beiden freien Blüten. Und an einer der Wände hingen jede Menge gerahmte Fotos und ein paar Ansichtskarten. Ich guckte sie mir an, während Oskar dem Bonhöfer erzählte, was seine Tochter diesmal wieder angestellt hatte.

Ein paar Bilder zeigten einen hübschen Leuchtturm aus rostroten Backsteinen von verschiedenen Seiten aus und ein paar andere einen Strand mit Dünen und kleinen schiefen Nadelbäumen und Meer weiter hinten. Dann gab es noch eins von einem breiten hölzernen Steg, der endlos weit ins

Meer zu ragen schien, und eine Ansichtskarte mit Ortschaften wie auf einer Landkarte drauf, unter denen *Gruß von der Bernsteinküste!* gedruckt stand, und in eine der Ortschaften war das gleiche winzige rote Herzchen gemalt wie auf dem Schlüsselbrett, sehr niedlich.

Aber auf den meisten Fotos war Julia zu sehen. Jetzt, aus der Nähe, erkannte ich sie sofort wieder, denn ich erinnerte mich, aus der Begegnung im Treppenhaus, an ihre hübschen mandelförmigen Augen. Anscheinend änderte sie gern mal ihre Haarfarbe, in rot, schwarz, blond, braun, sogar lila und grün, und auf fast jedem Foto hatte sie eine andere Frisur, von stoppelkurz bis lang.

Auf einem Bild waren ihre Haare lang und dunkel, und eine Strähne war ihr ins Gesicht geweht. Es war das einzige Foto, auf dem Julia lachte und natürlich aussah. Sie hatte von hinten einen Arm um ihren Papa gelegt und guckte ihm über die Schulter. Beide standen in einem Garten, unter einem blühenden Baum, bestimmt Äpfel oder Melonen oder so was. Im Hintergrund war ein kuscheliges kleines Häuschen zu sehen. Das musste irgendwo außerhalb oder ganz am Rand von Berlin sein.

»Und deshalb«, schloss Oskar seine Erzählung, »hätten wir den Kalbstein gern wieder. Er bedeutet Rico viel. Einfach deshalb, weil er Fitzke viel bedeutet hat.«

»Verstehe«, sagte der Bonhöfer nur. Wirklich überrascht zu haben schien es ihn nicht, dass Julia in Wohnungen eindrang, die ihr nicht gehörten, um dort Sachen zu klauen, die ihr noch weniger gehörten. Aber er überlegte. Er überlegte so lange, dass ich ihn schon fragen wollte, ob er seinen Gästen in der Zwischenzeit nicht was anbieten wollte, ein Erfrischungsgetränk oder eine kleine Erfrischungsspeise zum Beispiel.

»Es ist nett von euch, dass ihr zu mir kommt und nicht gleich zur Polizei gerannt seid«, sagte er endlich. »Aber ich befürchte, ihr seid bei mir an der falschen Adresse. Julia und ich pflegen nicht gerade den engsten Kontakt.«

»Es würde uns ja schon reichen, wenn sie uns sagen, wo wir sie finden können«, sagte Oskar.

»Genau«, warf ich ein. »Sie kann auch ruhig weiter weg wohnen. Wir haben Tageskarten für die Bahn.« So musste er sich keine Sorgen machen, dass unser Taschengeld für die Fahrt draufging. Er musste ja nicht noch mehr Falten kriegen, nur wegen uns.

Der Bonhöfer ließ sich Zeit mit einer Antwort. Er wandte den Kopf, und sein Blick glitt über die Fotos an der Wand, blieb kurz auf dem hängen, wo Julia ihn umarmte, wanderte weiter über die nächsten Bilder, zu dem niedlichen Tulpen-Schlüsselbrett bei der Tür, und kehrte zuletzt zurück zu Oskar und mir.

»Ich weiß nicht, wo sie sich gerade aufhält«, sagte er. »Wir haben kein wirklich gutes Verhältnis. Julia war schon immer ein schwieriges Kind. Und ich befürchte, ich war kein einfacher Vater.«

Genau dasselbe hatte der Mommsen auch gesagt: dass Julia ein schwieriges Kind gewesen war.

»Sie hat aber auch manchmal so eine Art ...« Der Bonhöfer

schüttelte den Kopf. »Jedenfalls wohnt sie bei ihrem aktuellen Freund, denke ich. Sie wohnt immer bei ihren Freunden.«

»Und wer ist das?«, sagte Oskar.

»Kenne ihn nicht. Will ihn auch nicht kennen.« Er seufzte. »Julia hat ein unglückliches Händchen für zwielichtige Typen.«

»Haben Sie ihre Handynummer?«

»Ich weiß ja nicht mal, ob sie ein Handy hat.« Der Bonhöfer hob beide Hände hoch. »Es tut mir leid, ich kann euch wirklich nicht weiterhelfen. Natürlich kann ich Julia von euch erzählen, wenn sie irgendwann mal wieder bei mir auf der Matte stehen sollte, und –«

»Würde sie den Stein denn freiwillig wieder rausrücken?«, unterbrach ihn Oskar.

»Wie ich sie kenne, wohl eher nicht. Allerdings, wenn man ihr vorschlagen würde …« Der Bonhöfer sah mich erwartungsvoll an. »Vielleicht könntest du mit ihr ja eine Abmachung treffen? Dass du dir den Stein ab und zu anschauen kannst?«

»Ich will aber keine Abmachung«, sagte ich fest. »Ich möchte den Kalbstein wiederhaben. Julia kann ja einen von den anderen Steinen haben. Von den normalen. Von mir aus sogar zwei.«

»Tja, wenn das so ist …« Der Bonhöfer holte tief Luft und fuhr sich mit der Hand über seinen silbernen Drahtbürstenkopf. »Sie hat sehr an Fitzke gehangen. Wie an einem echten Großvater. Und sie weiß, genau wie du, was ihm speziell dieser Stein bedeutet hat. Sie würde ihn dir nicht zurückgeben.«

»Glaubt sie denn, dass der Stein … dass er wirklich gekalbt ist?«

Der Bonhöfer winkte ab, und diesmal grinste er sogar. »Das glaubt ernsthaft hoffentlich keiner. Im besten Fall war diese Steinzucht einfach die Absonderlichkeit eines unglücklichen, unzufriedenen alten Mannes.«

»Und im schlimmsten Fall?«

Das Grinsen erlosch wie eine Kerze, die ausgepustet wurde. »Ein Mensch, dem tote Dinge wichtiger werden als lebendige, immer wichtiger, je älter er wird? Der andere Menschen so sehr verprellt, bis sie sich zuletzt ganz von ihm zurückziehen, weil sie seine Selbstsüchtigkeit nicht mehr ertragen? Was meint ihr?« Der Bonhöfer sah Oskar und mich abwartend an, dann zuckte er die Achseln. »Fitzke war verrückt. Harmlos verrückt, aber verrückt.«

Oskar gab einen kleinen, zustimmenden Ton von sich.

»Und Sie?«, sagte ich zögerlich.

»Ich?«

»Auf dem Friedhof, gestern … da haben Sie Fitzke doch einen Stein in sein Grab nachgeworfen, oder?«

»Und?«

»Na, wenn Sie ihn doch eigentlich nicht mehr leiden konnten …«

»Man muss jemanden nicht mögen, um ihm Respekt zu erweisen. Er war für mich und für meine Mutter da, als niemand sonst für uns da war. Damals war das etwas, das zählte.« Der Bonhöfer lächelte kurz, und sein Blick wurde weich, als er an eine Vergangenheit dachte, die nur ein unglücklicher kleiner Junge, ein ausgesetztes Fräulein und ein harmlos verrückter Steinzüchter kannten. »Fitzke war nicht der perfekte Ersatzvater, den ich mir wünschte. Aber wer ist schon perfekt? Wir haben alle unsere kleinen Macken, oder?«

Sein Blick wurde wieder hart, und plötzlich war ich mir sicher, dass er schon als Kind seine ersten Sorgenfalten gekriegt hatte. Er musterte Oskar und kniff kurz die Augen zusammen, als er die weißen Flecken auf der einen Bommel der Strickmütze bemerkte.

»Frischkäse«, sagte Oskar.

Der Bonhöfer nickte bloß.

Als er kurz darauf die Tür hinter uns schloss, konnten wir hören, wie er zweimal den Schlüssel umdrehte.

***

»Ich fand den ziemlich nett«, sagte ich zu Oskar auf dem Weg zur Bushaltestelle. Das braune Haus, in dem der Bonhöfer wohnte, lag hinter uns und war nur noch eins von vielen braunen Häusern. »Okay, er hat uns keinen Sprudel oder dergleichen angeboten, aber –«

»Er war zu nett«, erwiderte Oskar. »Aber das musste er auch sein.«

»Weil er womöglich gar keinen Sprudel dahatte?«

»Nein. Weil er von vorn bis hinten gelogen hat.«

Ich blieb überrascht stehen. »Gelogen?«

»Jedenfalls, sobald es um seine Tochter ging. Überleg doch mal: Angeblich weiß er nicht, ob Julia ein Handy hat. Angeblich weiß er nicht, wo oder bei wem sie wohnt. Da stellt sich logischerweise die Frage …«

Er sah mich abwartend an, als wäre ich der Schlaue mit den Klappen über den Ohren. Ich dachte eine Weile nach, dann zuckte ich die Achseln. »Ob sie obdachlos ist?«

»Nein. Wie sie von Fitzkes Beerdigung erfahren hat. Eine Todesanzeige in der Zeitung hat es ja wohl kaum gegeben, oder?«

»Nicht dass ich wüsste. Von wem denn auch?«

»Na bitte. Und vom Mommsen wusste sie es auch nicht, der hat selber keine Ahnung, wie man sie erreicht.« Oskar wippte auf den Fußspitzen gut gelaunt vor und zurück. Er war total zufrieden mit sich selbst. »Ich denke, der Bonhöfer weiß sehr genau, wo Julia steckt. Und ich denke, ich weiß es auch.«

Jetzt kam auf meine erste Überraschung noch diese zweite drauf. Am liebsten wäre ich noch mal stehen geblieben, aber ich stand ja schon, also ging ich unter der Last der Überraschungen einfach ein bisschen in die Hocke.

»Wo denn?«

Oskar hörte mit dem Wippen auf. »Wie viel Geld hast du?«

»Fünfzig Euro«, antwortete ich stirnrunzelnd. »Die der Bühl mir geschenkt hat, für die nächste Woche. Plus ein bisschen gespartes Taschengeld in meinem Reichstag.«

»Mist, das dürfte für die Bahn nicht reichen.« Er knabberte

kurz an einem Fingernagel. »Na gut, dann fahren wir eben schwarz. Also, ohne Fahrkarte.«

»Ich weiß, was schwarzfahren bedeutet. Aber wir haben doch unsere Tageskarten?«

»Ich meine nicht die S-Bahn.«

»Nicht die S-Bahn?« Diese dritte Überraschung reichte schon fast für eine Kniebeuge. »Wohin wollen wir denn?«

Oskar stapfte los und blickte nur kurz über die Schulter. »Falls du heute noch aus der Hocke kommst: rauf nach Norden. An die Ostsee.«

IMMER NOCH SAMSTAG

MIT HÄNDEN UND FÜSSEN

Ich habe Hunger!

Das muss man ja morgens, wenn man das Frühstück für den besten Freund ausfallen lässt, erst mal wissen, dass man am Abend desselben Tages ein paar hundert Kilometer weiter oben im Norden, der aus irgendeinem Grund auch der Osten ist, nur mit jeder Menge Wasser drin und Wind aus irgendeiner Richtung ... also, dass man da in einem Holzschuppen übernachtet, mit immer noch so gut wie nichts im Bauch, außer einem einzigen hutzeligen Apfel. Ich wünschte, es wäre noch Frischkäse an der Bommel. Hundedrops sind auch keine mehr übrig. Die letzten sind im Zug draufgegangen, weil Porsche so aufgeregt war und ich mich irgendwie beruhigen musste.

Wind pfeift leise durch die Ritzen in den Bretterwänden. Das Holz knarzt und knackt. Die Luft duftet wunderbar frisch und würzig, aber das macht einem erst so richtig Appetit. Porsche und Oskar schlafen schon. Ich bin noch hellwach, deshalb schreibe ich Tagebuch, im Licht einer Taschenlampe. In mein Matheheft, ausgerechnet! Irgendwann später muss ich das alles noch mal abtippen.

Mann, Mann, Mann!

Andererseits ist das wohl so bei Abenteuern. Man kann sich nicht alles aussuchen oder vorher großartig planen. Manchmal kommt es eben anders, als man denkt oder als man überhaupt jemals gedacht *hätte.* Wenn ich zum Beispiel überlege, wie Oskar und ich hier in diesem Schuppen gelandet sind oder von wem ich die Taschenlampe gekriegt habe und wie ich noch heute Mittag geradezu prophetisch gespürt hatte, dass ich eine brauchen würde …

***

»Meinst du, wir brauchen eine Taschenlampe?«, rief ich Oskar aus meinem Zimmer zu.

»Wofür?«, rief er von nebenan zurück.

»Falls wir im Dunkeln was suchen müssen oder dergleichen.«

»Übertreib mal nicht.«

Ich stand vor meinem geöffneten Kleiderschrank. Porsche guckte aus glänzenden Augen erwartungsvoll zu mir hoch, als wüsste er, dass ihm seine erste Reise bevorstand. Niemals hätte ich ihn allein zurückgelassen. Oskar saß im Wohnzimmer vor Mamas Computer und suchte nach passenden Bahnverbindungen.

»Oskar? Muss ich einen Reisepass mitnehmen?«

»Blödsinn.«

So blödsinnig fand ich die Frage nicht. Die Ostsee war nämlich riesig, das hatte ich mir eben auf meiner Weltkarte angeguckt. Von Deutschland aus betrachtet, schwappte sie auf der einen Seite gegen Dänemark – wo Oskar letztes Jahr bei den Wikingern gewesen war – und auf der anderen Seite gegen Polen. Von dort aus schwamm sie weiter nach oben, bis sie sich zuletzt zwischen Schweden und Finnland reindrückte, und zwar mit zwei Busen, die Finnischer und Bottnischer Meerbusen hießen. Vor allem der zweite Busen war so groß, fand ich, dass er genauso gut Bottnische Hupe heißen konnte.

Daran, wie es mit der Ostsee oberhalb von Dänemark weiterging, durfte ich gar nicht denken. Das machte mich echt sauer.

<u>OSTSEE (ANDERE SEITE)</u>: Oben über Dänemark her und auf der anderen Seite daran wieder runter geht die Ostsee als Nordsee weiter. Das ist eine bodenlose Unverschämtheit! Es ist doch wohl sonnenklar, dass die Nordsee dort Westsee heißen müsste! Aber immer schön meckern, wenn ein Tiefbegabter den Kompass nicht versteht!

»He, es gibt eine Zugverbindung um halb zwei, bei der wir nur einmal umsteigen müssen!«, rief Oskar aus dem Wohnzimmer. »Das ist fürs Schwarzfahren besser, da werden wir weniger kontrolliert! Also beeil dich, okay?«

»Beeil du dich doch selber! Ich bin schon so gut wie fertig.«

Eigentlich hatte ich noch gar nicht angefangen, aber das lag nur daran, dass ich noch nie eine Reisetasche gepackt hatte, was wiederum nur daran lag, dass ich gar keine Reisetasche besaß. Also musste ich meinen Rucksack nehmen, aber außer der Zahnbürste und Badesachen und Trockenfutter für Porsche war mir noch nichts zum Packen eingefallen. Frische Unterwäsche? Morgen würden wir ja schon wieder zurückkommen, wahrscheinlich nach einer Übernachtung im Freien, hatte Oskar überlegt, denn ein Hotel wäre erstens zu teuer, und zweitens würde da jeder merken, dass wir ohne Eltern unterwegs waren. Zusätzliche Klamotten waren also überflüssig, außer vielleicht ein dicker Pulli und eine Regenjacke, nur zur Sicherheit.

Andererseits, so eine Unterhose mit Pipiflecken drin … Mama hat mal gesagt, nicht Hygiene, sondern Pipiflecken wären der eigentliche Grund dafür, dass Leute sich jeden Tag saubere Sachen anziehen. Sie haben Angst davor, zufällig vor einen Bus zu laufen oder in eine Baugrube zu fallen oder dergleichen, denn wenn man ihnen dann im Krankenhaus die Hose runterzieht, haben sie den Salat. Es wäre total peinlich, außer natürlich, sie hätten gelbe Unterwäsche an, aber aus irgendeinem Grund ist die nicht so angesagt. Der Bühl zum Beispiel trägt bunt gestreifte Slips, die Mama total sexy findet. Es sind alle Farben drin außer Gelb, aber warum das so ist, konnte weder Mama noch der Bühl mir sagen.

Oskar steckte den Kopf zur Tür rein, als ich gerade eine Unterhose in den Rucksack steckte. »Zum Hauptbahnhof fährt ab Urbanstraße ein Schnellbus. Ich geh jetzt packen. Klingelst du?«

»Klar. Aber was willst du Lars erzählen?« Darüber hatte ich

mir schon eine ganze Weile Gedanken gemacht. »Ich meine, wegen seiner Verantwortung und so weiter.«

Nicht dass ich mich wirklich sorgte, außer um eine passende Ausrede. Von mir aus konnte dieser Irre sich seine Verantwortung an den Hut stecken. Wie ich ihn kannte, würde er sowieso frühestens in drei Tagen mitkriegen, dass in seinem Haushalt was fehlte.

Oskar zuckte die Achseln. »Ich sage ihm, dass wir heute lieber bei dir pennen, weil Porsche Depressionen kriegt, wenn er allein ist. Und dass wir morgen den ganzen Tag im Zoo verbringen. Irgend so was.«

»Aber –«

»Das klappt schon.« Oskar zeigte auf mein Regal. »Nimm bitte Fitzkes Journal mit. Ich möchte das unterwegs lesen.«

Und weg war er.

Ich steckte das grüne Journal in meinen Rucksack. Die Bücher nahm ich alle raus, damit Oskar nicht auf die Idee kam, unterwegs mit mir irgendwas zu üben, und vorsichtshalber auch noch schnell alle Hefte, bis auf eins, um ein Tagebuch zu haben. Nach kurzem Überlegen packte ich auch noch eine zusätzliche Unterhose für Oskar ein, für den Fall, dass er nicht an so was dachte. Er würde unter Umständen einen Unfall mit einem Bus überleben, aber niemals, niemals die Peinlichkeit von Pipiflecken.

Ich sah mich seufzend um. Fertig.

Fast.

Ein laues Frühsommerlüftchen wehte durch die Wohnung. Mama hatte mir aufgetragen, die Fenster gekippt zu halten, damit ich nicht an Sauerstoffmangel starb, obwohl Oskar gemeint hatte, in einem geschlossenen Raum würde man nicht an zu wenig Sauerstoff sterben, sondern an zu viel Kohlendioxid. Das käme beim Ausatmen aus uns raus und wäre zum Beispiel auch schädlich für Treibhäuser. Trotzdem ging ich jetzt von Zimmer zu Zimmer und schloss jedes Fenster – konnte ja sein, es kam doch noch ein Gewitter, dann würde es reinregnen, und Mama müsste neues Parkett kaufen.

Wenn ich an Mama dachte, bekam ich ein schlechtes Gewissen, weil ich einfach abhaute. Aber es war ja nur für kurz und außerdem für einen guten Zweck, nämlich für das heilige Andenken an Fitzke, und sowieso war es trotz der fünfzig Euro vom Bühl schon eine ziemliche Unverschämtheit, allein nach Sri Lanka zu fliegen und sein hilfloses Kind einem Bekloppten zu überlassen, damit der daran Verantwortung ausprobieren konnte. Ich war allein an der Ostsee bestimmt viel sicherer als hier in der Dieffe unter der Obhut von Lars.

Und vielleicht waren meine Bedenken ganz umsonst. Vielleicht würden wir einfach nur einen schönen Tag am Meer verbringen, ohne Verbrecherjagd, denn es war ja gar nicht sicher, dass Oskar Recht behalten würde. Kann sein, es lag nur an seinen Sherlock-Holmes-Bommeln, aber ich fand es schon den Hammer, wie er sich das alles zusammengereimt hatte. Dieser Reim bestand zur einen Hälfte aus dem, was er beim Bonhöfer in der Küche bemerkt hatte, und zur anderen Hälfte aus der Körpersprache vom Bonhöfer und wie seine Pupillen auf- und wieder zugegangen waren, während er die Fotos an der Wand anguckte und so weiter. Hatte ich nicht viel von mitgekriegt.

Jedenfalls, hier ist Oskars Beweisliste, die womöglich zusätzlich beweist, dass Ohrenklappen wirklich gut für die Intelligenz sind, außer für Zahlenwurzeln:

Die Bonhöfers haben ein Haus am Meer

Das Haus auf dem Foto, das Julia mit ihrem Vater zeigt, hat ein Dach aus Reet. Reet ist getrocknetes Schilfrohr. Damit deckten die Leute am Meer früher ihre Häuser, bevor mal zufällig jemand Ziegel mitbrachte, und heute wird dieses Reet immer noch für Dächer benutzt, weil es toll biologisch ist und dergleichen und weil offenbar immer noch niemand mit Ziegeln aufgekreuzt ist. Und solche Häuser stehen an der See oder zumindest gern mal irgendwo an der Küste. Und an einer Küste gibt es Leuchttürme.

Der Leuchtturm auf den Fotos steht auf dem Darß, in der Nähe eines Ortes namens Prerow

Mit derart seltsamen Namen könnte es auch heißen, der Leuchtturm steht auf dem Dings in der Nähe von Bums, aber Oskar hat erklärt, dass dieser Darß zu einer Halbinsel an der Ostsee gehört. Sie pappt nur mit zwei Zipfeln irgendwie am Festland, das dort auch Bernsteinküste genannt wird, und der Leuchtturm steht auf der Westseite der Halbinsel. Oskar hat ihn mal im Fernsehen gesehen, in einer Doku über Deutschlands schönste Reiseziele, allerdings ohne Getränke und Handtücher für umsonst; ich hab ihn gefragt. Prerow ist so eine Art Hauptstadt vom Darß, und das ist genau der Ort, der auf der Ansichtskarte an der Wand vom Bonhöfer mit einem roten Herzchen markiert war. Da steht also vermutlich das Haus.

Am Schlüsselbrett gab es fünf Tulpen, aber nur drei Schlüssel

Mit einem der fehlenden Schlüssel hatte der Bonhöfer hinter uns abgeschlossen, und der steckte bereits im Schloss. Der andere könnte für das Haus in Prerow sein, weil über der freien Stelle auf dem Tulpenbrett auch so ein Herzchen gewesen war. Den Schlüssel müsste Julia sich nach dem Kalbstein-Diebstahl abgeholt haben, oder der Bonhöfer hatte ihn ihr schon gestern bei der Beerdigung gegeben. Kann also sein, er hat von Julias Plan gewusst, aber Oskar meinte, rein körpersprachenmäßig betrachtet, wäre das nicht rauszukriegen gewesen.

Die Schlussfolgerung

Julia hat sich, nachdem sie den Kalbstein geklaut hat, an die Ostsee abgesetzt, in einen Ort namens Prerow auf einer Halbinsel, die zur Bernsteinküste gehört und von der ein Stück Darß heißt und ein Stück Fischland und ein Stück Zingst. Aus Mathe weiß ich, dass das drei Drittel sind, und frage mich, warum dann diese Insel eine Hälfte sein soll, aber gut ... Auf dem Darß besitzt Julias Vater ein Häuschen mit Reetdach, für das er Julia den Schlüssel überlassen hat. Und da hängt sie jetzt rum, mit oder ohne ihren Freund, der entweder ein Auto hat oder auch nicht – nämlich das, von dem Oskar und ich aus Frau Dahlings Fenster raus die Rücklichter gesehen haben. Und Julia hat meinen Kalbstein entweder mitgenommen oder auch nicht, wobei man dann schon gerne wüsste, was sie damit ausgerechnet an der Ostsee will, aber das ist mir eigentlich egal, denn selbst wenn sie ihn nicht mitgenommen hat, will ich von ihr wissen, wo sie ihn versteckt hat. Jetzt müssen wir die blöde Kuh bloß noch finden.

Für Porsche hatte ich glücklicherweise ein passendes Transportmittel, so einen Reisekäfig für kleine Säugetiere, aus stabilem grünem Plastik mit Schlitzen drin, damit ein Tier unterwegs eine Aussicht hat. Der Bühl hat den Käfig von der Arbeit mitgebracht. Eine Kollegin von ihm hatte eine Katze gehabt, aber dann war sie vor ein Auto gelaufen und größtenteils überfahren worden und musste eingeschläfert werden. Also, die Katze. Seitdem hatte das Körbchen bei der Kollegin nur noch herumgestanden zum mahnenden Angedenken daran, dass man gefälligst immer die Haustür abschließen sollte, wenn man ein Haustier in einer Großstadt hält.

Porsche sträubte sich, als ich ihn in den Reisekasten zu stecken versuchte. Er stemmte sich mit den Vorderpfoten gegen den Boden und fiepte jämmerlich. Logisch, der Kasten roch ja schließlich nach Katze.

»Wart mal!«, murmelte ich.

Ich lief ins Bad und holte ein Duftbäumchen aus der Schublade mit den Reinigungsmitteln. Danach roch der Reisekasten angenehm nach Vanille, aber Porsche ging trotzdem erst rein, als ich ein Hunde-Schokodrops in die hinterste Ecke legte, und nach viel gutem Zureden. Ich packte noch rasch seine Leine ein. Danach war ich so fertig mit den Nerven, dass ich erst mal selber zwei Drops essen musste.

Oskar hatte auch nur einen kleinen Rucksack bei sich, als er auf mein Klingeln die Tür öffnete. »Der Bus fährt bald ab!«, flüsterte er und hob seinen Uhrenarm. »Warum hat das so lang gedauert?«

»Porsche. Alles klar mit Lars?«

»Kein Problem.«

Ich holte tief Luft. »Dann fahren wir jetzt echt an die Ostsee?«

Oskar grinste und zog sachte die Tür hinter sich ins Schloss. »Aber so was von!«

***

Im Berliner Hauptbahnhof ist es fürchterlich. Kalt und zugig. Unzählige Rolltreppen und gläserne Lifts fahren rauf und runter, runter und wieder rauf, von Ebene zu Ebene. Menschen wimmeln und wuseln mit ihrem Reisegepäck durch die Gegend, stehen vor Fahrkartenautomaten oder Infoschaltern oder Anzeigetafeln, flitzen in Geschäfte rein und wieder raus, und ab und zu knallen sie ineinander, weil ein Kind mit einem grünen Tierreisekäfig unerwartet stehen bleibt und sich hilflos umschaut in diesem spiegelglatten Glaspalast, der aussieht, als hätte der Erfinder der Bingotrommel sich überlegt, das Ganze auch mal als riesigen Kasten zu versuchen, nur mit lebendigen Menschen drin statt mit Kugeln und leider auch ohne Stopptaste für den Motor.

Fürchterlich.

Unser Zug fuhr auf Gleis 8 ab, das war unterirdisch. Es war nur ein Regionalexpress, und zwar einer, den wir verpassen würden, wenn wir nicht ordentlich Tempo machten, erklärte Oskar. Er schob sich auf der Rolltreppe abwärts geschickt zwischen Leuten durch, die uns den Weg blockierten, und unten angekommen, wich er blitzschnell jedem möglichen Unfall aus – er würde niemals eine frische Unterhose brauchen, ich schleppte mich völlig umsonst damit ab. Porsche gab in seinem Reisekasten keinen Mucks von sich. Ich hoffte, dass er nicht vor Aufregung alles einstrullte.

Der Zug war schon reichlich voll, und unglücklicherweise drängten immer noch mehr Menschen rein. »Pfingstreiseverkehr«, murmelte Oskar. »Man sollte meinen, die wären alle gestern losgefahren!«

Ich bekam kaum mit, was er sagte. Wenn es eng um mich wird, zum Beispiel in Menschenmengen oder in einem Fahrstuhl, kriege ich die Krise. Mein Herz schlägt schneller, und ich fange an zu schwitzen, und trotzdem ist mir dabei kalt. Aber es half nichts, jetzt hieß es –

»Augen zu und durch!«, befahl Oskar.

KLAUSTROPHOBIE: Phobie kommt vom griechischen Wort für Angst. Die Angst vor Enge ist vermutlich nach einem Klaus benannt, der als erster Mensch der Welt in einem Fahrstuhl stecken blieb, und die Strophe kommt daher, dass er vor lauter Schiss anfing zu singen. Seitdem gibt es schöne entspannende Fahrstuhlmusik. Klaustrophobie wird oft verwechselt mit Platzangst, aber das ist Blödsinn, denn dann wäre der Klaus ja wohl explodiert.

Ich krallte mich mit einer Hand an Oskars Ärmel fest. Mit der anderen umklammerte ich den Griff von Porsches Reisekasten. Mein Hals war trocken, mein Puls raste, und ich konnte nur hoffen und beten, dass meine Blutgerinnung und das Kalzium noch funktionierten. Von allen Seiten schoben und schubsten Menschen, um in den Zug reinzukommen, was viel schneller gegangen wäre, wenn sie sich ordentlich hintereinander angestellt hätten. Aber nee …

Von hinten drückte mir ein älterer Mann seinen Koffer ins Kreuz, und von der Seite wollte sich eine junge Frau in einer dünnen Strickjacke zwischen Oskar und mir durchdrängen. Ihr Gesicht war so verzerrt, als wäre in Berlin Krieg ausgebrochen und sie hätte Muffe, den letzten Zug in Richtung Frieden und Freiheit zu verpassen.

»Sie stehen auf meinem Fuß!«, trompetete eine Kinderstimme von irgendwo weit unten rauf nach oben. »Hallo?« Aber die Tussi drängelte einfach weiter, mit ausgefahrenen Ellbogen. Ich wollte sie gerade freundlich antippen, da brüllte sie erschrocken auf.

»Verdammt, mich hat was gebissen!« Sie schenkte mir und dem Hundekasten einen bitterbösen Blick, als hätte Porsche sich durch die Plastikgitter und anschließend durch ihren Bauch gekaut. »Halt gefälligst deinen Köter im Zaum, okay?«

»Gehen Sie mal lieber von meinem Freund runter!«, schnappte ich zurück. »Sonst kriegen Sie eine Anzeige wegen Kindesmord!«

»Mord ist mit Vorsatz«, kam es von dem älteren Mann hinter mir. »Das hier wäre nur fahrlässige Körperverletzung.«

»Fahren lässt uns ja keiner!«, rief ich über die Schulter. »Nicht mal einsteigen! Aber ich krieg gerade eine Körperverletzung von Ihrem Koffer!«

»Oh – tut mir leid.«

Tatsächlich ließ der Druck in meinem Rücken sofort nach, das war ja schon mal was. Trotzdem wurde mir immer schwärzer vor Augen. Die Tussi in der Strickjacke hatte sich weitergekämpft und blaffte schon die nächsten Leute an. Echt, so was! Neben mir wurde die Zipfelbommel einer peruanischen Strickmütze sichtbar. Oskar drückte sein Gesicht nach oben und schnappte nach Luft. Zwischen seinen Zähnen hingen lauter bunte Wollfasern.

»Bernstein!«, japste er. »Bernstein!«

Das war unser geheimes Codewort. Wir hatten es im Metro-Bus abgemacht, für absolute Notfälle, wie zum Beispiel einen überfüllten Zug, zu dem wir zu spät kamen. Wenn das Codewort erklang, musste ich einen ganz bestimmten Satz rufen. Ich hasste diesen Satz. Ich hatte ihn mal in Kreuzberg ausprobiert, in einem Gedränge beim Maifest, und da war nur zurückgekommen, *klar, Alter, du und deine Mutter!*. Aber abgemacht war abgemacht, und Oskar drohte unterzugehen wie ein Ertrinkender. Ich atmete so tief ein, wie es eben ging, und brüllte los.

»Lassen Sie uns durch! Lassen Sie uns doch bitte durch! Ich bin behindert! Ich bin behindert!«

Und zack, tat sich vor uns eine Gasse auf, die bis zum Einstieg in den Zug reichte! Es war, als hätte Moses soeben auf wundersame Weise das Rote Meer geteilt.

MOSES: Führte das Volk Israel aus ägyptischer Knechtschaft in die Freiheit. Es ist nicht besonders weit von Ägypten nach Israel, aber der Moses brauchte dafür vierzig Jahre. Womöglich war er tiefbegabt und hat sich öfters verlaufen. Später überbrachte er den Menschen noch die Zehn Gebote, in denen Gott zum Beispiel befiehlt, dass keiner ein falsches Zeugnis kriegt. Das war auch das Mindeste, nach dem Patzer mit dem Mathe-Fluch bei der Sintflut!

***

Bis alle Leute eingestiegen waren und sich einigermaßen auf die Waggons verteilt hatten, war der Zug längst losgefahren. Selbst dann blieb es unruhig, denn jeder wollte unbedingt einen Sitzplatz, von denen es aber zu wenige gab. Es gab nicht mal richtige Abteile, wie ich welche erwartet hatte, sondern nur Sitzreihe um Sitzreihe, wenn auch ein paar davon mit Tischen, an denen man sich wenigstens gegenübersitzen konnte – wenn man einen Platz hatte.

»Sollen wir uns einen suchen?«, sagte ich.

»Nee, wir finden eh keinen.« Oskar fummelte sich die letzten Wollfasern aus dem Mund. Er wirkte total genervt. »Lass uns einfach hier im Gang sitzen.«

Taten wir, nahe der Tür, aber das war keine gute Idee. Erstens mussten wir total aufpassen, dass wir nicht platt getrampelt wurden, und zweitens hatten viele Leute Sandalen an, wo ihre nackten Zehen und Fersen rausguckten. Falls mal jemand Lust hat, sich so richtig zu ekeln vor kantig geschnittenen oder gesplitterten Fußnägeln, bröckelndem Nagellack und schorfiger Haut an klobigen Fersen, muss er sich bloß im Sommer in so einem Regionalexpress auf den Boden setzen. Es war echt gruselig. Ich drückte verzweifelt den Hundekasten an mich und hörte Porsche unglücklich winseln. Ich ließ ihn durch das Gitter an meinen Fingern lecken und redete leise auf ihn ein, aber bis er sich einigermaßen abregte, gingen fünf Schokodrops drauf, drei davon für ihn. In mein Schoko mischte sich der Geschmack von Vanille. Oskar roch es ebenfalls. Er guckte kurz in den Kasten, schüttelte den Kopf, als er das Duftbäumchen sah, und verzog die Nase.

»Hast du Angst, dass er da reinmacht und es dann stinkt?«

»Es hat schon vorher gestunken. Nach Katze. Deshalb.«

»Hunde haben einen viel empfindlicheren Geruchssinn als Menschen. Wenn du nicht willst, dass er alles vollkotzt, solltest du das Bäumchen rausnehmen.«

Ich ließ es drin. Vanille war für einen Hund garantiert besser als Katze. Und Oskar suchte sowieso bloß nach irgendwas zu meckern, weil er so abgenervt war. Die nächsten zehn Minuten verbrachte er damit, auf eine pickelige nackte Männerwade mit massenweise violetten Äderchen drin zu gucken. Sie sahen aus wie die verzweigten Risse in einer zersprungenen Fensterscheibe.

»Das geht so nicht!«, entschied er endlich leise. »Ich such mir lieber einen Stehplatz am Fenster. Eher krieg ich später selber auch mal Krampfadern, bevor ich mir die hier weiter angucke.«

»*Das* sind Krampfadern?«, flüsterte ich.

»Nee, noch nicht. Aber es könnten welche werden.«

Frau Dahling hatte mal von ihrem Schiss vor Krampfadern erzählt. Man kriegt sie vom langen Rumstehen, und sie stand doch schon seit Jahren bei Karstadt hinter der Wursttheke. *Heute steht sie da auch,* dachte ich. Und dann kam schon wieder eine Trauerwelle, weil ich das Gefühl hatte, Frau Dahling schmählich im Stich gelassen zu haben. Sie hatte uns gestern

Abend die köstlichsten Müffelchen gemacht, und ich hatte nicht mal bei ihr geklingelt, um zu fragen, wie ihr Tanzabend mit dem van Scherten gelaufen war, und selbst wenn es ein toller Abend gewesen war, würde der van Scherten sie am Ende nicht heiraten wollen, nur weil sie Krampfadern kriegte.

»Oskar?«

»Hm?«

»Ist das normal, dass ich dauernd traurig werde?«

»Wegen was?«

»Weiß nicht. Wegen den Beinen von Frau Dahling. Wegen allem.«

»Das liegt an Fitzke. Der Tod erinnert uns an die Vergänglichkeit von allem. Da kriegt man Ängste.« Er überlegte. »Wir könnten einen Bernstein für Frau Dahling suchen.«

»Ist der gut gegen Krampfadern oder Vergänglichkeit?«

»Nein. Einfach so. Sie ist immer so nett.«

Er drückte sich vom Boden hoch und schob sich an dem Mann mit den pickeligen Waden vorbei Richtung Tür. Ich wuchtete mich auch nach oben, was umständlich war, wegen Porsches Kasten, und ein bisschen beunruhigend, weil sofort mein Herz wieder loshämmerte, aber irgendwie klappte es, und ich schaffte es, mich neben Oskar zu quetschen, Porsche zu meinen Füßen abzustellen und durch die Scheibe in der Tür rauszugucken.

»Wo sind wir eigentlich grade?«, sagte ich, die Nase gegen das kühle Glas gepresst. »Auf der Karte, meine ich. Ist das schon Norden?«

»Nee. Eben waren wir noch in Brandenburg, aber inzwischen müsste das Mecklenburg-Vorpommern sein. Wir fahren bis Schwerin, das ist die Landeshauptstadt. Da steigen wir um.« Oskar hob umständlich den Arm mit der protzigen Uhr. »Viertel vor vier kommen wir an«, verkündete er laut. »Sechzehn Uhr fünfzehn geht es dann weiter.«

»Schicke Uhr«, rief ich. »Die war bestimmt teuer!«

»Hat mir mein Vater geschenkt.«

»Cool!«

Ich wartete eine Weile, bis er sicher sein konnte, dass seine Uhr leider wieder niemanden interessierte. »Ist das ab Schwerin ein größerer Zug?«, sagte ich dann leiser. »Mit mehr Platz?«

»Ja. Ein Intercity. Zuletzt geht es nur mit einem Bus weiter. Die Tickets dafür kosten extra. Und das wird garantiert wieder enger.«

Ich fand, das reichte völlig aus, um Reisen bescheuert zu finden. Es gab ja nicht mal eine besonders tolle Aussicht. Ab und zu hielten wir an einem unscheinbaren kleinen Bahnhof, ansonsten tuckerte draußen völlig unspektakulär dieses Mecklenburg-Vorpommern vorbei. Ich hatte auf ein paar Berge gehofft, wie in den Alpen, aber es war alles langweilig flach. Ab und zu sah man entfernt Wasser in irgendeinem kleinen See aufblitzen, doch hauptsächlich gab es bloß kleine Ortschaften, Felder und Äcker und jede Menge winzige schwarzbraune Hügel. Ich hielt sie erst für Kuhfladen oder Pferdekacke. Sie verschandelten mit ihrem Durcheinander die ganze Landschaft.

»Maulwürfe«, sagte Oskar, als ich ihn darauf aufmerksam machte. »Die stehen unter Naturschutz.«

»Warum?«

»Vermutlich, weil es zu wenige von ihnen gibt.«

»Zu wenige?« Ich zeigte aus dem Fenster. »Das da war ungefähr der zehntausendste Hügel, an dem wir vorbeigefahren sind!«

»Na und? Lass sie doch buddeln, wenn sie Spaß dran haben.«

Gut, sollten sie buddeln, ich konnte sie ja eh nicht davon abhalten. Trotzdem sah Mecklenburg-Vorpommern einfach schrecklich unordentlich aus.

***

Im Intercity gab es richtige Abteile und ausreichend Platz, sogar zum Sitzen, und nachdem wir losgefahren waren, aus diesem Schwerin raus, wurden draußen auch die Maulwurfshügel weniger. Unglücklicherweise, bemerkte Oskar, bedeutete mehr Platz auch, dass wir sicherlich bald einen Schaffner am Hacken haben würden. Im Regionalexpress hatte sich keiner blicken lassen. Wahrscheinlich stecken geblieben zwischen den Passagieren. Oder in dem Gedränge mit Krampfadern zusammengebrochen.

»Falls uns einer erwischt, sagen wir am besten, unsere Eltern hätten die Tickets und würden in einem anderen Wagen sitzen. Trotzdem sollten wir in Bewegung bleiben.«

Na toll. Nach dem ewigen Rumgestehe hätte ich mich ganz gern mal gesetzt, um in Ruhe und Genüsslichkeit meine Schrippe zu essen. Wir hatten in Schwerin welche gekauft, allerdings nur eine für jeden, weil sie so teuer waren, plus eine gemeinsame große Flasche Mineralwasser ohne Bläschen, damit ich zur Not Porsche auch was davon abgeben konnte. Freundlicherweise hatte in der Bahnhofshalle ein Näpfchen mit Wasser für Reisehunde rumgestanden, also war er fürs Erste versorgt. Er schien sich prima ans Reisen zu gewöhnen, denn inzwischen war er in seinem Katzenkasten ziemlich ruhig geworden.

Oskar und ich gingen langsam durch einen Wagen, dann durch noch einen. Kein Schaffner in Sicht. Aber dafür jede Menge Leute in bester Urlaubslaune. Ich hätte nie gedacht, dass so viele Menschen an einem einzigen Tag verreisten. Sie lachten und plauderten, andere lasen Bücher oder lösten Kreuzworträtsel, hörten Musik mit Kopfhörern oder quasselten in ihre Handys. Mütter kümmerten sich um quietschende Kinder, die noch lauter quietschten und aufgeregt ihre kurzen Finger ausstreckten, wenn sie Porsche in seinem Reisekasten sahen. Der Zug rumpelte und pumpelte gemütlich vor sich hin, und während wir uns langsam durch die Gänge und an den Abteilen vorbeischoben, vergaß ich fast für einen Moment, warum wir eigentlich unterwegs waren, und genoss einfach nur das Gefühl, ohne mich viel zu bewegen, wahnsinnig schnell vorwärtszukommen. Es mischte sich noch ein anderes gutes Gefühl dazu: Ich war noch nie so weit weg von Berlin gewesen, weder allein noch mit jemand zusammen. Normalerweise hätte ich mindestens so aufgeregt sein müssen wie ein Seefahrer, der losgesegelt war, um einen neuen Kontinent zu entdecken. Aber die Bingotrommel gab keinen Mucks von sich.

KONTINENTE: Abgeschlossene Erdteile. Schwimmen entweder einsam und allein im Ozean rum, wie Australien und die Antarktis, oder mögen Gesellschaft, dann pappen sie an einem anderen dran, wie Europa an Asien. Es gibt auch Inkontinente, das sind Leute, die ihr Pipi nicht halten können, weder allein noch in Gesellschaft. Sie müssen also immer frische Unterwäsche dabeihaben, ob sie nun reisen oder nicht.

Am Ende des zweiten Wagens war ein kompletter Tisch mit vier Plätzen frei. Das wär's gewesen, dachte ich, für ein hübsches Päuschen, aber nee, wir waren ja auf der Flucht. Am Nebentisch saß ein stoppelhaariger blonder Junge mit seinen stoppelhaarigen blonden Eltern. Die Mutter knipste ab und zu ein Foto zum Fenster raus. Der Vater pulte in einer Tupperdose zwischen zerschnibbelten Tomaten und Paprika rum. Er sah so spindeldünn aus, als hätte er sich sein Leben lang von nichts anderem ernährt. Der Junge las in einem Bilderbuch, aber als Oskar und ich uns näherten, hob er den Kopf, als hätte er uns gespürt. Er schaute mich an, kniff die Augen zusammen und riss sie sofort überrascht wieder auf.

Ich war mindestens genauso verblüfft wie er. Diesen Jungen hätte ich zwischen tausend anderen wiedererkannt. Seine Augen waren von einem so wässrigen hellen Blau, wie etwas nur hellblau sein kann. Sie sahen aus, als könnten Marienkäfer darin baden.

»Ist ja wohl der Hammer!«, sagte ich zu Oskar. »Das ist Sven!«

»Welcher Sven?«

»Der aus Tempelhof. Der gehörlose.«

Ich hatte Sven letztes Jahr auf der Suche nach der kleinen Sophia kennengelernt, die mir wegen Oskars Entführung weiterhelfen sollte. Er hatte mit einem älteren Jungen auf einem Spielplatz gesessen – Felix. Der hatte gewusst, wo Sophia wohnte, ohne ihn hätte ich sie nie gefunden. Felix wollte Schriftsteller werden und dachte sich Geschichten aus, die er Sven erzählte, ganz ohne Gebärden, weshalb ich nicht verstanden hatte, wie ein Gehörloser die hören sollte.

Sven hob den Ellbogen hoch, machte mit der flachen Hand eine winkende Bewegung von einer Seite zur andern, und sein Mund formte dabei ein *Hallo!* Seine Eltern schauten erstaunt auf. Der Vater nahm die Hand aus der Tupperdose.

»Hallo, Sven!«, sagte ich.

Das konnte er nicht hören, aber er konnte es sehen, und darum ging's. Viele Gehörlose können nämlich total gut Lippen lesen. Nicht alle, weil das nicht so einfach ist, denn viele Wörter sehen gleich aus, wenn sie ausgesprochen werden, wie *Mutter* und *Butter,* und da merkt man erst beim Frühstück, dass *Gibst du mir mal bitte die Mutter rüber?* nicht wirklich passt. Weiß ich alles aus dem Förderzentrum, wo ab und zu auch mal Gehörlose aufkreuzen. Ein paar von ihnen lernen oder denken nämlich etwas langsamer, weil Gehörlosigkeit eine Folge von anderen fiesen Krankheiten sein kann, oder sie kriegen es mit dem gleichzeitigen Bewegen vom Mund und den Händen nicht gut hin. Natürlich sind auch welche dabei – aber das darf man im Förderzentrum nicht laut sagen, schon gar nicht vor dem Wehmeyer –, die sind dermaßen panne und obertiefbegabt, dass sie *Mutter* und *Butter* noch in hundert Jahren durcheinanderbringen würden.

Svens Butter legte den Fotoapparat ab, schaute fragend zwischen uns hin und her, und Sven fing an zu gebärden, und sie gebärdete zurück und sprach gleichzeitig auf ihn ein, mit überdeutlichen Mundbewegungen.

»Wer wurde entführt? Felix? Nee, nicht Felix – welcher Spielplatz? Kind, mach doch mal langsamer! … Zweitausend … was?«

Es war ein einziges Durcheinander aus fliegenden Händen und Armen, das Sven, wenn es ein Wettkampf gewesen wäre, locker gewonnen hätte. Er war beeindruckend schnell. Er war der hochbegabteste Tiefbegabte, den ich je getroffen hatte.

Irgendwann verdrehte sein Vater genervt die Augen und fing auch noch an, durch die Gegend zu wedeln. »So wird das nichts, Leute! Wie wär's, wenn ihr einfach mal die Jungs zu Wort kommen lasst?«

Und dann ging's los, die ganze Geschichte um Mister 2000, mit den üblichen *Ahs!* und *Ohs!* der Zuhörer, wie immer, wenn wir sie erzählten. Oskar fühlte sich pudelwohl in seiner Rolle als Entführungsopfer und machte viel mehr aus der Sache, als sie eigentlich gewesen war, und Svens Mutter übersetzte in Gebärdisch, und Svens Vater riss immer weiter die

Augen auf – das helle Blau hatte Sven von ihm –, und Svens Ohren waren so rot, als wäre er selber dabei gewesen, und mal formte er mit einer Hand ein C und gleichzeitig mit der anderen ein L, und mal rotierte nur seine Faust im Kreis – beides bedeutete *cool,* erklärte Oskar mir später –, und alle bedauerten Oskar so sehr, als säße er immer noch eingesperrt im Hinterhaus in der Dieffe 93 und würde ihnen gerade über Handy durchgeben, wie schlecht und demütigend es um ihn stand.

Seine Übertreibungen gingen mir ein wenig auf die Nerven. Wie ich ihn toll detektivisch aufgespürt und da rausgepaukt hatte, fiel fast völlig unter den Tisch.

»Ist ja ein dolles Ding!«, sagte Svens Mutter, als er endlich fertig war. »Darf ich?«

BLITZ!, schoss sie ein Foto von uns. KNIPS!, noch eins. Dann zeigte sie auf Porsche, der ganz ruhig und zusammengerollt in seinem Reisekasten lag. »Wohin fahrt ihr beiden Helden mit eurem niedlichen kleinen – was für eine Sorte ist es denn?«

»Jack Russell«, sagte ich.

»Prerow«, sagte Oskar.

»Ist ja ein Ding! Wir auch! Wir haben dort ein eigenes Haus.«

»Ein Häuschen«, verbesserte Svens Vater. »Baufällig, aber bezahlt.«

»Aber der Garten!« Seine Frau verdrehte die Augen. »Die reinste Wildnis. Gras, Gras, Gras! Und es wächst und wächst …«

Vor lauter Wachstum schüttelte sie fassungslos den Kopf.

Ihr Mann grinste und klaubte einen Tomatenschnibbel aus der Tupperdose. Ich überlegte gerade, ob ich ihn bitten sollte, mir einen abzugeben, weil das eine gesunde Ergänzung zu meiner Schweriner Schrippe war, als vom anderen Ende des Wagens eine Stimme ertönte.

»Schönen guten Tag. Die Zugestiegenen die Fahrausweise, bitte!«

Erschreckt sah ich zu Oskar. Der presste die Lippen zusammen. Ich konnte sehen, wie es hinter seiner Stirn ratterte: Wenn wir jetzt abhauten, würden Svens Eltern nicht nur sofort ahnen, dass wir schwarzfuhren, sondern, schlimmer noch, dass wir mutterseelenallein unterwegs waren. Als Nächstes würden wir dann mit Polizeischutz zurück nach Berlin verfrachtet. Zu behaupten, dass unsere eigenen Eltern mit einem Ticket irgendwo im Zug saßen, funktionierte auch nicht – sobald wir auf den Bus umstiegen, würden Svens Eltern sich wundern, wo unsere denn, bitte schön, abgeblieben waren.

Ende des Geratters. Ich starrte Oskar hilflos an. Sven guckte aufmerksam zwischen uns hin und her. Ich konnte nur hoffen, dass er bloß gut Lippen las und nicht auch Körpersprache.

»Jetzt haben wir ein Problem«, sagte Oskar.

Ich hielt die Luft an. Er würde doch wohl nicht …

»Nämlich?«, sagte Svens Vater.

»Wir haben kein Ticket«, sagte Oskar.

Ich fasste es nicht! Hatte der sie noch alle?

Svens Vater zuckte bloß mit den schmächtigen Achseln.

»Und? Ihr braucht auch keins. Kinder bis fünfzehn fahren kostenlos.«

»Aber nur mit ihren Eltern. Wenn sie alleine fahren, kostet es die Hälfte vom normalen Fahrpreis.«

»Ach – ihr seid allein unterwegs?«

Da, bitte sehr! Jetzt hatten wir den Salat! Und Oskar warf immer mehr neue Zutaten rein.

»Allein sind wir nur bis Prerow. Wir besuchen dort eine Tante.«

KNIPS!

»Kennen wir die eventuell?«, sagte Svens Mutter und nahm die Kamera runter. »Prerow ist ja nur ein Dorf. Wie heißt sie denn?«

Super! Als Nächstes würde sie fragen, ob wir uns nicht mal alle zu einem netten Kaffeetrinken treffen wollten.

»Dahling«, sagte Oskar, ohne mit der Wimper zu zucken.

»Nee, nie gehört. Welche Straße denn?«

»Weiß nicht. Sie holt uns ab, an der Bushalte.«

O Mann! Und wenn uns da nachher niemand abholte?

»Wir hatten natürlich ein Ticket«, spielte Oskar den Zerknirschten. »Von unseren Eltern. Aber wir haben es verloren, in Schwerin, beim Umsteigen.«

Plötzlich schubste Sven seinen Vater an und fing an, rasend schnell zu gebärden. Das Gesicht seines Vaters leuchtete auf. Er schlug sich eine flache Hand vor den Kopf – das war einfach, ich machte es jeden Tag selber ein paar Mal, es hieß *Ich Trottel, da hätte ich auch selber draufkommen können!* –, dann griff er in die Innentasche seiner Jacke.

»Okay, also, um uns bürokratischen Ärger und euch unnötige Ausgaben zu ersparen«, sagte er grinsend, »werden wir einfach behaupten, dass *wir* eure Eltern sind.«

»Gute Idee«, stimmte seine Frau zu.

Der Schaffner hatte jetzt schon die Mitte des Wagens erreicht.

»Das ist sehr freundlich«, sagte Oskar. »Aber dann müssten wir auf Ihrem Ticket eingetragen sein. Und nachträglich geht das nicht.«

Wenn er nicht bald damit aufhörte, würden Svens Eltern sich irgendwann fragen, woher und warum er so viel Ahnung von Tickets hatte. Ich hätte es ihnen sagen können: Oskar hatte das alles im Internet nachgelesen, als er unseren Fahrplan rausgesucht hatte. Aber Svens Vater grinste bloß weiter.

»Na ja, zufällig ist bei mir noch ein Kind eingetragen. Eigentlich sollte Felix mitfahren. Aber den hat's leider erwischt.«

»Ist er tot?«, sagte ich.

Svens Mutter schüttelte den Kopf. Ihre Hände fuhren zu beiden Seiten ab den Schultern den Brustkorb runter. »Erkältung«, erklärte sie. »Und zwar heftig. Wir hatten schon befürchtet, ohne ihn würde es Sven langweilig werden. Aber nun seid ja ihr zwei dabei!«

»Und da zwei im Moment immer noch einer zu viel sind«, murmelte ihr Mann, »verschwindet einer von euch jetzt besser unter dem Tisch.«

Oskar starrte ihn aus großen Augen ungläubig an – aus *zu* großen Augen, ein wenig *zu* ungläubig, fand ich. »Ist das Ihr Ernst?«

Svens Vater stieß einen Finger in ein Stück Tomate, zog ihn gleich wieder raus und hielt ihn hoch. »Mein blutiger Ernst.«

Der Finger war nur wenig rot – Tomaten aus dem Supermarkt sind mehr so was wie gefärbte Wasserpampe, hatte Oskar mal gesagt –, und es sah nicht wirklich aus wie Blut. Aber das war der Moment, in dem ich beschloss, Svens Vater zu mögen. Es war auch der Moment, in dem ich begriff, worauf Oskars Lügengeschichte die ganze Zeit hinausgelaufen war.

Er will, dass fremde Leute sich um uns kümmern, Watson! Wie er das hinkriegt, ist ihm egal. Erwachsene finden besser aus einer schwierigen Lage heraus als Kinder, also gibt er die Verantwortung für uns einfach an sie weiter.

Irgendwie fühlte sich das falsch an. Ich wusste nicht, was ich getan hätte – immerhin waren wir in Not –, aber man hätte ja auch einfach Bitte sagen können.

MANIPULATION: Wenn man jemanden dazu bringt, etwas zu denken oder zu tun, das er von allein nicht denken oder tun würde. So wie in Finden Sie nicht auch, dass der Sonnenschein draußen prima für die Kakaoernte in Südamerika ist, Herr Mommsen?, und zack, kriegt man eine Tafel Schokolade. Eine richtig gute Manipulation ist es natürlich erst dann, wenn es dabei draußen regnet.

»Du schiebst jetzt deinen Käfig unter den Tisch«, raunte Svens Vater mir zu, »dann krabbelst du unauffällig hinterher. Und wehe, du tatschst meiner Frau an den Beinen rum!« Er leckte die blasse Tomatenbrühe von seinem Finger ab. »Und du, Oskar, setzt dich auf den freien Platz neben Sven. Na bitte – geht doch!«

Es war eng unter dem Tisch, aber für eine kurze Zeit ließ sich das aushalten. Erfreulicherweise trugen Sven und seine Eltern Turnschuhe und Oskar Sandalen, und alle hatten Socken an, sonst hätte es mir den Appetit versaut. Bis der Schaffner angekommen war und das Ticket kontrollierte, hatten Porsche und ich schon die letzten Krümel meiner Schrippe verputzt.

»So, und das waren dann alle?«, hörte ich den Schaffner sagen.

»Einen haben wir noch unter dem Tisch versteckt«, antwortete Svens Vater, und seine Frau fing an, total wiehernd zu lachen, und ließ ihre Arme auf den Tisch krachen. »Ist ein Ding, was?«

Sie gluckste immer noch in sich hinein, als der Schaffner kommentarlos im nächsten Wagen verschwunden war und ich unterm Tisch wieder rauskroch. KNIPS! Ich blinzelte ihr und ihrem Mann verschwörerisch zu und quetschte mich neben Oskar. Der klappte gerade neugierig das Bilderbuch auf, in dem Sven gelesen hatte. *Hand in Hand die Welt begreifen,* stand vorne drauf, in hübsch bunten Buchstaben. *Ein Bildwörterbuch der Gebärdensprache.*

»Kann ich mir das für eine Weile ausleihen?«, sagte Oskar.

»Ich könnte bestimmt ein paar Wörter – *lernen!*« Mit einem liebenswürdigen Lächeln zeigte er auf das Wort, das er soeben aufgeschlagen hatte. Er hob seinen Arm mit der dicken Uhr dran und führte die Fingerspitzen ein paar Mal seitlich an den Kopf, was wohl die dazu passende Gebärde war. Sven nickte begeistert.

»Das Buch war eigentlich für Felix gedacht, also leih es dir ruhig«, sagte Svens Vater. »Aber bis man das Gebärden beherrscht, muss man schon eine ganze Weile üben.«

»Sven kann mir helfen«, sagte Oskar deutlich in Svens Richtung.

»Genau. Außerdem ist Oskar hochbegabt«, sagte ich. »Und die tolle Uhr hat er von seinem Vater. Zeig doch mal, Oskar.«

Aber er hörte mich gar nicht, denn er und Sven blätterten sich schon durch das Buch. Vielleicht hatte er auch meine Stimme nicht erkannt, die klang nämlich ein bisschen angesäuert. Ich weiß nicht, warum ich plötzlich eifersüchtig war oder warum ich das mit der Uhr gesagt hatte. Aber da traf ich schon mal einen, der auch irgendwie tiefbegabt war und gleichzeitig hochbegabt. Und Oskar schnappte ihn mir einfach weg.

***

Der nächste Halt hieß Ribnitz-Damgarten. Ab da ging es, wie Oskar bereits angekündigt hatte, bloß noch mit einem

Bus weiter, für den wir neue Fahrkarten beim Fahrer kaufen müssten. Immerhin blieb vor der Abfahrt genügend Zeit, sich an der Haltestelle die Beine zu vertreten. Ich ließ Porsche Pipi machen und gab ihm etwas zu trinken. Er wirkte ein wenig benommen. Mit schlechtem Gewissen warf ich das Duftbäumchen weg. Der Vanillegeruch würde auch ohne Nachschub noch tagelang den Katzengestank überdecken.

Im Bus lehnten Svens Eltern sofort die Köpfe aneinander und hielten ein Nickerchen. Der Wagen war proppenvoll. Oskar hatte gesagt, wir würden an jeder Milchkanne halten, aber ich entdeckte nicht mal eine Kuh. Einmal fuhr der Bus sogar eine gewaltige Schleife, ohne dass jemand zustieg oder ausstieg. Überhaupt fragte ich mich, wo in so einer Pampa die Leute wohnten, denn eigentlich sah man dauernd nur Wald. Kein Sand, kein Wasser, keine See. Bis jetzt war dieser Darß ein einziger Nepp. Nur Grün und kilometerhohe Bäume, zwischen denen angeblich, erzählte irgendwer weiter hinten lautstark, die leckersten Wildschweine Deutschlands wohnten.

Oskar und Sven hatten sich in der Reihe vor mir nebeneinandergesetzt. Ab und zu guckte ich über die Lehne. In Svens Buch gab es auf jeder Seite in der Mitte ein wimmeliges buntes Bild zu einem bestimmten Thema, und rundrum waren passende Gebärden abgebildet. Immer, wenn Oskar auf ein Wort zeigte, gebärdete Sven es ihm vor, und er machte es ihm nach. Das Fingeralphabet und Zahlen hatte Oskar schon im Zug gelernt. Die beiden lachten viel. Ich lehnte mich zurück, steckte einen Finger in Porsches Kasten, damit er was zum Schlabbern hatte, und schloss die Augen. Die beiden konnten mir mal den Buckel runterrutschen.

Ich musste eingeschlafen sein, denn als Nächstes war auf einmal voll die Hektik und das Getöse. Wir waren angekommen.

»Du hast die Ostsee verpasst!«, trompetete Oskar. »Wir sind ein ganzes Stück lang daran vorbeigefahren!«

»Na und?«, sagte ich. »Und jetzt haben wir daran gehalten.«

Die Bushaltestelle lag dicht bei einem kleinen Hafen, aber das Wasser gehörte nicht direkt zur Ostsee, erklärte mir Svens Vater, sondern zum Prerower Strom. Der floss auf der Karte runter in einen riesigen Teich namens Bodden und dann durch noch mehr Bodden, so dass man mit einem Schiff nur auf umständlichen Umwegen bis zur Ostsee kam. Zu Fuß in Richtung Strand, die Karte rauf, ging's viel schneller.

Dieser Hafen war toll. Man sah hohes Schilf und Boote und Kähne, und hinter dem Stromwasser, auf dem die Strahlen der Abendsonne glitzerten und funkelten, weideten braune Kühe mit schnörkeligen Hörnern, direkt am Wasser. Sehr romantisch, aber auch ein bisschen gefährlich, fand ich. Womöglich konnten die nicht schwimmen.

»Könnten die nicht ins Wasser fallen, die Kühe?«, sagte ich.

Svens Vater grinste. »Das sind keine Kühe, sondern schottische Hochlandrinder. Und auf die passt der heilige Quirinus auf.«

»Wer ist das?«

»Der Schutzheilige der Rinder. Pferde auch, glaube ich.«

»Wohnt der hier?«

»Nein, der lebt schon seit fast 1900 Jahren nicht mehr. Starb den Märtyrertod. Die Römer haben ihn geköpft.«

»Woher wissen Sie das?«

»Sehr gläubige Großeltern und Urgroßeltern in der Landwirtschaft. Von denen stammt auch unser Häuschen hier. Entschuldige, aber ich muss mich ums Gepäck kümmern.«

Während er gemeinsam mit Sven das Familiengepäck sortierte, sah seine Frau sich suchend um. »Hat eure Tante euch vergessen?«

»Oh, sie hat gesagt, dass es mit dem Abholen etwas später werden könnte«, schaltete Oskar sofort wieder auf seine Lügengeschichten um. »Weil sie sich erst noch um das Baby kümmern muss.«

»Was für ein Baby?«, sagte ich. Ich hatte gar nicht gewusst, dass unsere Tante eins hatte, und nur wegen Oskars mahnendem Blick fiel mir rechtzeitig wieder ein, dass wir eigentlich auch keine Tante hatten. »Ach, *das* Baby«, fügte ich schnell hinzu. »Hab ich ganz vergessen. Es ist ja noch so neu. Ein hübscher neuer kleiner Junge. Er heißt …«

»Otto«, sagte Oskar.

»Otto?« Svens Mutter zog die Nase kraus. »Jemand nennt sein Kind heutzutage noch Otto?«

»Das ist ein Palindrom«, sagte ich. »So kann sie ihr Kind auch bequem von hinten rufen, wenn es ihr mal wegläuft. Praktisch, oder?«

»Sie ist Linguistin«, erklärte Oskar.

Ich kannte nur Linguine, das sind leckere flache Spaghetti,

aber Svens Mutter wusste offenbar, was gemeint war. »Ist ja ein Ding! Na, da liegt die Gelehrsamkeit ja offenbar in der Familie.« Sie verpasste mir einen freundlichen Knuff. »Der Humor aber auch.«

Sie kritzelte ihre Adresse auf einen Zettel und bat uns eindringlich, sie morgen auf jeden Fall sofort zu besuchen. Kurz darauf schnappte sich die ganze Familie ihre Rucksäcke und Rollkoffer, dann verabschiedeten sich die drei und zogen los.

Sie waren schon ein Stück entfernt, als Sven sich von seinen Eltern löste, ihnen etwas gebärdete und noch mal zu uns zurückgelaufen kam.

★★★

Und so sind wir in diesem Schuppen gelandet. Reingeschmuggelt von Sven. Der Schuppen gehört zum Haus von seinen Eltern. Das steht am Ortsrand, in einem verwilderten Garten mit vielen Obstbäumen. Super zum heimlichen Dranpullern für Porsche, aber leider weit weg vom Wasser und vom Strand. Wenn man durch die Ritzen in den Bretterwänden und dann zwischen den Obstbäumen durchguckt, sieht man hinter den Fenstern vom Wohnhaus gemütliches gelbes Licht. Ab und zu bewegen sich Schatten hinter den Vorhängen, zwei große und ein kleiner. So sieht das also aus, wenn eine Familie Urlaub macht.

Der Schuppen steht voll mit Zeugs: Fahrräder, ein Rasenmäher, Schaufeln und Spaten und verballerte Eimer, eine rostige Kreissäge, alte Plastikkanister, eine schrecklich unaufgeräumte Werkbank, Campingmöbel und dergleichen. Trotzdem ist ausreichend Platz, um dazwischen zu pennen, sogar ziemlich bequem, denn Sven hat uns zwei Klappliegen aufgebaut. Als er uns die Taschenlampe brachte, hatte er auch noch zwei Wolldecken und für jeden einen Apfel dabei. Plus frisches Wasser und eine Schüssel für Porsches Trockenfutter. Plus unsere Plastikflasche, nagelneu abgefüllt zum Mitnehmen. Plus einen Zettel, auf den er geschrieben hatte, dass seine Eltern hier nicht reinkommen würden, jedenfalls nicht mehr heute Abend und bestimmt auch nicht gleich morgen früh. Es war nett, das aufzuschreiben, da kam ich mir nicht so ausgeschlossen vor. Es zu gebärden hätte ewig gedauert, und verstanden hätte es sowieso nur Oskar.

Wie ich es geahnt hatte, war Sven schon im Zug klar geworden, dass mit uns was nicht stimmte. Und während der Busfahrt hat ihm Oskar dann alles verraten. Ich begriff nicht, wie jemand so schnell eine Fremdsprache hinkriegte, auch wenn Oskar meinte, er könne ja bisher nur ein paar Dutzend Wörter und das Fingeralphabet. Das sollte bescheiden klingen, aber eigentlich war es bloß angeberisch. Sven bemerkte es nicht. Er war viel zu sehr Feuer und Flamme für seinen neuen Kumpel.

Morgen Mittag, Punkt zwölf Uhr, treffen wir ihn hier im Schuppen. So kann der Hundekasten hierbleiben, während Oskar und ich uns im Ort umsehen und einen Plan ausarbeiten, wie wir Julia finden können. Dann sehen wir weiter.

Nachdem Sven sich wieder verkrümelt hatte, schlug ich Oskar vor, dass wir uns wenigstens schon mal die Ostsee angucken könnten, den Strand und die tosenden Wellen und dergleichen. Es war erst halb zehn und draußen wurde es gerade mal dämmerig. Aber Oskar fand, dafür sei morgen noch Zeit genug, und allein traute ich mich nicht vor die Tür. Wenn ich mich hier verlaufe, komme ich in Dänemark oder Polen raus oder womöglich an der Küste von der Bottnischen Hupe.

Vor dem Einschlafen hat Oskar immer noch in dem Bilderbuch geblättert und immer wieder rumgebärdet. Er war ganz mit sich beschäftigt. Dass er eigentlich Fitzkes Journal lesen wollte, hatte er anscheinend vergessen. Das Einzige, wozu ich ihn überhaupt noch brachte, war eine lustlose Erklärung von dem merkwürdigen Beruf, den unsere Tante hat. Aber das war's dann auch.

> LINGUISTIN: Eine Wissenschaftlerin, die die Geheimnisse der menschlichen Sprache untersucht. Also zum Beispiel, warum manche Autos Mehrtürer genannt werden, manche Heilige aber auch, und warum es Mehrtürertod heißt, obwohl der heilige Quirinus nicht bei einem Autounfall in Rom gestorben ist, sondern dort geköpft wurde.

SONNTAG

ALLES AUF DEN TISCH

Neue Abenteuer
für Rico und Oskar
(Anton Petzold,
Juri Winkler): ein
Diebstahlstein und
eine aufregende
Reise.

Auf der Jagd nach dem geklauten Stein landen Rico (Anton Petzold), Oskar (Juri Winkler) und Hund Porsche an der Ostsee.

Im Café belauschen die Freunde ein Gespräch am Nachbartisch und stoßen so auf eine heiße Spur.

Nach einem doofen Streit ist Rico (Anton Petzold) aber erst mal ohne Oskar (Juri Winkler) unterwegs.

Doch den Stein können die beiden nur gemeinsam finden. Schließlich sind sie beste Freunde.

Die heiße Spur führt Rico (Anton Petzold) und Oskar (Juri Winkler) zum FKK-Strand.

Gut getarnt beobachten sie die Steineklauer.

Bestimmt werden Rico (Anton Petzold) und Oskar (Juri Winkler) auch dieses Rätsel lösen!

Wir wachten früh auf und schlichen uns, nachdem wir die Liegen zusammengeklappt, die gefalteten Wolldecken drübergelegt und Porsche versorgt hatten, aus dem Schuppen. Im Haus von Svens Eltern waren die Vorhänge noch zugezogen. Über der Wiese im Obstgarten mit dem vielen Gras, Gras, Gras, das Svens Mutter so nervte, hing ein feiner Dunst. Im Licht der Sonne, die schon ein Stück den Himmel raufgeklettert war, sah dieser Nebel aus wie verschüttete Milch. Sehr hübsch.

Uns blieb fast der ganze Sonntag, um Julia zu finden. Aber ich hoffte, dass es schneller ging. Je früher ich den Kalbstein zurückfordern konnte, umso besser. Der letzte mögliche Bus für die Rückfahrt ging abends um kurz vor halb sieben, aber das bedeutete, dass wir erst gegen Mitternacht in Berlin ankommen würden. Zur Not, hatte Oskar beschlossen, wollte er Lars anrufen und ihm auftischen, dass wir vom Zoo aus direkt zu mir gehen und wieder bei mir übernachten würden, man sähe sich dann morgen beim Frühstück. Also schon wieder eine Schummelei ... Und während ich vorbei an Wiesen mit Kühen drauf und Bächen mit Wasser drin und Häuschen mit Reet auf dem Dach Oskar folgte, der zielstrebig vor mir her in den Ort marschierte, mit wippendem Rucksack auf dem Rücken wie ein fröhliches Kind beim Klassenausflug, fragte mich eine leise Stimme in meinem Kopf, ob es einen Unterschied zwischen Schummeln und Lügen gebe.

Falls es da einen gibt, Watson, würdest du ihn mir, bitte schön, mal kurz erklären?

Ich überlegte und fand keinen. Schummeln ist Lügen in

niedlich, damit man sich nicht schlecht vorkommt, wenn man es macht.

Der Tag begann also gleich wieder mit einem schlechten Gewissen. Das aber nur so lange anhielt, bis wir mitten im Ortszentrum von Prerow, an der schmalen Hauptstraße, einen Edeka entdeckten. Mein Herz machte einen Hopser. In der Dieffe ist der Edeka mein Lieblingsladen, aber er ist so klein und eng, dass er mit mehr als zwanzig Leuten drin eigentlich wegen Überfüllung schließen müsste. Dieser hier war riesig, ein richtiger Supermarkt.

»Kein Wunder«, bemerkte Oskar. »Es gibt jede Menge Ferienwohnungen im Ort. Die Leute decken sich für ihren kompletten Urlaub ein. Selbstversorgung.«

Aber leider nur wochentags. Ich drückte mir umsonst sehnsüchtig die Nase an der verschlossenen Glastür platt. All die leckeren Sachen … Stattdessen mussten wir in einem Café frühstücken. Wir nahmen gleich das erstbeste, schräg gegenüber, auf der anderen Seite der Hauptstraße. Ich war schon seit dem Aufwachen gespannt auf den Strand und auf die Ostsee. Aber nicht gespannt genug, um zu verhungern. Mein Magen knurrte wie ein ausgehungerter Kampfhund. Anfangs hatte ich Porsche in Verdacht gehabt, aber der war unschuldig. Er hatte sich von dem Duftbäumchen erholt und war jetzt wieder putzmunter. Unterwegs hatte ich ihn großzügig an der Leine gehalten, und er hatte hier an einem Strauch und dort an einer Straßenlaterne sein Beinchen gehoben und sich vor lauter guter Laune fast den kleinen Hintern abgewedelt.

Das Café war gemütlich, mit Stühlen und Tischen aus weißem Korb auf einer Terrasse und großen Sonnenschirmen obendrüber. Im frühen Sonnenlicht strahlten die Möbel fast schmerzhaft hell. Wir fanden ohne ein Problem freie Plätze an einem kleinen Tisch für zwei. Wir gehörten zu den ersten Gästen. Die Bedienung war eine junge Frau mit einem dunkelblonden Pferdeschwanz. Sie wünschte uns einen guten Morgen und strahlte dabei, als hätte sie das gute Wetter höchstpersönlich hergestellt. Plus die Korbmöbel. Als sie uns die Speisekarten unter die Nase hielt, sagte Oskar:

»Gibt es so was wie ein Kinderfrühstück?«

»Aber klar.«

»Bio?«

»Auch Bio.«

»Und ist es groß?«, sagte ich, während ich Porsches Leine an der Stuhllehne befestigte. »Wir haben riesigen Hunger.«

»Ich denke, ich kriege euch satt.« Sie schmunzelte. »Was darf's denn zu trinken sein? Milch? Saft?«

»Ist die Milch von den Hochlandkühen am Hafen?«, sagte ich.

»Nein. Aus der Tüte, drüben von Edeka.« Sie hob rasch eine Hand, als Oskar etwas einwenden wollte. »Trotzdem Bio.«

»Nehme ich«, sagte Oskar. »Bitte heiß und mit einem Löffel Honig.«

»Wird gemacht.«

»Und ich hätte gerne Apfelsaft. Kalt und ohne Honig.«

»Schorle?«

»Nein. Aber mit einer Hälfte Mineralwasser.«

»Ehm … Das ist Schorle.«

»Klar. Genau. Aber bitte mit Bläschen drin.«

Sie sah mich kurz prüfend an, als hätte ich mich irgendwie verdächtig gemacht, obwohl Oskar mit seiner Bommelmütze viel verdächtiger aussah als ich. Dann begann sie auf ihren Block zu schreiben. »Mit … Bläs…chen … drin. Okay.« Sie steckte den Notizblock ein und zeigte quer über die Terrasse. »Wollt ihr nicht lieber an einen größeren Tisch, solange noch welche frei sind? Wenn eure Eltern nachkommen –«

»Die verschlafen.« Oskar lächelte und zeigte seine großen Zähne. »Wir sind Sonntagswaisenkinder.«

»Glückwunsch! Wenn jeder Tag ein Sonntag wäre, hm?«

Bis das Frühstück kam, guckten wir uns einfach bloß um. Ich genoss die warme Luft auf meiner Haut, und ich genoss das Urlaubsgefühl. Dieses Prerow gefiel mir. In Berlin stehen in den meisten Straßen hohe Häuser dicht an dicht, und wenn es davor mal einen Grünflecken gibt, kann man ziemlich sicher sein, dass er von Hunden oder Betrunkenen als Toilette benutzt wird. Hier standen niedrige Häuser auf großen Grundstücken mit ordentlich Platz drum herum. In den Gärten grünten und blühten Blumen und Sträucher in allen Farben. Manche Wege waren geteert, andere waren kiesig oder einfach nur festgefahrene Erde. Alles wirkte langsamer und behäbiger als in Berlin. Klar, hier hatten die Menschen ja auch Urlaub, da gab es keinen Grund, sich zu hetzen. Viele von ihnen fuhren auf Fahrrädern herum. Auf dem Weg hierher waren wir an zwei Läden vorbeigekommen, wo man welche mieten konnte.

Die Bedienung kam mit einem großen Tablett voller Sachen. Sie stellte alles auf den Tisch – Teller, Körbchen mit Schrippen und Vollkornbrot, kleine Platten mit Käse und Schinken, Schälchen voller Obst, ein gekochtes Ei und außerdem Konfitüre und Honig und – das war der Hammer – kleine Döschen mit Nutella drin.

»So, bitte sehr!« Sie lächelte mich an, als sie meine Schorle vor mir abstellte. »Hat etwas länger gedauert, bis ich alle Bläschen im Glas hatte. Ein paar wollten flüchten.«

»Das ist echt viel!«, sagte ich begeistert. »Danke!«

»Ist das normale Frühstück. Für Große. Sonntagswaisen kriegen es heute ausnahmsweise zum Kinderpreis. Aber verratet mich nicht!«

Sie blinzelte uns zu, bevor sie wieder ins Café verschwand. Oskar schaute ihr missbilligend nach und nippte kurz an seiner Milch. »Die will später nur ein dickes Trinkgeld!«

Also echt!

»Manche Leute sind vielleicht einfach nur freundlich«, erwiderte ich. »Ohne dass sie andere dazu bringen wollen, was zu tun oder zu denken, was die eigentlich nicht tun oder denken wollen.«

»Du meinst Manipulation.«

»Ja.«

Er nippte noch mal an der Milch. »Sie will trotzdem Trinkgeld.«

Die Frau war nett. Es war mir völlig egal, ob sie Manipulation machte oder nicht. Das tat Oskar schließlich auch, ohne mit der Wimper zu zucken, sobald es ihm in den Kram passte.

Stimmt, meldete sich die leise Stimme von Sherlock Holmes in meinem Kopf zurück. *Und du bist auch nicht besser, Watson, denn du lässt es Oskar machen, weil auch etwas für dich dabei herausspringt. Immerhin tut er das alles für dich und deinen Kalbstein! Feigling!*

Oskar, der gerade misstrauisch unter seine Käsescheiben geguckt hatte, als könnte sich da was Unbiologisches drunter versteckt halten, schaute zu mir auf. »Hast du dir schon was ausgedacht, wie wir jetzt vorgehen? Um Julia zu finden?«

»Ich weiß nicht«, sagte ich halblaut und zögerlich. »Ich würde eigentlich erst gern über etwas mit dir –«

»Wir könnten ihr Haus suchen.« Gut möglich, dass er mir absichtlich das Wort abschnitt. Aber vielleicht hörte er bloß nicht richtig hin, weil er gerade damit beschäftigt war, die Weintrauben aus dem Obstschälchen säuberlich nebeneinander auf seinen Teller zu sortieren. »Zu Fuß dürfte das allerdings eine lange Suche werden. Das Haus könnte irgendwo außerhalb stehen. Wenn wir Pech haben, finden wir es gar nicht.«

Also gut, dann würde ich eben später mit ihm reden, über Manipulation und dergleichen. Darüber, warum er seit Tagen so komisch und manchmal abweisend war. Vielleicht auf der Rückfahrt.

Klar, auf der Rückfahrt! Feigling!

Ich nahm einen neuen Anlauf. »Hör mal, Oskar –«

»Oder«, fuhr er fort, immer noch auf die Weintrauben konzentriert, »wir suchen Julia am Strand. Das ist es schließlich, warum die Leute hierherkommen – sie wollen baden und in der Sonne liegen.«

Ich gab's auf. Wenn er nicht wollte, wollte er eben nicht.

Um uns herum wurde es langsam belebter. Leute mit Korbtaschen und Rucksäcken zogen durch die Gegend, zu Fuß oder auf Fahrrädern. Sie folgten den an Bäumen oder Zäunen angebrachten kleinen Hinweisschildern, die den Fußweg zum Strand wiesen.

»Okay, dann lass uns lieber ans Wasser gehen«, sagte ich. »Ich würde sowieso gern endlich die Ostsee sehen.«

Oskar grunzte nur zustimmend. Er versuchte mit spitzen Fingern umständlich seine Weintrauben zu schälen. Das klappte nicht so gut, weil er ja seine Fingernägel regelmäßig abkaut. Ich schaute ihm fasziniert zu. »Was machst du da?«

»Die sind vielleicht doch gespritzt«, antwortete er, ohne aufzusehen. »Die Haut muss runter.«

»Warum reibst du sie nicht mit einer Serviette ab?«

Er pellte wortlos weiter. Ich zuckte die Achseln und widmete mich meinem eigenen Frühstück. Porsche guckte mir neidisch zu, aber er wusste, dass er nicht betteln durfte.

Es lag wohl daran, dass ich so sehr ins Essen vertieft war. Jedenfalls bemerkte ich unsere neuen Nachbarn erst, als sie schon längst saßen, und auch dann nur deshalb, weil Porsche plötzlich den Kopf hob und leise knurrte. Ich guckte hoch. Der Tisch neben uns war immer noch frei, aber einen weiter hatte ein junges Pärchen Platz genommen. Der Mann hatte eine Glatze und trug eine verspiegelte Sonnenbrille. Zwei Muskelarme mit massenweise bunten Tattoos drauf wuchsen wie klobige Brechstangen aus seinem weißen Unterhemd. Der Bühl hat auch ein Tattoo, einen kleinen Skorpion über dem Herzen. Aber dieser Typ war völlig damit zugepflastert, beide Arme komplett runter, als hätte er irgendwann seine Haut so schrecklich gefunden, dass er beschlossen hatte, sie nie wieder sehen zu wollen. Er sah brutal aus, wie ein Neuköllner Schlägertyp.

Die Frau sah aus wie Julia.

Mir blieb fast ein Salamischeibchen im Hals stecken. Ich tippte Oskar an, der das Weintraubenschälen unterbrochen hatte, um sich eine Scheibe Brot mit Käse zu belegen. »Die Suche können wir uns sparen«, flüsterte ich. »*Die* haben *uns* gefunden!«

Oskars Augenbrauen rutschten nach oben. Er warf einen vorsichtigen Blick zum Nachbartisch. Dann nickte er mir dreimal sehr langsam und bedeutungsvoll zu. Ich musterte Julia. Sie trug ein blaues T-Shirt und sah so aus, als hätte sie schlecht geschlafen. Ihre schönen Mandelaugen waren ganz glanzlos. Angespannt wirkte sie außerdem. Sie hatte ihr Handy vor sich auf den Tisch gelegt, neben eine Schachtel Zigaretten. Auf das Handy guckte sie immer wieder, als hätte sie Angst, einen Anruf zu verpassen, oder als wartete sie auf eine dringende SMS. Einmal fiel ihr Blick auf uns, aber ohne uns wirklich Beachtung zu schenken. Nur Oskars Bommelmütze ließ sie kurz stutzen. Ich atmete auf. Sie erkannte uns nicht.

Oskar lugte mich über seinen Vollkornbrotrand an und bewegte fragend den Mund: *Jetzt?*

Ja, jetzt.

Jetzt würde ich sie ansprechen.

Aber nun, wo es so weit war, wurde mir schummerig. Was war, wenn ihr Vater Recht behielt und Julia den Kalbstein wirklich nicht rausrückte? Ich wusste genau, wie sauer ich dann werden würde, und dabei sprang garantiert die Bingotrommel an, und am Schluss würde ich auch noch anfangen zu heulen, wegen der Ungerechtigkeit von allem. Ich würde Julia anbrüllen, und das Muskelpaket würde mir eine kleben, und Oskar und Porsche müssten mir beistehen, aber das würde so ein Muskelpaket sich nicht bieten lassen, sondern nur drei Mal kurz zuhauen, und ruck, zuck lägen wir alle drei tot auf einer halben Insel an dieser Ostsee rum, von der ich noch keinen Tropfen Wasser und kein Körnchen Sand gesehen hatte, und das hübsche Nutella-Döschen hatte ich auch noch nicht aufgemacht, das hatte ich mir ganz für den Schluss aufheben wollen. Mann, Mann, Mann!

Oskar verpasste mir unter dem Tisch einen auffordernden kleinen Tritt gegen das Schienbein, während er über dem Tisch abwechselnd in sein Käsebrot biss und eine geschälte Weintraube hinterherschob.

Also gut.

Jetzt.

Ich wollte gerade aufstehen, als Julias Handy klingelte. Sie griff danach wie eine Ertrinkende nach einem Rettungsring.

»Ja, hallo?«

Sie lauschte und drehte sich zur Seite. Es war einer dieser seltenen Momente, wo ich froh war, dass manche Erwachsene alle Kinder grundsätzlich für tiefbegabt halten. Sie quatschen einfach drauflos, in der Annahme, dass wir sowieso nicht hinhören, weil wir dauernd nur an unsere Karriere als Popstar, an Computerspiele oder an Pommes rot-weiß denken.

»Natürlich hab ich ihn dabei«, hörte ich Julia mit gedämpfter Stimme sagen. »Hundert Prozent sicher bin ich allerdings nicht. Ich hab den Stein nur einmal gesehen und irgendwann später diese Zeichnung … Nein, ich hab dir doch erklärt, wie schwierig das war! In dem Haus wohnen noch ein paar mehr Leute, da parkt man nicht nachts einen Transporter vor der Haustür und lädt mal kurz eine komplette Wohnung – was?«

Sie wandte sich dem Muskelpaket zu und tippte ungeduldig mit zwei Fingern gegen ihren Mund. Ihr Freund zündete eine Zigarette an und gab sie ihr. Julia zog nur kurz daran, dann stieß sie wütend Rauch aus.

»Morgen? Geht's noch? Du wolltest *heute* hier sein, *jetzt!* – Interessiert mich nicht, wie dein Wochenende war, dann sauf eben weniger! … Ja … Ja, dann morgen, um eins. Aber danach sind wir weg, also halt dich gefälligst dran!«

Sie lauschte weiter ins Handy. Plötzlich setzte sie sich sehr gerade hin. »Wie bitte? Sag mal, du hast wohl …« Sie seufzte. »Also gut. Ich werde es ihm schonend beibringen. Und es bleibt bei der Abmachung? Logisch, nur wenn der Stein in Ordnung ist, aber … Ja, bis dann.«

Sie klappte das Handy zu. »Er kommt erst morgen Mittag«, sagte sie zu ihrem Freund. »Dreizehn Uhr. Geht nicht früher. Ist gestern versumpft. So ein Penner!«

Das Muskelpaket nickte nur. »Dann eben heute Strand. Kann ich mit leben.«

Ich hörte, wie der weiße Korbstuhl leise knackte, als Julia sich darin zurücklehnte. »Trotzdem, der Kerl geht mir auf die Nerven.«

»Dein Exfreund, nicht meiner.«

»Ja. Und der Einzige, bei dem ich den Stein loswerden kann. Wenn ich jemand anderen kennen würde, der so was macht …« Sie schwieg eine Weile, als müsste sie erst überlegen, wie sie den nächsten Satz formulieren sollte. »Er … ehm … also, er will, dass wir uns da treffen, wo er und ich früher immer waren.«

»Und das ist wo?«

»Am Strand.« Sie holte tief Luft. »FKK.«

Das Muskelpaket lief in Sekundenbruchteilen knallrot an.

»Was ist FKK?«, flüsterte ich Oskar zu.

»Die Abkürzung für Freikörperkultur«, flüsterte er zurück. »Sie meint einen Nacktbadestrand.«

<u>KULTUR</u>: Alles, was Menschen erschaffen, um es auf der Welt hübsch zu haben oder weil sie ausdrücken wollen, wie sie sich dann in ihrer Hübschigkeit so fühlen, zum Beispiel sinnlos traurig, aber auch lachhaft sinnvoll. Sie erschaffen dann Statuen, malen Bilder oder machen Fotografien und dergleichen. Sogar Essen ist Kultur, aber nur mit Messer und Gabel. Und es darf nicht von McDonald's sein.

Nackt fand ich nicht schlimm. Weder Mama noch der Bühl oder ich machen die Tür vom Badezimmer zu, wenn wir duschen. Ich hatte nicht gewusst, dass das auch schon Kultur war, aber vielleicht war es das bloß, weil manche Leute unter der Dusche gern singen.

»Jetzt werd nicht eifersüchtig«, beschwichtigte Julia ihren Freund zwei Tische weiter. »Er hat mich hundert Mal nackt gesehen. Da kommt es auf das eine Mal mehr oder weniger –«

»Das macht er, um mir eine reinzudrücken!«

»Wenn es dir nicht passt, können wir es auch lassen!« Julias Stimme wurde fast unhörbar leise, aber sehr eindringlich. »Zehntausend Euro, Justin! Und ich tu das für dich, nicht für mich. Okay?«

Justin schwieg einen Moment. Dann schob er seinen Stuhl zurück und stand auf. Porsche begann wieder zu knurren. Ich fasste unter den Tisch und streichelte ihm beruhigend über den Kopf.

»Wo willst du hin?«, sagte Julia.

»Zum Haus. Mich um Bobo kümmern. Badesachen holen. Komm.«

»Okay. Ich geh noch rasch bezahlen.«

Während Justin zur Straße ging, eilte Julia ins Café. Sie beachtete uns nicht weiter, als sie sich an unserem Tisch vorbeischob. Ihr Gesicht wirkte noch angespannter als zuvor. Womöglich sah ich genauso angespannt aus. Das musste ja einer erst mal verkraften, was sie da alles erzählt hatte!

»Wow!«, sagte Oskar, der die Verkraftung vor mir hinkriegte. »Die will also deinen Stein verscherbeln! Wenn sie Geld dafür kriegt, rückt sie ihn niemals raus.«

Das hatte ich auch sofort gedacht. Zehntausend Euro! Mir wurde ganz schwindelig, wenn ich an so viel Geld dachte. Andererseits …

»Dann ist der Kalbstein also doch was wert!«, sagte ich.

»Es hat zumindest den Anschein«, gab Oskar zu, unwillig und mit gerunzelter Stirn. »Obwohl ich nicht verstehe, warum. Es ist ein völlig wertloser, stinknormaler Stein.«

»Aber ein gezüchteter, und Zuchtsteine sind total selten.«

»Fang bloß nicht wieder davon an!« Er knabberte auf seiner Unterlippe. »Dahinter muss noch irgendwas anderes stecken.«

»Und was?«

»Keine Ahnung. Aber wir kriegen es bestimmt nicht raus, wenn wir hier sitzen bleiben. Wir sollten schleunigst zahlen.«

Julia kam gerade aus dem Café und lief zur Straße. Ich reckte den Hals und sah ihr und Justin neugierig nach. Sie gingen den Gehsteig runter, in Richtung einer Kurve. Bald würden sie dahinter verschwinden.

»Wenn wir sie nicht verfolgen, kannst du den Stein vergessen«, sagte Oskar. »Morgen verkauft sie ihn, du hast es doch gehört! Entweder, wir kriegen bis dahin raus, wo die zwei wohnen …«

»Oder?«

Er schob sich die letzte mühselig gepellte Weintraube in den Mund. »Oder wir können deinen Stein nicht zurückklauen.«

Mein lieber Schwan! Ich klaubte drei Nutella-Döschen zusammen, warf sie in meinen Rucksack und hetzte ins Café, um zu bezahlen.

Mit Trinkgeld dabei.

***

Das einzig Schwierige an der Verfolgung waren die Richtungen. Es ging hier in einen Weg rein und dort aus einem raus, links ab und rechts ab oder umgekehrt, und wenn mich nach fünf Minuten jemand gefragt hätte, wo es zurück zum Café ging, oder noch mal fünf Minuten später, wie man überhaupt nach Prerow kam, hätte ich passen müssen. Die hübschen Häuschen standen immer weiter auseinander, immer öfter lagen große Wiesenstücke dazwischen. Aus den asphaltierten Straßen wurden schmale, mit großen Steinplatten gepflasterte Gassen, dann Feldwege und Landschaft. Porsche war so begeistert von der vielen Natur, dass ich ihn ordentlich kurz bei der Leine halten musste. Wenn wir an Pfützen vorbeikamen, blieb er kurz stehen und schlabberte darin herum. Offenbar hatte es hier in den letzten Tagen noch geregnet. Es wurde immer leiser und stiller um uns, bis nur noch der Wind und ein merkwürdiges Geräusch die sommerlich warme Luft erfüllte.

»Da zirpt was«, sagte ich.

»Heuschrecken«, sagte Oskar.

»Können die stechen?«

»Nein. Die fiedeln bloß.«

Klar, und Kampfhunde wollen bloß spielen! In der Wildnis lauern Gefahren, die man als harmloses und zutrauliches Großstadtkind einfach nicht kennt. Mir fielen die Feldhamster ein, vor denen ich letztes Jahr Schiss gehabt hatte. Okay, die wohnten in Thüringen, hatte der van Scherten erzählt, und jetzt waren wir in Mecklenburg-Vorpommern. Aber hier gab es Maulwürfe, Wildschweine und Heuschrecken. Es hätte gerade noch gefehlt, dass ich in einem Maulwurfshügel stecken blieb und darin versank, um dann hilflos von einem der leckersten Wildschweine Deutschlands angegriffen und plattgemacht zu werden, während ein paar Heuschrecken ein lustiges kleines Abschiedslied dazu fiedelten.

Wir hielten vorsichtshalber ein gutes Stück Abstand zu Julia und Justin, aber die beiden drehten sich nicht um. Sie hatten es offenbar nicht eilig. Unterwegs nahm Julia ihren Freund bei der Hand. Ein paar Schritte weiter legte Justin einen tätowierten Arm um sie. Das mit dem Nacktstrand hatte er also inzwischen verkraftet. Die beiden waren so langsam, dass Porsche sogar Zeit für sein Geschäft fand.

»Ich hab keinen Plastikbeutel mit!«, stellte ich erschreckt fest.

»Ich schätze, hier kannst du das liegen lassen«, sagte Oskar.

Ich guckte über ein Holzgatter hinweg auf eine einsame Wiese, die voller Kuhfladen lag. Die sammelte auch keiner ein, also machte ein kleiner zusätzlicher Haufen von Porsche ja wohl nichts aus.

»Wie nennt man noch mal so einen, der gestohlene Sachen weiterverkauft?«, sagte ich im Weitergehen.

»Einen Hehler. Der Bonhöfer hatte Recht. Seine Tochter hat wirklich merkwürdige Typen als Freunde.«

Klar, sie war ja auch ein schwieriges Kind. Fitzke hatte das gewusst. Er hatte sie *Gewitteraas* genannt – ich wusste bis heute nicht, was das sein sollte, aber es hatte nicht nett geklungen. Trotzdem tat Fitzke mir leid. Er würde sich im Grabe herumdrehen, wenn er mitkriegte, dass sein schöner Kalbstein an einen Hehler verscherbelt wurde, und dann würde er ungemütlich auf dem Bauch liegen.

> BESTATTUNG: In der Steinzeit, als die Menschen noch Jäger und Sammler waren, wurden sie manchmal im Sitzen statt im Liegen bestattet. Im Stehen ging leider nicht. Die Toten hätten zwar weniger Platz gebraucht, aber sie hätten davon Krampfadern gekriegt. Und das mit dem Sitzen setzte sich auch nicht durch. Wahrscheinlich merkten zu viele, dass sie tot waren, und das haute sie dann vom Hocker.

»Wer wohl dieser Bobo ist?«, sagte ich. Auf dem Weg wuchs jetzt hohes Gras, das meine nackten Beine kitzelte. »Meinst du, die beiden haben ein Kind?«

»Das würden sie nicht allein zu Hause lassen, oder?«

»Stimmt.«

»Eher ein Kumpel von diesem Justin«, vermutete Oskar.

»Der Dritte im Bunde. Mit dem Hehler wären das dann schon vier. Und falls der auch noch jemanden im Schlepptau hat …«

Klar, großartig! Warum sollten wir uns auch nicht gleich mit einer ganzen Verbrecherbande anlegen!

Das Haus der Bonhöfers hätten wir niemals gefunden, selbst wenn wir es tagelang gesucht hätten. Dazu lag es viel zu weit abseits von Prerow, in einer einsamen Einödnis voller Abgeschiedenheit. Wir konnten es irgendwann vom Wegrand aus sehen, wo wir uns schnell in die Büsche schlugen. Ein silberner Wagen war auf einem Stück Wiese geparkt. Oskar und ich erkannten ihn sofort wieder. Wir hatten also tatsächlich von Frau Dahlings Fenster aus Julia davonfahren sehen.

»Silbern ist eine ziemliche Angeberfarbe«, flüsterte Oskar. »Der Wagen gehört sicherlich Justin.«

Julia und Justin hatten durch ein knarrendes Gartentürchen das Grundstück betreten – immerhin war der Rasen frisch gemäht – und waren im Haus verschwunden. Es sah fast genau so aus wie auf dem Foto, bloß das Dach war neu gedeckt. Offensichtlich war doch mal jemand mit Ziegeln hier aufgekreuzt, denn von dem schönen Reet war nichts mehr zu sehen.

»Reet ist teuer«, sagte Oskar. »Bestimmt hat das Geld nur für normale Ziegel gereicht.«

Wir warteten eine Viertelstunde, aber im Haus tat sich nichts. Es kam auch niemand wieder raus. Ich guckte wie gebannt auf die Tür, in die unten eine so große Katzenklappe eingelassen war, dass sogar ein Löwe durchgepasst hätte. Womöglich knutschten Julia und ihr Justin dadrin erst mal rum, bevor sie an den Strand gingen, oder sie beratschlagten einen Plan für morgen, wenn dieser Hehler kam.

Das Heuschreckengezirpe machte mich nervös, außerdem summten ständig irgendwelche Viecher um uns herum. Da waren womöglich Mücken dabei, die heimtückisch Blut aus einem raussaugten. Porsche verfolgte jeden dieser kleinen Brummer mit misstrauischen Blicken. Ich hoffte, dass er mir im Ernstfall das Leben retten würde. Für alles Geld der Welt würde ich nie in ein so allein stehendes Haus mitten in der Wildnis ziehen.

»Wie lange sollen wir warten?«, sagte ich irgendwann.

»Gar nicht mehr«, entschied Oskar. »Wenn sie gehen, nehmen sie den Stein bestimmt mit. Ich würde ihn in dieser Einöde jedenfalls nicht allein im Haus herumliegen lassen.«

»Toll. Und wann sollen wir dann an ihn rankommen?«

»Weiß ich noch nicht«, sagte Oskar, den Blick immer noch auf die Haustür gerichtet. Ein kurzer Windzug ließ die darin eingebaute Klappe sachte ein und aus schwingen. »Aber ich überleg mir was.«

***

Und damit, endlich, die Ostsee. Noch nie habe ich so etwas Tolles gesehen. Oskar und Porsche und ich latschten zurück durch die Wildnis, über die grasigen Feldwege, die gepflasterten Gassen, die asphaltierten Straßen, durch Prerow hindurch, bis wir, den Hinweisschildern folgend, an einem Deich ankamen. Der war dort aufgeschüttet worden, erklärte Oskar, damit bei einer Flut der Ort nicht absäuft. Man konnte prima auf dem Damm spazieren gehen oder Rad fahren, aber wir spazierten ihn auf der anderen Seite wieder runter, auf eine schmale Holzbrücke zu, die über einen großen, mit Schilf bewachsenen Teich führte. Diese Brücke endete vor einem schmalen, von hohen Bäumen gesäumten Pfad. Brauner Sand, graue Steinplatten, massenweise Laub und Nadeln – alles düster. Doch weiter hinten sah man den Weg schon heller werden und ein letztes Mal ansteigen, und zuerst dachte ich, toll, jetzt kommt der nächste Deich und dann wahrscheinlich noch fünf oder zehn, weil es so was wie Springfluten gibt, die vermutlich hinterhältig da drüberzuhüpfen versuchen! Aber die Bäume wurden tatsächlich weniger, aus dunklem Waldboden wurde heller Sandboden, und die Anhöhe entpuppte sich als eine Düne voller zitternder Gräser und knorriger kleiner Kiefern, die aussahen, als wären sie schon ihr Leben lang vor Wind und Sturm auf der Flucht, und als wir oben auf der Düne ankamen …

Wahrscheinlich machte ich *Ohhh!* Wahrscheinlich auch öfters als nur ein oder zwei Mal, so überwältigte mich der Anblick. Die See lag vor uns – unter uns – wie ein bis in alle Ewigkeit ausgebreitetes graublaues Tuch. Darüber spannte sich noch ein Tuch, der unendlich hohe, blassblaue Himmel. Am dunstigen Horizont verwoben sich die beiden Tücher ineinander, und genau an dieser Stelle tuckerten, nur noch als winzige Pünktchen sichtbar, zwei Schiffe oder Dampfer herum. Die fuhren in die große, weite Welt.

»Ich setz mich mal«, sagte ich zu Oskar.

Porsche hockte sich neben mich. Ich löste ihn von der Leine, legte einen Arm um ihn und kraulte ihn unterm Kinn, während ich mir alles anschaute. Unterhalb der Düne war alles voller Urlauber. Sie saßen und lagen überall im Sand, Erwachsene und Kinder, auf Handtüchern und in Strandburgen und hinter fröhlich bunten Windschutzen, paddelten im Wasser herum oder liefen daran entlang oder brutzelten einfach in der Sonne. Farbenfrohe Lenkdrachen knatterten durch die Luft, in einer frischen Brise, die mir den Geruch der Ostsee direkt in die Nase trug. Ich weiß nicht, ob man Salzwasser riechen kann, aber irgendwas roch, und es roch gut. Möwen staksten durch den Sand, in kleinen Grüppchen, und wenn ein Kind auf sie zurannte, stoben sie auf und flatterten rauf in den Himmel, wo sie nach nur wenigen Flügelschlägen wie kleine Gleitflugzeuge davonsegelten.

Draußen zerschnitten Windsegler mit ihren Surfbrettern das Wasser. Zur einen Seite hin – mehr so links, schätze ich – sah man, wie die Küste einen sanften Bogen beschrieb, nach innen gebogen wie eine Mondsichel, um dann, gar nicht mal so weit entfernt, in einer Spitze auszulaufen. Zur anderen Seite – mehr so rechts – ging die See einfach nur weiter und weiter. In der Ferne konnte man einen langen Steg erkennen, der weit in die Ostsee ragte, mit vielen Menschenpünktchen drauf. Er war auf einer der Ansichtskarten in der Küche vom Bonhöfer zu sehen gewesen.

»Schön, oder?«

Ich hatte gar nicht gemerkt, dass Oskar sich neben Porsche und mich in den Sand gesetzt hatte. Ich nickte. »Sieht es in Dänemark auch so aus?«

»Da war es schroffer. Mehr große Steine und Felsen. Jedenfalls da, wo Lars und ich waren.«

»Bei dieser Bekannten von Lars, oder?«

Oskar schaute geradeaus auf die See. Sein Gesicht war so regungslos, und er selber war so still, als hätte irgendein Kultureller sich überlegt, dass das hier eine hübsche Stelle wäre, um eine Statue von einem kleinen Jungen mit Bommelmütze abzustellen. Der Junge war aus kaltem Stein, aber die Strickmütze war echt, denn die Bommeln bewegten sich ein wenig im Wind.

Ich musterte Oskar von der Seite und wusste, da würde nichts kommen. Er hatte nie darüber geredet, warum es letztes Jahr in Dänemark so doof gewesen war. Lars hatte ihn dahin mitgenommen, nach der Sache mit Mister 2000, angeblich zur Erholung und um ihn vor den Zeitungen und vorm Fernsehen zu schützen. Aber Mama hatte vermutet, dass Lars dabei mehr an seine eigene Erholung gedacht hatte und dass die Bekannte in Dänemark, zu der er fuhr, eine alte Knutschliebe von ihm war. Falls das stimmte, hatte jedenfalls nur Lars die Knutscherei toll gefunden.

»Wir ziehen besser die Schuhe aus«, sagte Oskar, nachdem er noch eine Weile Kultur gespielt hatte. »Dann läuft es sich leichter.«

Wir packten unsere Schuhe und Strümpfe ein. Als Oskar

seine Hand aus dem Rucksack zog, hielt er darin eine gelbe Tube.

»Sonnencreme«, sagte er auf meinen fragenden Blick. »Hoher Lichtschutzfaktor.«

»Ist die übrig von Dänemark?«

»Hör jetzt mal bitte auf mit Dänemark.« Er klappte den Deckel der Tube auf und hielt sie mir hin. »Willst du? Wenn nicht, kriegst du später eventuell Hautkrebs. Oder du kriegst einen Sonnenstich.«

Das Zeug roch schlimmer als Porsches Duftbäumchen, aber eh ich Krebs kriegte, wie mein armer Onkel Christian …

Ich war rasch fertig. Oskar allerdings schmierte sich so sorgfältig und übertrieben ein, dass ich befürchtete, die Sonne würde untergehen, bevor er endlich fertig war. Immerhin, stechen konnte sie ihn dabei nicht mehr. Sogar die Stellen hinter den Ohren ließ er nicht aus und auch nicht die Ritzen zwischen seinen Zehen. Als wäre jemals jemand an Zehenritzenkrebs gestorben.

Barfuß durch den Sand zu laufen war toll. Man sank ein bisschen darin ein, aber dann machte man ja schon den nächsten Schritt. Porsche, der viel leichter war, schoss wie eine Rakete über den Sand. Ab und zu blieb er stehen, drehte sich zu mir um und stieß ein aufforderndes kleines Kläffen aus.

Je näher wir dem Strand und dem Wasser kamen, umso mehr Wind blies uns entgegen. Dann zwischen den Leuten durch und mit den nackten Füßen ins Wasser, das war schon wieder was neues Tolles. Ich krempelte die Hose hoch, damit ich tiefer reingehen konnte. Ich schaffte locker zwei Meter, weiter traute ich mich nicht. Oskar und Porsche trauten sich gar nicht, sie waren draußen geblieben. Porsche guckte über das Wasser und bellte. Ich sah mich ängstlich um. Es gab keine wirklich hohen Wellen, bestimmt kamen die nur bei Springfluten und dergleichen. Aber womöglich gab es Haie oder Killerwale. Oder diese fetten Quallen mit fünfzig Meter langen Fäden, die einen verbrennen, wenn man mit ihnen in Kontakt kommt … Hatte ich mal im Fernsehen gesehen. Das Brennen lässt nur nach, wenn man jemanden findet, der auf einen draufpullert, weil in Pipi so eine Art Gegengift enthalten ist. Vielen Dank auch …

Also wieder raus aus dem Wasser.

Am Strand lagen tatsächlich angetriebene Quallen, aber sie waren klein und ohne lange Fäden. Sand pappte an ihnen wie Paniermehl an einem Schnitzel. Porsche schnupperte an einer von ihnen, danach würdigte er die Quallen keines Blickes mehr. Es lagen auch Algen und Schlick herum und massenweise verknäultes Seegras und –

»Muscheln!«, rief ich begeistert.

Überall. Abertausende davon. Klein und weiß waren sie, und gar nicht besonders und doch das Besonderste von der Welt. Ich bückte mich nach einer, hob sie auf und –

»Grundgütiger«, entfuhr es Oskar.

»Was?«

»Man hört nichts, wenn man sich so eine flache Herzmuschel ans Ohr hält. Das geht nur mit Schneckenmuscheln.«

Ich nahm die kleine weiße Muschel wieder runter und ließ meinen Blick suchend über den Strand gleiten. »Und wo sind solche geschneckten? Ich würde gern das Meer rauschen hören.«

»Gibt's hier nicht. Und was du darin hörst, sind sowieso nur Geräusche aus der Umgebung, die das Muschelgehäuse verstärkt, und außerdem dein Blutkreislauf.«

»Und wie kommt mein Kreislauf darein?«

Peinlich mal wieder! Hätte ich zwei Sekunden gewartet, bevor ich den Mund aufmachte, wäre ich von selbst darauf gekommen, wie tiefbegabt die Frage war. Aber immerhin … noch vor einem Jahr hätte ich mir die Muschel wahrscheinlich für eine Woche mit Tesafilm ans Ohr geklebt, in der Hoffnung, irgendwann Meeresrauschen darin zu hören.

Oskar zeigte an der Wasserlinie entlang. Ein ganzes Stück entfernt sprangen jede Menge nackte Leute herum. »Da ist der FKK-Strand.«

»Meinst du, Julia und ihr Freund gehen da vielleicht heute noch hin?«, sagte ich. »Zum Üben für morgen?«

»Könnte sein.«

»Wenn sie den Kalbstein mitbringen und baden gehen, könnten wir versuchen, unbemerkt an ihn ranzukommen.«

»Genau das habe ich auch überlegt. Und wenn wir den Stein heute nicht kriegen, haben wir immer noch morgen eine Chance.«

»Morgen?« Ich runzelte die Stirn. »Aber wir wollten heute wieder nach Hause fahren.«

Oskar sah gleichgültig aufs Wasser. »Und?«

»Na, was ist mit Lars? Wir können doch nicht einfach so lang von ihm wegbleiben, er hat immerhin die Verant–«

»Mann! Hör doch endlich mal auf mit deinem beschissenen Lars!« Die Worte kamen so unerwartet laut und schrill, dass ich erschreckt zusammenzuckte. »Lars wäre es auch egal, wenn ich erst Weihnachten wiederkomme! Der soll ruhig noch einen Tag länger Angst haben!«

»Angst?« Ich runzelte die Stirn. »Wieso denn Angst?«

Keine Antwort. Aber manchmal ist Schweigen die beste Antwort von allen, weil sie so viel verrät. Am liebsten hätte ich mir vor den Kopf gebärdet: *Ich Trottel, da hätte ich auch selber draufkommen können!* Und zwar viel früher.

»Du hast ihm gar nichts gesagt, oder?«, sagte ich leise. »Nicht, dass wir bei mir übernachten würden, und auch nicht, dass wir heute früh in den Zoo gehen. Du wolltest, dass er sich mal so richtig Sorgen um dich macht. Stimmt's?«

»Fast.« Oskar schaute runter in den Sand, in dem seine kurzen dicken Zehen herumpulten, als suchten sie nach Halt. »Ich hab ihm einen Zettel geschrieben.«

Ich musste ihn nicht mal fragen, was darauf stand. Ich wusste es auch so. Oskar hatte sich die Worte sicherlich Hunderte Male vorgesagt, seit Lars ihn letztes Jahr bei Mama und mir zurückgelassen hatte, mit nichts als einer Reisetasche voller Klamotten und einem Zettel drin. Oskar hatte den Text wahrscheinlich nur passend abgeändert: *Hallo, Lars, ist hoffentlich okay, wenn ich ein paar Tage wegbleibe. Muss Abstand finden. Melde mich wieder. Oskar.*

Er hob den Kopf, verschränkte trotzig die Arme vor der

Brust und sah mich herausfordernd an. Lange hielt er es nicht aus. Sein Blick flackerte, und er schaute wieder runter in den Sand. »Es tut mir leid«, sagte er leise.

Mir wurde schlecht, als ich plötzlich verstand.

Den ganzen Rest, meine ich.

Das ganze Alles.

Oskar hatte so was schon mal mit mir gemacht. Als wir uns kennenlernten. Da hatte er Interesse für mich geheuchelt, aber in Wirklichkeit hatte er mich nur benutzt, um Mister 2000 auf die Spur zu kommen.

»Der Kalbstein interessiert dich gar nicht!«, stieß ich aus. »Du hast nur einen Vorwand gesucht, um abhauen zu können. Damit Lars durchdreht. Deshalb hast du mich an die Ostsee gelockt! Du hast mich manipulationiert!«

»Manipuliert«, verbesserte er mich automatisch.

»Ist mir egal, wie es heißt!« Ich spürte diese schwarzen Bläschen in mir hochblubbern – Adrenalin. »So was tut man nicht!«

»Alle Menschen tun das. Sie tun es dauernd.«

»Aber nicht mit ihren besten Freunden! Das ist einfach nur gemein!«

»Ach, und du bist natürlich nie gemein!«, schnappte Oskar.

Ich fing an zu brüllen. »Wenn ich's mal bin, dann nicht mit Absicht!«

»Du kannst genauso böse sein wie andere Leute auch!«, keifte Oskar zurück.

»Kann ich nicht! Ich habe nämlich ein gutes Herz!«

»Vielleicht hast du einfach nur schwache Nerven!«

»Vielleicht bist du einfach nur ein schwieriges Kind!«

»Ach ja? Wer ist denn hier schwierig?« Oskar brüllte inzwischen so laut, dass die Leute in der Nähe aufmerksam wurden. Porsche guckte zwischen uns hin und her, mit ängstlich angelegten Ohren. »Wer kommt denn mit gar nichts klar, wenn nicht immer irgendein anderer das Denken für ihn übernimmt? Du doch wohl!«

»Das stimmt nicht!«

»Und ob das stimmt! Deinen bescheuerten Kalbstein könntest du schon längst vergessen, wenn ich nicht wäre!« Plötzlich machte er einen Schritt nach vorn und pikte mir einen kleinen Finger vor die Brust. »Und weißt du auch, warum? Weil du zu tiefbegabt bist, um selber auf Ideen zu kommen! Weil du zu langsam denkst! Weil du keinen Eigenantrieb hast!«

KAWUMM!

In meinem Kopf war die Bingotrommel von null auf nichts angesprungen und dann förmlich explodiert, mit einem so schrecklichen Knall, dass es mir fast alle Luft raubte. Ich drehte mich einfach um und ging. Ich war mir nicht sicher, ob das ein eigener Antrieb war, aber so in etwa musste es passen. Und wenn es nicht passte, war es mir auch egal. Nach den ersten Schritten änderte ich den Kurs ein bisschen, weil ich mitten auf die Ostsee zumarschierte, aber dann ging ich immer nur weiter und weiter, Porsche an meiner Seite.

»Rico!«, rief Oskar mir nach. »Rico!«

Und weiter und weiter, Sand zwischen den Zehen und Wind im Haar und Tränen in den Augen.

»Rico!«

Vielleicht hätte ich kehrtgemacht, wenn er mir nachgelaufen wäre, statt bloß zu rufen. Aber das tat er nicht. Irgendwann hörte ich seine Stimme nicht mehr, sondern nur noch ein Rauschen. Wahrscheinlich kleine Wellen, die gegen den Strand spülten. Oder das Adrenalin in mir drin. Oder der Blutkreislauf in meinen Ohren.

IMMER NOCH SONNTAG

WILLKOMMEN IM DSCHUNGEL

Ich lief, ich lief … ich weiß nicht, wie lange. Wenn ich jetzt versuche, mich zu erinnern, an was ich dabei dachte, fällt mir nichts ein. In meinem Kopf war nur rote Wut und schwarzes Herzgebreche. Zusammen ergab das so eine Art Sonnenuntergang nach einem Vulkanausbruch, und wenn alles verglüht war, blieb nichts übrig als Asche und graues Gefühl. Ich glaube, das war meine erste Depression.

Anfangs guckte ich kein einziges Mal hoch. Ich wollte nicht, dass jemand mich heulen sah. Selber sah ich nur Wasser und Muscheln und angeschwemmtes Grünzeugs und ab und zu ein paar nackte Beine und Füße, wenn ein Urlauber an mir vorbei in die Ostsee rannte, oder Porsche, der in bester Laune neben mir herwackelte, dann mal ein Stück voraus, wieder zurück, wieder voraus …

Selbst mit Hund sollte man als Tiefbegabter nicht durch die Gegend laufen, ohne zu gucken. Man weiß sonst nicht genau, wann und wo man ankommt. Vor allem wann. Wo, war mir eigentlich klar, denn so eine Küste hörte ja nie wirklich auf, das wusste ich von meiner Weltkarte. Von der halben Insel aus ging es immer weiter, erst an Europa außen entlang und dann auf der Innenseite her am Mittelmeer, um ganz Afrika herum und Arabien und dergleichen, dann kamen Indien – da konnte ich irgendwo Mama und dem Bühl zuwinken – und China, und schließlich ging es, nach einer Kurve, bis Russland rauf. Nach der nächsten scharfen Kurve – da war die Karte schon ganz weiß, also lag da Schnee, oder es waren noch unerforschte Stellen – ging es oberhalb von Russland in Richtung Skandinavien weiter und dort, nach ein bisschen Geschlängel, wieder runter, an der Bottnischen Hupe und ein paar frisseligen kleinen Ländern und Polen vorbei, zurück nach Deutschland. Und schwupp, wäre ich wieder dort, wo ich losgelaufen war. Bloß dass es kein richtiges Schwupp war, denn dafür war der Weg viel zu weit. Ich würde länger brauchen als der Moses von Ägypten nach Israel. Womöglich hatte ich dem Moses sowieso unrecht getan, und er war nur so lahm gewesen, weil er auch Depressionen gehabt hatte. So eine ägyptische Knechtschaft ist ja schließlich kein Kindergeburtstag.

Als das Grau in meinem Kopf endlich verblasste und ich das erste Mal aufschaute, war ich schon dort, wo die Küste mondsichelig wurde. Der Sandboden wurde hier fester und unebener und irgendwann so steinig, dass ich die Schuhe anziehen musste. Der Strand drückte sich schmal und schmaler gegen Felssteine und Wald und wurde eng und enger. Hier trieben sich kaum noch Urlauber herum. Und plötzlich hatte die Küste eine Unterbrechung. Wasser strömte durch einen breiten Kanal ins Inselinnere, und da gab es nichts, wo man es hätte überqueren können. Ich musste vom Strand abbiegen und diesem Kanal folgen. Der gar kein Kanal war, sondern sich als Einfahrt in einen kleinen Hafen herausstellte. Oder, noch genauer, wie dort an einer kurzen Mole ein Schild verkündete: in einen Nothafen. Hier konnten Schiffe parken, wenn auf der Ostsee mal ein Sturm tobte. Ein kleines Schiff lag sogar bei der Mole vor Anker, aber es war niemand drauf. Wahrscheinlich war es nur ein Beispielschiff.

Der Hafen war um einiges größer als zu Hause der Urbanhafen, aber von der Mole aus konnte man ihn prima überblicken. Auf der gegenüberliegenden Seite, über das dunkle Wasser hinweg, sah ich meterhohes Schilf oder Ried oder was auch immer. Es wuchs tief und weit ins Land hinein. Erfreulicherweise führte, ein paar Meter hinter dem Beispielschiff, ein hölzerner Steg über das Wasser, genau in dieses Ried.

»Cool!«, flüsterte ich.

Da wollte ich hin, in diesen undurchdringlichen, Schutz versprechenden Dschungel! Dorthin würde ich mich zurückziehen wie ein verwundeter Tiger, der an einem verborgenen Ort seine Wunden leckte, jene schrecklichen und tiefen Wunden, die der Verrat durch den besten und einzigen Freund ihm geschlagen hatte. Doch nie würden diese Wunden wirklich verheilen, bestenfalls äußerlich, aber in meiner Seele – also in der vom Tiger – würden sie stets weiter bluten, eine ewig schmerzende Erinnerung aus enttäuschten Träumen und zerstörten Hoffnungen und den Splittern einer explodierten Bingotrommel!

»Komm, Porsche.«

Der Holzsteg übers Wasser hatte kein Geländer, da konnte einem ein wenig mulmig werden. Am anderen Ufer führte dann ein Weg aus dickeren Holzplanken, aber auf Stelzen, mitten ins Ried hinein, und man sah schon nach ein paar Schritten, wie sumpfig hier alles war. Ein Ausrutscher, und man landete im schwarzen Wasser, in dem zu beiden Seiten dieser unüberschaubare, grüne, wogende Teppich wurzelte. Es war unheimlich. Der kleinste Windhauch brachte die Pflanzen zum Rascheln. Es klang, als würden Millionen darin versteckter kleiner Viecher sich leise zuflüstern, dass sie im nächsten Moment alle gleichzeitig rausspringen und mich auffressen würden.

Ohne Rico Doretti!

Als der Plankenweg zu einer Seite hin abbog, noch tiefer ins Ried, ging ich zur anderen Seite. Da dünnte das Ried aus, und man konnte weiter hinten Bäume sehen, also war da auch festes Land. Erst kam ich mir vor wie ein Feigling, aber dann entdeckte ich, als ich mich durch ein paar Büsche quetschte, eine kleine Lichtung, auf der Tempos und Klopapier lagen. Es hatten sich hier also auch andere Wanderer schon vor Angst fast in die Buxen gemacht.

Dann der Waldrand und ab dort immer schön geradeaus. Hoffte ich jedenfalls. Porsche folgte mir dicht auf den Fersen. Keine Ahnung, wie lange wir liefen oder in welche Richtung. Irgendwann war mein Zeitgefühl völlig im Eimer. Und immer nur Bäume, Bäume, Bäume. Sie standen nicht *zu* dicht, ihre Kronen waren nicht *zu* ausladend, der Wald nicht *zu* dunkel. Trotzdem kriegte ich irgendwann Schiss. Ich war ein Großstadtkind allein im Dschungel. Mir fielen die leckersten Wildschweine Deutschlands wieder ein und, als ein Schmetterling an mir vorbeiflatterte, auch noch Hannibal Lecter, der vielleicht gerade Appetit hatte auf den leckersten Tiefbegabten Deutschlands.

Ich ging schneller.

Noch schneller.

Unter mir knackte und knisterte es, wenn ich auf lose tote Äste und welkes Laub vom letzten Jahr trat. Tief hängende

Zweige streiften mein Gesicht. Schatten und Licht wechselten sich ab, mal blendete mich ein verirrter einzelner Sonnenstrahl, dann wieder wurde es so duster, als wäre dem Himmel sein eigenes Blau langweilig geworden und er hätte ein Gewitter zu sich eingeladen.

An einem umgefallenen Baumstamm machte ich Pause. Porsche setzte sich vor mich hin und wuffte. Ich sah mich um. Rundum Wald mochte netter aussehen als zum Beispiel rundum Wüste oder rundum Wasser. Aber das änderte nichts daran, dass ich mitten rein in eine sehr große Verlassenheit gelaufen war. Das viele Grün war nicht gut für meine Nerven. Vielleicht war das mit dem Versteck für den einsamen Tiger doch keine so gute Idee gewesen.

LABYRINTH: Im ersten Labyrinth der Welt wohnte der Minotaurus, ein griechischer Stiermensch, der Jungfrauen und Jünglinge fraß. Also sozusagen eine Mischung aus schottischem Hochlandrind und Hannibal Lecter. Der Held Theseus machte ihn platt, was aber nur klappte, weil er den roten Faden seiner Geliebten Ariadne nicht verlor. Die Geschichte bedeutet, dass man ohne Wolle und ohne Liebe im Irrgarten des Lebens verloren ist. Seitdem verschenken die Menschen zu Weihnachten gern selbst gestrickte Pullis und Socken.

Ich beugte mich zu Porsche runter und kraulte ihn.

»Findest du hier wieder raus, hm?«

Porsche hechelte, legte den Kopf schräg und guckte mich an, als hätte er mir gerade dieselbe Frage stellen wollen. Oder als wollte er sagen: Eigentlich sollte sich ein kleiner Hund eher auf sein Herrchen verlassen als das Herrchen auf den Hund. Ich seufzte, holte die Wasserflasche und den Napf, den Sven mir gegeben hatte, aus dem Rucksack, und plötzlich fiel mir ein, dass Oskar und ich für zwölf Uhr mit Sven verabredet waren. Da würde nun nichts draus. Und falls Julia und Justin an den Strand kamen, würden wir die auch verpassen.

»Toll«, murmelte ich. »Ganz toll!«

Ich goss Porsche Wasser ein und beschloss, wegen meinem Kummer und der sehr großen Verlassenheit erst mal eins von den drei Nutella-Döschen plattzumachen. Wenn mich dann die Wildschweine oder Hannibal Lecter erlegten, kriegten sie wenigstens ein Kind mit Schokoladenfüllung. Viel war in dem Döschen nicht drin. Die Reste ließ ich Porsche von meinem Finger lecken.

Es schmeckt lecker, aber ich finde das nicht wirklich gesund, hörte ich plötzlich Oskar in meiner Erinnerung sagen. Danach hatte Lars ihn fertiggemacht, gestern beim Frühstück. Und den Tag davor beim *Mensch ärgere dich nicht* und den Tag davor bestimmt mit irgendwas anderem. Und ruck, zuck werden die Tage zu Wochen und die Wochen zu Monaten und die Monate zu Jahren und die Jahre ... sicher zu auch irgendwas. Da ist es eigentlich kein Wunder, wenn ein Kind komisch wird und zu fiesen Mitteln greift, um überhaupt mal zu kriegen, was es will. Wer weiß, wie oft Oskar was von Lars gewollt hatte, aber von ihm abgewiesen worden war und es dann irgendwann nur noch mit Tricks und Manipulation versucht hatte. Wie oft er versucht hatte, mit seinem schlauen Verstand Lars zu verstehen, der aber leider nur selten zu verstehen war, weil er anstelle von einem Gehirn eine depressive Spezial-Bingotrommel hatte, und der außerdem immer erst an sich selbst dachte und erst dann an sein Kind, obwohl es andersrum sein sollte, aber was sollte man schon von einem Erwachsenen erwarten, der sich selber wie ein Kind benahm?

Je länger ich über das alles nachdachte, umso besser verstand ich Oskar, und umso weniger fühlte ich mich wie ein verletzter Tiger. Bloß … ich war nicht Lars. Ich war Oskars Freund. Er musste mich nicht manipulieren. Vielleicht hatte er Recht damit, dass ich zu wenig und zu langsam dachte. Aber ich war nun mal tiefbegabt. Darüber, dass er sich mit seinem hochbegabten Wissen immer vordrängelte, beschwerte sich ja auch niemand. Und überhaupt, wenn ihm was an mir nicht passte, sollte er mir das gleich und in Ruhe sagen, statt es monatelang zu sammeln, um es mir dann ins Gesicht zu brüllen. Mama hatte mal gesagt, dass sie nicht mit jemandem streitet, um ihn zu verletzen, sondern weil ihr etwas an ihm liegt. Wenn jemand ihr egal ist, lässt sie das Streiten ausfallen und erklärt ihm nur freundlich, dass er ihr mal den Hobel blasen kann. Oder dass er ihr vom Frack steigen, sie im Mondschein besuchen, ihr den Buckel runterrutschen, sich einen Knopf an die Backe nähen, eine Bulette vors Knie nageln oder sich gehackt legen kann. Nur für den Fall, dass gerade kein Hobel zur Hand ist.

Bis ich alles zu Ende gedacht hatte, waren die beiden übrigen Nutella-Döschen auch leer. Ausgelutscht und ausgeleckt, ohne es richtig zu merken. Das hatte man dann von seinem Verständnis.

***

Diese halbe Insel ist komisch. Eben war da noch Wald, und plötzlich war da Küste. Fast wäre ich draufgefallen, denn die letzten Bäume standen oberhalb eines sandigen Abhangs. Darunter war Strand und in alle Richtungen Meer und auf und in beidem jede Menge Leute.

So viel zu einsamen Verstecken!

Aber gut, immerhin konnte ich jetzt jemanden nach einem einfachen Rückweg fragen. In diesen von Wildschweinen verseuchten Wald oder in das von Flüsterviechern verpestete Ried würde mich nämlich keiner mehr reinkriegen. Ich fragte mich, ob es auf Sri Lanka auch so aussah, und sofort kriegte ich Sehnsucht nach Mama. Die hatte es bestimmt gerade besser als ich. Ich war nur auf einer halben Insel und sie immerhin auf einer ganzen, und sie hatte einen ganzen Mann bei sich und ich nicht mal einen halben.

Ich schlitterte und stolperte den Abhang runter. Ein paar Meter entfernt lag eine braun gebrannte Frau in einem blauen Badeanzug vor einem regenbogenbunten Windfang. Sie hatte mir interessiert zugeschaut. Wahrscheinlich purzelte nicht allzu oft ein Kind mit Hund aus dem Wald runter an die Küste. Ich wollte sie schon fragen, in welche Richtung es zurück nach Prerow ging, als Oskars Vorwurf mir einfiel, ich würde zu wenig selber denken.

Also schaute ich mich um.

Überlegte.

Und es war einfach.

Natürlich ist es einfach, Watson! Wenn man an diesem langen Strand entlangschaut, gibt es zur einen Seite weniger und zur anderen immer mehr Menschen. Daher muss, wo diese vielen Menschen sich aufhalten, auch der Zugang zum Strand sein, denn die meisten Leute sind faul und laufen selbst im Urlaub nicht gerne weit. Und wenn es der Hinweg zum Strand ist, ist es gleichzeitig auch der Rückweg.

Da, bitte sehr – Schluss mit tiefbegabt!

Ich ging zu der Frau. Sie glänzte vor lauter Sonnenöl. Ihr Körper war dermaßen damit eingeschmiert, dass ich überlegte, ob sie schön saftig bleiben wollte, wie ein Steak in einer Pfanne voller heißem Fett. Vielleicht wollte sie aber auch nur, dass ihr Urlaubsbraun nicht aus ihr rauslief. Ich stellte mich vor sie. Ich platzte fast vor Stolz.

»Darauf wären Sie nicht gekommen, stimmt's?«, sagte ich.

»Worauf?«

»Dass ich von selber draufkomme!«

Sie drückte sich ein Stück auf den Ellbogen hoch und kniff die Augen zusammen. »Von selber auf was?«

»Auf den Rückweg.«

»Ehm … Nee, hätte ich nicht. Herzlichen Glückwunsch.«

Ich zeigte großzügig mit einer Hand den Abhang rauf. »Falls Sie also mal aus dem Dschungel kommen und nicht wissen, in welche Richtung es weitergeht …«

»Schon klar.« Sie nickte langsam. »Dann frag ich dich.«

Das wäre ein gutes Ende der Unterhaltung gewesen, aber ich sah, wie Porsche hinter der Frau das Beinchen an ihrem Windfang hob. Ausgerechnet!

»Ehm … dürfte ich mich ein wenig zu Ihnen setzen, während ich mir die Schuhe ausziehe?«, sagte ich schnell.

Ohne ihre Antwort abzuwarten, setzte ich mich neben sie in den Sand und zog meine Schuhe aus. Einer der Schnürsenkel hatte sich verpfriemelt und ließ sich nur schwer aufknoten. Ich hasse so was. Ich bin nicht gut mit Knoten.

»Wo sind deine Eltern?«, sagte die Frau.

»Mein Vater ist von einem Fischtransporter überfahren worden.«

»Um Himmels willen!« Sie richtete sich noch ein Stück weiter auf. »Doch nicht hier auf der Insel?«

»Nee.« Während ich vorne ungeduldig an dem Schnürsenkel zerrte, rieselte mir jetzt hinten auch noch Sand in die Hose. »In Neapel. Und meine Mutter ist auf Sri Lanka. Da gibt es von achtzehn bis zweiundzwanzig Uhr Getränke für umsonst. Wussten Sie das?«

Endlich löste sich der blöde Knoten. Ich zog die Schuhe aus, stopfte sie rasch in den Rucksack und lugte dabei rüber zu Porsche. Der war auch fertig. Auf dem Windfang prangte ein kleiner nasser Fleck.

»Sri Lanka, hm?« Die Frau guckte plötzlich irgendwie lauernd am Strand entlang und dann zu mir. »Okay, Kleiner. Wo ist die versteckte Kamera?«

Ganz klarer Fall von Sonnenstich. Garantiert hatte sie sich sogar den Kopf mit ihrem Öl eingeschmiert, und jetzt war ihr eine Sicherung durchgeknallt. Woher sollte ich wissen, wo ihre Kamera versteckt war?

»Keine Kamera?«, sagte sie nach einer Weile.

Ich schüttelte bloß sehr vorsichtig den Kopf. Ich hatte die Wildschweine überlebt und Hannibal Lecter. Ich wollte jetzt nicht wegen einer Frau mit Sonnenbrand im Gehirn sterben. Sie guckte mich noch ein bisschen an, bevor sie kurz nickte, sich wortlos wieder auf den Rücken legte und die Augen schloss.

Mein lieber Schwan!

Vielleicht wäre ich in der Nähe geblieben und hätte noch ein bisschen zugeguckt, wie sie weiter durchbrannte, wenn Porsche nicht gewesen wäre. Er dackelte einfach los in Richtung Wasser. Die Wellen waren hier viel größer als am Strand von Prerow, das hatte ich sofort gesehen. Aber was es am Strand von Prerow nicht gab und hier in Unmengen, waren Steine … die wunderschönsten Steine der Welt, so weit das Auge reichte, angespült aus der See! Die meisten waren gerade mal so groß, dass zwei bis drei von ihnen prima in eine Hand passten. Es gab rote mit dünnen grünen Streifen drin und braune mit dicken gelben Streifen drin. Es gab orangefarbene mit hellen Tupfen, bläuliche mit schwarzen Einschlüssen und schwarze mit bläulichen Adern. Manche sahen aus, als wären Wolken darauf gemalt worden, und manche, als hätte der Mond seine Farbe drübergeschüttet. Vielleicht ließen sie sich sogar züchten. Und mit jeder Welle, die anrauschte, wurden neue Steine an den Strand gewirbelt, und mit jeder Welle, die sich zurückzog, wurden alte Steine zurück in die See gerissen.

Zwanzig besondere sammelte ich ein und verstaute sie im Rucksack. Der letzte kam frisch aus dem Wasser angerollt, der war besonders schön. Etwas brauner Seetang pappte daran. Er war fast golden und sah aus wie gefrorener Honig.

Und weiter am Wasser entlang, wo andere Urlauber ebenfalls Steine sammelten, in der Sonne lagen, sich auf Luftmatratzen in die Ostsee warfen. Ab und zu blieb ich stehen und guckte mir alles an, und dabei kratzte ich mich am Hintern, wo der Sand in meine Hose gerieselt war. Das Rauschen der anbrandenden Wellen übertönte fast jedes andere Geräusch. Die See funkelte und glitzerte, als hätten alle Sterne vom Nachthimmel beschlossen, tagsüber darauf ein Nickerchen zu machen und sich ein bisschen durch die Gegend schaukeln zu lassen. Bis zum Horizont lag ein feines Schimmern auf dem Wasser.

Ich fand ein angespültes Stöckchen, mit dem ich Porsche auf Trab hielt, während wir uns immer weiter in Richtung Strandzugang bewegten. Wind und Wellenrauschen um die Ohren, Sonne auf der Haut, Wasser um die Füße. Ich weiß nicht, wie das funktionierte, aber es machte einem das Gefühl, als wäre gerade nichts wichtig auf der Welt und als gäbe es keine Zeit. Aber um halb sieben heute Abend fuhr der letzte Bus Richtung Ribnitz, und Julia hatte immer noch den Kalbstein.

Ich musste nach Prerow zurückfinden.

Der Zugang zum Strand sah aus, als hätte jemand ein Stückchen aus der Küste rausgeschnitten oder es mit einem Löffel ausgehoben, damit man nicht umständlich den Abhang hochklettern musste. Es war auch ganz klar, warum dieser schmale Weg hier angelegt worden war: Er führte über eine Kuppe hinweg direkt zu dem Leuchtturm, den ich von einer der Postkarten beim Bonhöfer kannte. Man sah ihn schon vom Strand aus, aber natürlich noch besser, wenn man die kurze Strecke bis zu ihm hingelaufen war. Ich nahm Porsche wieder an die Leine und stiefelte los, über die Kuppe rüber und an ein paar Sitzbänken vorbei, auf denen Urlauber hockten, um sich ihre Schuhe aus- oder sie wieder anzuziehen. Viele Urlauber. Und außerdem, wenn man den Weg hinunterschaute, viele Fahrräder. Ich hatte zwar bei meiner Verirrung keine gesehen, aber es musste Radwege in diesem Wald geben.

Ich zog mir auch meine Schuhe wieder an, dann ging ich den sanft abfallenden Weg runter. Tatsächlich, da war ein großer Parkplatz für Fahrräder auf der einen Seite. Auf der anderen standen, um den Leuchtturm herum, ein paar niedrige kleine Häuser. Bei einem waren die Fenster geöffnet, und lustiges Geschirrklimpern drang nach draußen. Da war ein Café drin. Mein Magen, der heute Morgen schon wie ein Kampfhund geknurrt hatte, legte sofort wieder los, bloß knurrte er jetzt wie zwei Kampfhunde.

»Ich schätze«, sagte ich zu Porsche, »dass wir uns gleich eine kleine Futterpause verdient haben. Was meinst du?«

Porsche wuffte. Ich legte den Kopf in den Nacken und guckte an dem Leuchtturm rauf. Er stand da, so fest und stark und imposant, als hätte der liebe Gott ihn persönlich in die Erde gerammt.

IMPOSANT: Beeindruckend, mächtig, auffällig. Aber nur mit hinten einem T am Ende und nur, wenn man nicht vorher im Sitzen seine Schuhe am Strand ausgezogen hat. Sonst hat es hinten ein D, und man muss sich dauernd unauffällig am Hintern kratzen.

Rote Backsteine. Ein paar hübsche Fensterchen. Ganz oben so ein Rundumglasdings mit Blechdach, aus dem bei Nacht und Nebel Leuchtsignale durch die Gegend geschickt wurden, damit keine Schiffe gegen die halbe Insel rumsten. Ich fragte mich gerade, wie weit man von da oben wohl gucken konnte, als hinter mir eine ungläubige Stimme erklang.

»Rico?«

Ich drehte mich um. Zwei Typen in kurzen Hosen, engen T-Shirts und mit schicken Sonnenbrillen standen da. Jede Menge strahlend weiße, regelmäßige Zähne blitzten mich an. Der eine von den beiden schob seine Sonnenbrille ein Stück nach oben. Porsche gab ein erfreutes kleines Kläffen von sich und begann zu wedeln.

»Gestern noch im Treppenhaus, heute schon an der Ostsee!«, sagte der Kiesling grinsend. »Du hättest ruhig sagen können, dass ihr über Pfingsten auch nach Norden wollt!«

Ich war total platt vor Überraschung. Und ich glaube, ich kriegte einen roten Kopf, weil ich mich erwischt fühlte. Mit *ihr* meinte der Kiesling Mama und den Bühl. Da war ich kilometerweit durch den Dschungel gelaufen, weil ich mich über Oskars Manipulationen aufgeregt hatte, und jetzt würde ich womöglich selber lügen müssen, um mich nicht zu verraten. In meinem Kopf machte es sehr leise *Klick!*. Das war der Hebel der Bingomaschine, der sich soeben selber auf *Startklar* umgelegt hatte. Hätte ich mir eigentlich denken können, dass das blöde Teil nicht wirklich explodiert war.

Der Kiesling guckte mich immer noch erwartungsvoll an.

»Na ja, die Ostsee ist ja groß«, stammelte ich, auf der Suche nach irgendwas, womit ich ihn ablenken konnte. »Und der Norden auch, und es hätte ja sein können, dass Sie irgendwo anders hinfahren. Nach Südwesten oder zu … an … die Bottnische Hupe oder so!«

»An die was?«

»Sie ist eigentlich ein Busen, aber zu Busen kann man auch Hupe sagen. Wissen Sie, warum? Sie haben doch ein Auto.«

»Also, ich bin jetzt nicht so wirklich der Fachmann für –«

»Na, weil man draufdrücken kann«, schaltete sein Neuer sich ein. Er hob beide Hände, legte sie zu beiden Seiten unter seine Brust und tat so, als würde er sacht zudrücken. »Hup, hup! Eigentlich ganz einfach.«

Ich fand es nicht einfach. Ich fand es total blödsinnig. Wenn die Brüste die Hupen waren, wo waren denn dann das Lenkrad und die Gangschaltung? Und wo –?

»Wo ist eigentlich dein Kompagnon?«, sagte der Kiesling.

Er sah suchend über die Leute hinweg, die überall herumliefen. Es war ganz klar, dass ihm Hupen unangenehm waren und er davon ablenken wollte, so wie ich ihn erfolgreich von Mama und dem Bühl abgelenkt hatte. Mit etwas Glück kam er auf die beiden nicht mehr zu sprechen. Was er mit Kompagnon meinte, wusste ich davon trotzdem nicht. Bestimmt kein Verwandter von einem Champignon. Ich schaute ihn fragend an.

»Dein kleiner Kumpel«, erklärte er. »Oskar.«

»Der ist in Prerow. Wir haben uns getrennt. Wir hatten Krach.«

»Oh, hatten wir gestern auch.« Der Neue beugte sich zum Kiesling rüber und küsste ihn auf die Wange. »Und siehst du: Hat sich schon wieder erledigt.«

Das war nett.

»Ich denke dauernd, dass ich Sie kenne«, sagte ich.

»Also, wenn du es für dich behalten kannst – und Kinder sind ja berühmt dafür, dass sie Dinge für sich behalten können …« Der Neue hob seine Sonnenbrille an. Braune Teddybär-Augen guckten mich an. »Guten Abend, sehr geehrte Damen und Herren.«

Kein Wunder, dass ich ihn fast an seinen Zähnen erkannt

hatte und an seiner Stimme. Und kein Wunder, dass er im Treppenhaus geklungen hatte wie die Wettervorhersage, mit seinem schwachen bis mäßigen Wind bei fünfundzwanzig Grad aus Südwesten.

»Ulf Brauscher!«, keuchte ich. »In inkognito!«

Der Brauscher ließ die Sonnenbrille wieder sinken. Seine Stimme sank auch. »So ist es. Und so soll es bitte auch bleiben! Hab ich dein Ehrenwort?«

Ich nickte.

»Es ist nämlich ein bisschen lästig – vor allem im Urlaub –, ständig wird man angequatscht, oder es nickt einem jemand freundlich zu.«

Ich konnte wieder nur nicken und ihn anstrahlen. Ich hatte noch nie einen aus dem Fernsehen getroffen. Wenn ich das Frau Dahling erzählte, würde sie ausflippen. Ulf Brauscher war ihr absoluter Lieblingsnachrichtensprecher aus der Abendschau. Sie fand ihn total sexy, aber ich war froh für sie, dass sie jetzt den van Scherten hatte. Beim Brauscher hätte sie keine Chance gehabt, das stand mal fest.

»Kriege ich ein Autogramm?«, sagte ich. »Es ist nicht für mich.«

»Komisch, das ist es nie«, sagte der Brauscher. »Wenn wir wieder im Ort sind, okay? Ich hab nichts zum Schreiben dabei.«

»Seid ihr mit dem Fahrrad gekommen?«, sagte der Kiesling.

»Ich bin allein hier.«

»Ohne deine Mutter und ihren schnuckeligen Polizisten?«

Mist! Aber gut … Ich nickte nur. Das war noch keine Lüge, denn ich war ja wirklich ohne Mama und den Bühl hierhergekommen. »Zu Fuß«, sagte ich. »Nur mit Porsche. Durch das Ried und so.«

»Echt? Ich dachte, du hast es nicht so mit Richtungen?«

»Aber diesmal hab ich selber eine gefunden«, sagte ich stolz. »Ohne in Polen zu landen. Wissen Sie, wie man von hier zurück nach Prerow kommt?«

»Na, am schnellsten doch wohl mit uns, oder?«, sagte Ulf Brauscher mit einem schnellen Blick zum Kiesling. »Ich meine, ehe wir dich hier verloren gehen lassen …«

Der Kiesling verdrehte unwillig die Augen. »He, wenn ich Kindermädchen hätte werden wollen –«

»Bleib locker, hm?« Die angenehme Nachrichtensprecherstimme von Ulf Brauscher wurde plötzlich ein winziges bisschen schärfer. »Denk einfach dran, wie sehr du in der Wertschätzung des schnuckeligen Polizisten steigen wirst, wenn du den Sohnemann seiner Freundin bei ihm ablieferst.«

Ah, so war das also! Ich hätte gewettet, dass die beiden gestern Krach wegen einem anderen Typen gehabt hatten. Der Kiesling probierte ja ständig neue aus. Womöglich hatte er einmal zu oft am Strand einem hinterhergegrinst mit seinen schönen weißen Zähnen. Jetzt verdrehte er bloß noch mal die Augen und nickte.

»Heißt das, ich kann bei Ihnen auf dem Rad mitfahren?«, sagte ich.

»Fahrrad?« Ulf Brauscher legte mir einen Arm um die Schulter und drückte mich am Kiesling vorbei, als wäre der

Luft. »Wer braucht ein Fahrrad, Kumpel? Wir nehmen die Kutsche!«

***

Das musste man ja erst mal wissen, dass die in Prerow noch keine eigenen Autos hatten. Wahrscheinlich lag das an den schlechten Straßen. Kein Asphalt. *Nitschewo.* Die Kutsche rumpelte durch tiefe Furchen in sandigen Wegen. Der Waldboden war ein Flickenteppich aus Lichtpfützen und Schattentupfen. Wir saßen zwischen anderen Urlaubern in so einer Art Planwagen, an einer der Längsseiten von einem sehr schmalen Tisch. Es war schön, aber leider auch so eng, dass ich fast die ganze Fahrt über ein Fahrstuhllied summen musste, ins Ohr von Porsche, den ich auf den Schoß genommen hatte. Nach vorne raus konnte man die treuen Kutschpferde sehen. Sie waren schwarz und wirkten so stabil, als wären nur ihre Mamas Pferde, aber ihre Papas Elefanten, oder umgekehrt. *Stampf, rumpel, stampf …*

Andere Kutschen, Radfahrer und Wanderer kamen uns entgegen. Sehr gemütlich, auch wenn es eng war. Irgendwann schubste der Brauscher den Kiesling an und grinste. Der Kiesling verzog kurz den Mund, dann streckte er eine Hand aus. Der Brauscher nahm sie in seine und streichelte sie. Er war wohl einer von diesen Leuten, die nicht lange sauer sind und nicht alles so ernst nehmen.

***

Er war noch genau an der Stelle, wo ich ihn verlassen hatte. Weil er wusste, dass ich zum Schuppen nicht allein zurückfinden würde. Dass ich es überhaupt allein bis hierher geschafft hatte, verdankte ich zwar nur den Hinweisschildern im Ort. Trotzdem, unter anderen Umständen hätte ich mich gefühlt wie der heldenhafte Theseus.

Als ich ankam, sah ich ihn nur von hinten. Er hockte im Sand, die Beine gerade ausgestreckt, die Hände zu beiden Seiten aufgestützt, und schaute auf die See. Die Bommelmütze saß verrutscht auf seinem Kopf. Ich setzte mich neben ihn. Einmal wandte er mir kurz das Gesicht zu, und ich erschrak, weil tiefe dunkle Ringe unter seinen Augen waren. Porsche kriegte nichts davon mit, er tollte am Wasser herum und bellte die überall herumtrippelnden Möwen an.

Irgendwann schob ich mich ein Stück näher und legte ihm einen Arm um die Schultern. Das hatte ich noch nie getan, deshalb war ich überrascht, wie klein und zerbrechlich die sich anfühlten. So hielt ich ihn eine Weile, wir guckten gemeinsam auf das schöne graublaue Wasser, und als er zu weinen anfing, zog ich ihn einfach noch ein Stück näher an mich ran.

NICHT MEHR SONNTAG UND NOCH
NICHT RICHTIG MONTAG

BOBO DER WARMHERZIGE

Ich sollte besser etwas schlafen, genau wie Oskar und Porsche, bevor wir nachher losziehen. In Oskars Armbanduhr ist so ein Weckdings drin, das hat er auf zwei Uhr heute Nacht gestellt. Aber ich bin zum Schlafen viel zu aufgeregt. Diesmal schreibe ich Tagebuch unter der Bettdecke, denn Svens Eltern sind noch wach. Wenn sie den Lichtschein der Taschenlampe sehen, der durch die Ritzen der Schuppenwand nach draußen sickert, sind wir aufgeschmissen. Ich kriege den Wind ab, der durch dieselben Ritzen reinpustet. Sogar unter der Decke spüre ich ihn. Ich friere ein bisschen. Ich glaube, über der Ostsee braut sich ein Sturm zusammen.

Neben mir liegt Fitzkes abgegriffenes grünes Journal. Fast war mir das Herz stehengeblieben, als Oskar mir heute Nachmittag zeigte, was er darin entdeckt hatte. Und es blieb kurz tatsächlich stehen, als ich begriff, was diese Entdeckung für uns bedeutete: dass wir bisher mit Julia zwar die Richtige verfolgt hatten – aber aus einem ganz falschen Grund.

Mann, Mann, Mann!

Jedenfalls haben wir nicht nur wegen dem Kalbstein die Rückfahrt nach Berlin sausenlassen. *Wir stehen vor einer völlig neuen Entwicklung der Ereignisse, mein lieber Watson! Das Schicksal zwingt uns, auf diese geänderten Umstände angemessen zu reagieren!* Oskar versuchte eine Stunde lang, von einer Telefonzelle aus Lars anzurufen. Er wollte nicht mehr lügen, sondern ihm alles erklären, aber jedes Mal kam nur: Sprechen Sie nach dem Piep! Weshalb Oskar zuletzt dem Anrufbeantworter sagte, Lars soll sich keine Sorgen machen, denn morgen Abend oder spätestens Mitternacht sind wir zurück, mit freundlichen Grüßen. Dass wir gerade in anderen Umständen waren, erwähnte Oskar genauso wenig wie unser gefährliches Vorhaben. Es ist so gefährlich, dass ich ihn nach dem erfolglosen Telefonieren überzeugen konnte, genau wie ich frische Unterwäsche anzuziehen. Falls uns was zustößt, müssen wir uns in der Leichenhalle wenigstens nicht schämen.

Während er am Strand auf meine Rückkehr aus dem Dschungel wartete und – vergeblich, wie sich herausstellte – darauf, dass vielleicht Julia und Justin auftauchten, hatte Oskar aus Langweile in Fitzkes Journal zu blättern begonnen. Auch wenn er selber nicht ans Steinzüchten glaubte, fand er die Eintragungen doch sehr spannend. Fitzke hatte nicht nur alle seine Züchtungsversuche notiert, seine Hoffnungen, Erwartungen und Enttäuschungen, sondern er hatte zu allen Steinen auch von Hand kleine und große Zeichnungen angefertigt, mit Tusche und Buntstift. Daneben der Name des jeweiligen Steins, Fundort und Datum und dergleichen. Sehr hübsch. Bis bei einem von diesen Bildern ein Wort stand, das Oskar eine Gänsehaut machte, und das, obwohl er doch eigentlich mehr der rationale Typ ist.

Ein Rubin ist ein sehr wertvoller Edelstein. Meistens steckt er in anderem Steinzeugs drin, wie von einem Mantel umgeben. Wenn man ihn da rausklopft, sieht er ganz unscheinbar aus mit seinen rauen Kanten und seinem fehlenden Glanz. Bestenfalls schimmert er leicht rötlich, wenn Licht auf ihn fällt. Aber sobald er geschliffen ist … dann strahlt der Rubin wie ein loderndes rotes Feuer. Er strahlt so heftig, sagte

Oskar, dass die Leute früher glaubten, er leuchte sogar im Dunkeln. Man nannte ihn den Stein der Steine.

Fitzke hatte seinen Rubin vor vierzig Jahren in Indien gefunden. Am Wert seines Funds war er kein bisschen interessiert, sondern nur daran, ob so ein Rubin, oder überhaupt irgendein Edelstein, vielleicht auch einen guten Zuchtstein abgab. Er wurde bitter enttäuscht.

Dreck!, notierte er fast zwanzig Jahre später in seinem Journal. *Meine Experimente mit Quarz sind somit bestätigt: Steine mit hohen Anteilen an kristallinen Strukturen scheinen für Züchtungsversuche nicht zu taugen. Werde weitere Versuche abwarten, bleibe aber sehr skeptisch.*

SKEPSIS: Wenn man geneigt ist, etwas zu glauben, aber die Neigung noch nicht ganz zum Umfallen reicht. Oder man neigt dazu, es lieber nicht zu glauben, kann sich dann aber kaum auf den Beinen halten. Es ist also ein wackeliger Zustand großer Unsicherheit, den man nur durch sorgfältige Erforschung abstellen kann. Vorher sollte man aber auf jeden Fall ein weiches Kissen auf den Boden legen.

Von Fitzkes weiteren Versuchen war nirgends im Journal mehr die Rede, also waren sie wohl in die Hose gegangen. Aber den Rubin hatte er behalten. Wir konnten nur vermuten, dass er ihn Julia irgendwann gezeigt hatte, vielleicht, als sie noch ganz klein war und noch nicht so ein schwieriges Kind. Gut möglich, dass sie Fitzke anfangs nicht glaubte, wie auch ihr Vater nicht an Fitzkes Steine glaubte. Vergessen hatte Julia den Rubin aber dennoch nicht. Letztes Jahr, als sie oder ihr Justin in Geldnöte kam, fiel er ihr wieder ein. Sie ging zu Fitzke und bat ihn um den Stein. Fitzkes Gebrüll im Treppenhaus zeugte davon, dass sie nicht bekommen hatte, was sie wollte. Aber nachdem er dann gestorben war … Zehntausend Euro, erklärte Oskar, sind nicht viel Geld, gemessen an dem Vermögen, das man für erstklassige geschliffene Rubine erhält. Einen Rubin zerschneiden und schleifen können aber nur Fachleute. Und dieser Exfreund von Julia, der Hehler, scheint solche Fachleute zu kennen.

Wir gehen davon aus, dass Julia also außer dem Kalbstein auch den Rubin bei sich hat. Auf gewisse Weise ist ihr der Kalbstein wohl dasselbe wert wie mir: Er ist das Andenken an Fitzke. Bloß hätte Fitzke nicht gewollt, dass sie ihn behält.

Und deshalb werden Oskar, Sven und ich mit etwas Glück heute Nacht nicht nur einen Stein zurückstehlen, sondern zwei.

***

Um Viertel nach zwei klopfte es leise an die Schuppentür. Porsche stellte die Ohren hoch. Ich knipste hastig die Taschenlampe aus. Die Tür schwang auf, und ein schwarzer Schattenriss drückte sich zu uns herein. Lampe wieder an. Zwei marienkäferbadewasserblaue Augen strahlten uns entgegen. Oskar wackelte mit einer flachen Hand. Porsche wedelte und schnupperte sofort an Svens Hose. Ich hob auch eine Hand, ohne Wackeln. Für *Hallo* reichte das völlig aus.

Am späten Nachmittag, als wir hier angekommen waren, hatte uns ein Zettel erwartet, auf dem Sven sich dafür entschuldigte, dass er zu unserer Mittagsverabredung nicht kommen konnte. Seine Eltern hatten den ganzen Tag mit Freunden aus einem Nachbarort verplant. Er wünschte uns eine schöne Rückfahrt, hoffte, dass wir den Kalbstein erobert hatten und dass wir uns in Berlin mal sehen würden. Unten auf dem Zettel stand seine Adresse.

Sehr schön. Ein schlechtes Gewissen weniger.

Als Sven abends mit seinen Eltern zurückkam und die zu einem Strandspaziergang loszogen, sagte er, er wolle nicht mit. Sobald sie weg waren, rannte er zum Schuppen, um zu überprüfen, ob Oskar und ich keine verräterischen Spuren hinterlassen hatten. Er staunte nicht schlecht, als er entdeckte, dass wir gar nicht abgereist waren. Oskar, der am Strand nicht nur Fitzkes Journal, sondern auch das Bilderbuch studiert hatte, gebärdete ihm, dass wir eine Nacht länger bleiben würden. Irgendwie schaffte er es auch, zu gebärden, was wir vorhatten. Worauf Sven zurückgebärdete, dass er dann unbedingt mitmachen wollte. Das war okay, denn er war ja unser Komplize. Trotzdem überlegte ich sofort, wie ein Gehörloser mitkriegen soll, wenn man ihm im Notfall zubrüllt, dass er um sein Leben laufen soll. Eine Gebärde für frische Unterwäsche gab es in dem Bilderbuch auch nicht.

Das Coole war dann aber, dass Sven uns mit ins Haus nahm. Toilette, Dusche, Abendessen. Ganz offiziell, jedenfalls Klo und Essen. Sven würde seinen Eltern erzählen, dass wir geklingelt hatten, nachdem sie zu ihrem Spaziergang aufgebrochen waren. Sie hatten uns leider verpasst, so ein Pech, sellawie!

»Taschenlampe?«, sagte Oskar neben mir.

»Einsatzbereit.«

»Rucksack?«

»Gepackt.«

»Porsche?«

»Angeleint.«

»Kondition und Moral?«

»Ehm – im Rucksack?«

»Oh, Mann ... Okay, dann los!«

Normalerweise ist um halb drei Uhr nachts die Welt so still, dass ein verdächtiges Geräusch kilometerweit zu hören ist. Man muss nur auf einen trockenen Zweig treten, und schon klingt es, als würde ein frisch gefällter Baum krachend umstürzen. Doch heute Nacht war es nicht still. Heftiger Wind brauste durch den Garten, als wir den Holzschuppen verließen. Er fuhr in die Obstbäume und schüttelte ihre Äste und Zweige durch. Die Luft war so frisch, dass ich froh war, meinen dicken Pulli angezogen zu haben. Darüber die Regenjacke, nur für den Fall.

Das Wohnhaus am anderen Ende des Gartens lag im Dunkeln, ein schwarzer Fleck vor noch mehr Schwarz. Irgendwo dadrin schliefen Svens Eltern, nicht ahnend, dass sie ihren Sohn womöglich nie lebend wiedersehen würden, ob mit oder ohne frische Unterwäsche. Ich versuchte eine Prophezeiung hinzukriegen, aber da kam nichts. Die letzte hatte ich daheim in der Dieffe gehabt, als ich meine Taschenlampe einpacken wollte. Wie es aussah, überlegte ich traurig, hatte ich diese heilige Gabe inzwischen wohl verloren. Vielleicht funktionierte sie auch einfach nicht auf halben Inseln in der Nähe von Salzwasser.

Drei Jungen und ein kleiner Hund. Niemand außer uns war unterwegs. Nicht um diese Zeit, nicht bei diesem Wetter. Ein, zwei Fenster von Ferienhäusern waren erhellt, das war's. Nur noch jede zweite Straßenlampe in Prerow brannte. Bevor es in einen der Seitenwege ging, auf den die unzähligen Gassen und kleinen Wege folgten, erkannte ich trotzdem etwas wieder.

»He, da ist die Haltestelle von der Kutsche!«, flüsterte ich Oskar zu. »Und da vorn in dem Haus, da wohnen der Kiesling und Ulf Brauscher. Guck mal, da steht sogar der Porsche!«

Der Wagen vom Kiesling stand unter einem Holzdach neben dem dunklen Ferienhaus. Es war schön, so einen vertrauten Anblick wie in der Dieffe zu haben. Irgendwie machte es, dass ich mich weniger in Gefahr fühlte.

Zehn Minuten später, als die Wildnis uns verschluckte, war von dem schönen Gefühl nichts mehr übrig. Stürmischer Wind fuhr mit kalten Fingern unter meine Jacke. Keine

Straßenlaternen mehr. Bei jedem Geräusch, das ich hörte, rechnete ich damit, dass uns ein Wildschwein überfallen würde. Wir liefen durch tiefe Dunkelheit, die sich bloß dann für einen Moment aufhellte, wenn es dem Mond gelang, flüchtig durch die dicken Wolken zu lugen, die ihn hinter sich verbargen. Als ich die Taschenlampe aus dem Rucksack kramen wollte, hielt Oskar meine Hand fest.

»Lass mal, das fällt zu sehr auf. Die nehmen wir nur im Notfall.«

Ich bewunderte ihn dafür, wie er, praktisch ohne eine Hand vor Augen zu sehen, dermaßen locker, aber mit festem Schritt, einen Weg wiederfinden konnte, den er nur ein einziges Mal gegangen war. Aber vielleicht wollte Oskar auch nur deshalb kein Licht, weil es ihm im Dunklen leichter fiel zu reden als im Hellen.

»Es gab keine Bekannte in Dänemark«, begann er so unvermittelt, als würde er eine Unterhaltung fortsetzen, die wir gerade eben mal für zehn Sekunden unterbrochen hatten. »Da waren nur Lars und ich. Er war mal als Kind dort gewesen, im Urlaub. Wir sind ziellos in Bussen herumgefahren und haben in billigen Hotels übernachtet. Die ganze Zeit über konnte ich ihm bei seinen Depressionen zugucken und mir sein Gejammer anhören.«

Ich schluckte. Wenn ich jetzt was Falsches sagte, würde Oskar womöglich nie wieder davon erzählen.

»Immerhin hat er da aufgehört mit Trinken. Einfach so. Komisch, oder? Vorher war das ganz schlimm gewesen. Jedes Wochenende. Ich holte ihn überall ab, ich kannte jede

Kneipe in Schöneberg. Jetzt hatte meine Entführung ihn wohl etwas aufgeschreckt. Bloß …«

Oskar führte den Satz nicht zu Ende. Musste er auch nicht. Seine Entführung hatte Lars aufgeschreckt. Bloß nicht genug.

»Hat er dir eigentlich jemals verraten, wo er gewesen ist?«, sagte ich zögerlich. »Nachdem er dich bei Mama und mir ausgesetzt hatte, meine ich.«

»Nein.«

»Hast du ihn nicht gefragt?«

»Nicht direkt. Aber eines Abends hab ich ihn gefragt, wo meine Mutter wohnt. Er hat gesagt, er wisse es nicht.«

»Hast du ihm das geglaubt?«

»Nein.«

Ein Streifen Mondlicht erhellte Bäume und Büsche am Wegrand. Gras flüsterte im Wind. Sven, der mitkriegte, dass Oskar und ich uns unterhielten, schaute nur kurz rüber. Er machte einen kleinen Hopser, als Porsche ihm um die Beine wuselte. Ich zog die Leine etwas näher an mich ran, damit Sven nicht stolperte.

»Vielleicht will Lars dich bloß vor deiner Mutter schützen«, überlegte ich laut. »Dafür sind Eltern doch da, oder? Dass sie wissen, was gut ist für ihr Kind und was nicht gut ist für ihr Kind. Vielleicht ist deine Mutter doof.« Ich zuckte die Achseln. »War bei meinem Vater auch so.«

»Wenn das so wäre, würde ich mir darüber gern selbst ein Urteil bilden.« Oskar seufzte leise. »Ich glaube, als er mich letztes Jahr bei euch sitzenließ, da hat Lars meine Mutter besucht. Ich weiß bloß nicht, warum. Ich denke, er will mich loswerden und wollte nachfragen, ob sie mich nimmt.«

So war das also. Mein lieber Schwan! Ich wusste nicht, was ich sagen sollte. Am liebsten hätte ich Oskar noch mal in den Arm genommen, wie heute Nachmittag am Strand. Wenn man denkt, dass beide Eltern einen nicht wollen, kann man sich auch gleich mit einem Schild um den Hals als Sonderangebotskind der Woche vor ein Kaufhaus setzen oder in ein Waisenhaus auswandern oder sich wenigstens selber zur Adoption freigeben. Aber Oskar hatte einen anderen Weg gewählt. Dieser Weg hatte ihn direkt an die Ostsee geführt und mich gleich dazu.

»Es tut mir leid, dass für dich alles so schrecklich ist«, sagte ich.

»Ich weiß. Danke.« Oskar stockte, als hätte er eben meine Gedanken gelesen. »Weißt du, wir müssen das hier nicht machen. Ich hab *dich* hierhergelotst, nur weil *ich* abhauen wollte. Falls wir in Schwierigkeiten geraten, dann …«

»Nee. Wir ziehen das jetzt durch.«

Es war seltsam, aber seit ich von dem Rubin wusste, dachte ich bloß umso mehr an den Kalbstein. Nur der war Gustav W. Fitzkes wirkliches Vermächtnis. Der Rubin mochte wertvoll sein, aber er war Fitzke gleichgültig gewesen. Falls Julia und Justin uns erwischten, sollten sie ihn von mir aus behalten, und gepfiffen auf den Reichtum. Aber den Kalbstein wollte ich zurück.

Wir standen früher auf dem Feldweg vor dem Haus der Bonhöfers, als mir lieb war. Drinnen kein Licht. Julia und

Justin schliefen, und wer auch immer dieser Bobo war, den Justin erwähnt hatte, schlief hoffentlich auch. Erste Regentropfen trafen uns. Ich leckte sie mir von den Lippen und bildete mir ein, dass sie ein bisschen nach Salz schmeckten.

»Wir gehen vor wie besprochen«, flüsterte Oskar. »Plan A.«

Er hob eine geballte Faust hoch. Das war ein A in Gebärdensprache. Sven nickte und grinste. Er atmete so ruhig und unaufgeregt, als würde er jede Nacht in ein Haus einbrechen. Voll C und L. Was ich von mir leider nicht behaupten konnte.

»Okay«, flüsterte ich mit trockenem Hals. »Plan A.«

Plan A war: Rein ins Haus. Schuhe ausziehen und auf Socken schleichen. Keinen Ton, nicht mal ein Flüstern. Aufteilen – jeder in ein anderes Zimmer. Türen schließen, Licht an, Steine suchen. Durchsuchung des Schlafzimmers nur im äußersten Notfall, unter Einsatz der Taschenlampe, um die eine Socke gewickelt war.

Plan B war Schreien und Weglaufen.

Während wir durch den Garten schlichen, überlegte ich, ob ich Porsche irgendwo hier draußen anbinden sollte. Im Schuppen hatte ich ihn nicht zurücklassen wollen, weil er vor lauter Einsamkeit womöglich Radau gemacht und Svens Eltern geweckt hätte. Aber hier drohte die gleiche Gefahr. Es ging nicht anders, er musste mit rein. Abgesehen davon, hatte er es sowieso am leichtesten von uns allen.

Bei unserem ersten heimlichen Besuch war mir die Schwingklappe in der Haustür zwar auch aufgefallen. Aber im Gegensatz zu Oskar wäre ich nie auf die Idee gekommen, durch dieses Ding, das eigentlich für eine Katze gedacht war, ins Haus einzudringen. Wir passten durch die Klappe gerade so durch. Oskar bildete die Vorhut, Sven die Mittelhut und ich mit Porsche die Nachhut.

Drinnen roch es nach Pizza und nach schlecht gelüftet. Teppich unter den Füßen, das konnte man spüren. Sonst zappenduster. Das Haus war nicht groß, so viel war schon von außen zu erkennen gewesen. Mehr als zwei Zimmer, dazu Küche und Bad, konnten das hier unten kaum sein. Oskar, der blitzschnell barfuß war und eine Socke über die Taschenlampe stülpte, beleuchtete den Flur. Geisterhaftes Licht fiel auf vier Türen – das passte genau zu meiner Aufteilung. Am Ende des Flurs führte eine schmale Holztreppe nach oben unters Dach.

Nach knappen Handzeichen von Oskar teilten wir uns schweigend auf. Ich war überrascht, wie lautlos alles vor sich ging. Wie super alles nach Plan A lief. Was für geborene Einbrecher wir waren.

Meine Tür war nur angelehnt. Unmittelbar davor hörte ich, wie Porsche schnuppernd Luft einsog und ein fast unhörbares Fiepen von sich gab. Ich wollte ihn hinter mir herziehen, aber er stemmte sich gegen den Boden, genau wie zu Hause, als ich ihn in den Reisekasten hatte verfrachten wollen. Toll – damit war das Geheimnis der Schwingklappe gelüftet: Irgendwo im Haus gab es tatsächlich eine Katze, oder es hatte mal eine gegeben! Falls sie noch da war, konnte ich nur hoffen, dass sie tief und fest pennte. Ich beugte mich zu

Porsche runter, streichelte ihm beruhigend über den Kopf und verpasste ihm ein paar kleine Knutscher. Dann betrat ich ohne ihn die Küche, schloss die Tür hinter mir und tastete nach einem Lichtschalter.

In einem Krimi oder Gruselfilm würde das jetzt alles haarklein gezeigt, mit fieser Musik dabei. Bei so was flippe ich immer aus, weil ich ständig Angst davor habe, dass da gleich einer mit einem Messer oder so aus einer Ecke gehopst kommt. Am schlimmsten ist es, wenn man das Opfer sieht, wie es sich gerade ein geheimnisvolles Objekt anguckt, das es nach langer, entbehrungsreicher Suche endlich gefunden hat, und hinter ihm erhebt sich plötzlich der drohende Schatten seines meuchelnden Mörders. Da kann man als Zuschauer schreien, wie man will, dass das Opfer gefälligst aufpassen soll – irgendwann heißt es ZACK! Mordsmäßiges Blutgespritze, Geröchel, verdrehte Augen. Abgemurkst. Das Opfer sinkt zu Boden, mit mehr Löchern in sich drin, als in einen Schweizer Käse passen. Das Letzte, was man sieht, ist das teuflische Lächeln im Gesicht des Killers, bevor er das geheimnisvolle Objekt schnappt, um sich dann verachtungsvoll abzuwenden und wieder eins zu werden mit der Finsternis.

Gru-se-lig!

Also mache ich es kurz: Da war nichts. Nichts im von Oskar durchsuchten Wohnzimmer, nichts im von Sven durchsuchten kleinen Arbeitszimmer, nichts in meiner Küche. Ich öffnete Schubladen und Schranktüren. Ich suchte nach herumhängenden Klamotten. Ich stieg sogar auf eine große Eckbank beim Tisch, über der ein Wandschränkchen mit grünen Glastüren hing. Nichts. Das einzig Sinnvolle, was ich fand, waren Pizzaränder auf zwei Tellern, die auf der Spüle standen. Ich nahm ein Krüstchen von einem Teller und hoffte, dass niemand den Verlust bemerken würde. Dann noch eins vom anderen Teller, damit es ausgeglichener aussah.

Oskars und Svens Gesichter, als wir uns alle wieder im Flur versammelten, sprachen Bände: Absolute Fehlanzeige! Oskar leuchtete mit der Taschenlampe auf die vierte Tür und schüttelte den Kopf. Im Badezimmer war demnach auch nichts. Blieb also nur …

Wie auf Kommando schauten wir alle drei gleichzeitig zur Treppe ins Obergeschoss. Mein Herz begann zu wummern, und ich schickte ein Stoßgebet zum Himmel. So fühlte sich das also an, wenn ein Albtraum Wirklichkeit wurde. Bis jetzt hatten wir Glück gehabt. Aber nun mussten wir in die Höhle des Löwen.

Oskar zeigte auf Sven und auf Porsche, dann auf den Boden: Die beiden sollten hier warten. Es war ganz normale Zeichensprache, kein Gebärden. Wahrscheinlich ließen ihn inzwischen seine Nerven im Stich. Sven war einverstanden. Er wusste, dass es keinen Zweck hatte, genau dorthin mitzugehen, wo die größte Gefahr lauerte. Falls Julia oder Justin im Dunkeln aufwachten oder sich bewegten, würde er es nicht hören können. Er ging neben Porsche in die Hocke und kraulte ihn. Porsche guckte mich unglücklich an. Er zitterte ein bisschen, bestimmt, weil unsere Aufregung sich auf ihn übertrug. Nach einer kleinen Runde Streicheln und

Knutschen wurde es besser. Trotzdem – hoffentlich baute er keinen Mist und galoppierte hinter Oskar und mir die Treppe rauf!

Wieder hatten wir Glück. Ich hätte gewettet, dass die Stufen fürchterlich knarzen und quietschen würden, wie in einem Film, aber das taten sie kaum. Draußen machte der Sturm jetzt richtig ernst. Die wenigen Geräusche, die entstanden, als Oskar und ich hintereinander behutsam nach oben schlichen, gingen im Klopfen des Regens auf das Dach völlig unter.

Oben gab es nur eine einzige Tür. Oskar winkte mich zu sich und richtete die Taschenlampe auf die Klinke. Ich drückte sie vorsichtig nach unten und die Tür ebenso vorsichtig und langsam auf. Wir hielten einen Moment inne. Dann schob Oskar sich vor mich und ließ den gedämpften Strahl der Taschenlampe Zentimeter um Zentimeter tiefer ins Zimmer wandern.

Ich guckte über seine Schulter und hätte am liebsten laut geflucht. Der Raum war winzig. Durch die Dachschräge zu beiden Seiten wirkte er wie ein Dreieck. Das Bett stand längs unter einem Fenster, mit dem Kopfende und dem Fußende jeweils an einer Wand. Da passte kein Blatt mehr dazwischen. Justin lag auf dem Rücken. Er schnarchte leise, und in sein Schnarchen mischte sich das Trippeln von Regen auf dem Dach. Julia lag hinter ihm unterm Fenster, auf dem Bauch. Ihr Gesicht sah man nicht, nur die blonden Haare, die im Licht der Sockenlampe rötlich wirkten. Ihre eine Hand lag auf Justins tätowierter Brust.

Ihre andere umklammerte eine Handtasche.

Ganz toll! Frauen schleppen ihre Handtaschen zwar überall mit sich hin, das wusste ich von Mama und Irina. Aber ich hatte noch nie gehört, dass sie ihre Handtaschen auch mit ins Bett nehmen. An diese hier würden wir jedenfalls niemals rankommen, denn dazu müssten wir über Justin und Julia drüberklettern. Völlig unmöglich. Das machten meine Nerven nicht mit und die von Oskar erst recht nicht. Offenbar dachte er ähnlich, denn er schüttelte den Kopf, machte mir ein Zeichen, ihm zu folgen, und drehte sich um. So leise ich konnte, schloss ich die Tür. Als wir die Treppe runterkamen, blickten Sven und Porsche uns erwartungsvoll entgegen. Oskar schüttelte nur still und enttäuscht den Kopf.

Rückzug.

So ein Mist! Während wir im Licht der Taschenlampe unsere Schuhe wieder anzogen, dachte ich an das Schlafzimmerfenster. Wenn es wenigstens nicht verschlossen wäre! Dann könnten wir im Garten eine Leiter suchen, sie unter das Fenster stellen und –

GRRRRRRRRRR!!!!

Oskar und ich richteten uns gleichzeitig auf. Weil wir beide gleichzeitig gedacht hatten, draußen würde es donnern. Weil wir beide gleichzeitig merkten, dass dies kein Donnern war. Es war ein tiefes, schreckliches, drohendes Grollen, das sich jetzt wiederholte. Sven konnte es nicht hören, aber er richtete sich ebenfalls auf, als spürte er, wie dieses Grollen die Luft zum Schwingen brachte.

GRRRRRRRRRRR!!!!

Das kam nicht von draußen. Es grollte hier drinnen, direkt vor uns, nur wenige Schritte entfernt. Etwas Massiges schob sich uns aus der Küche entgegen, etwas Dunkles. Ich schätze, da hatte es unter der Eckbank gelegen. Oskar richtete die Taschenlampe darauf.

»Oh, Scheiße!«, wisperte er.

Es war, als würde sich eine Faust um meinen Magen schließen. Womöglich auch noch um andere lebenswichtige Organe. In mir gingen alle Alarmsirenen an. Plus die Bingotrommel. Mit einer zitternden Hand fischte ich nach Oskars Bommeln, für den Wehmeyer-Trick. Leider ohne eine zu erwischen. Jetzt wusste ich, warum die Katzenklappe so groß war. Und jetzt wusste ich auch, warum Porsche eben vor der Küche und heute Morgen im Café geknurrt hatte, als Julia und Justin aufgetaucht waren. Vor der Küche hatte ich gedacht, er hätte die Katze gewittert. Heute Morgen hatte ich angenommen, er könnte Justin nicht leiden.

Aber Justin hatte nach Bobo gerochen.

Und jetzt hatte Bobo uns gerochen.

Bobo, der Kampfhund. Ich erkannte die Rasse nicht. Aber so etwas Kompaktes wie das, das uns jetzt den Weg versperrte, war kein lustiger kleiner Terrier. Es war ein Bündel aus stählernen Muskeln und scharfen Zähnen, aus gestutzten Ohren und blutunterlaufenen Augen. Es war der Tod auf vier Beinen.

Und ich hatte ihn kommen sehen!, schoss es mir durch den Kopf. Hatte ich nicht zwei Mal im Verlauf des Tages das Gefühl gehabt, mein Magen würde knurren wie ein Kampfhund? Hatte ich nicht, als Oskar mir erklärte, dass Heuschrecken nicht stechen, sondern nur fiedeln, gedacht: *Klar, und Kampfhunde wollen bloß spielen*?

Bobo wollte nicht spielen. Oder wenn, dann nur mit Teilen von uns. Wir glotzten ihn an, und er glotzte uns an, als wartete er bloß auf den Moment, in dem einer von uns sich als Erster bewegte, und ich weiß nicht, für wie lange die Zeit stillzustehen schien. Es hätte jedenfalls prima gereicht, um sich vor Angst in die Hosen zu machen, was schrecklich gewesen wäre, weil ich ja keine frische Unterhose mehr zum Wechseln hatte. Die Zeit ging erst weiter, als neben mir Porsche plötzlich zu fiepen begann wie ein winziger Welpe. Bobo legte den Kopf schräg. Und noch während ich entsetzt dachte, dass Porsche jetzt als Erster von uns sterben musste, zischte er auch schon los, dem Ungeheuer entgegen!

Fast hätte ich aufgeschrien.

Vor Bobo blieb Porsche stehen, den Kopf aufmerksam nach oben gerichtet, ein Pfötchen angehoben, Auge in Auge mit diesem Monster, das wie ein unheiliger schwarz-weißer Berg über ihm aufragte. Mir fiel ein, dass Hunde angeblich oft so aussehen wie ihre Herrchen. In diesem Fall stimmte es. Das Einzige, was Bobo fehlte, waren ein paar Tätowierungen.

Porsche wedelte unsicher mit dem Kaffeekringelschwänzchen. Machte eine halbe Drehung und beschnupperte Bobos dicken Hintern. Bobo trippelte ebenfalls ein paar Schritte, senkte den Schädel und schnupperte an Porsches Hintern. Wir sahen atemlos zu. Zuletzt legte Porsche sich hin, wälzte sich auf den Rücken und hielt Bobo seine Kehle entgegen.

Fiep, fiep … fiep!

Bobo gab ein knappes WUFF! von sich. Er stupste mit seiner dicken Schnauze gegen Porsches Hals. Seine fette Zunge schob sich aus dem sabberigen Maul, bevor er unter begeistertem Grunzen und Schnauben seinem neuen Kumpel das glatte Fell sorgfältig noch glatter zu lecken begann. Es war zwar Glück für uns, aber eigentlich war Bobo eine Schande für das Geschlecht der Kampfhunde.

Sven zupfte mich am Ärmel. Seine Augen waren weit aufgerissen und sahen aus, als wäre alles Badewasser daraus ausgekippt. Er zeigte nach unten und machte eine Kopfbewegung in Richtung Hundeklappe. Jetzt oder nie. Ich nickte und tippte Oskar an. Der nickte ebenfalls.

Millimeterweise, einer nach dem anderen – Sven zuerst, dann ich und zuletzt Oskar mit der Taschenlampe – schoben wir uns rückwärts nach draußen, damit wir Bobo im Blick behalten konnten.

Regen empfing uns, kalt und mit harten kleinen Schlägen. Heftiger Wind heulte wie tausend unglückliche Geister. Es war mir egal. Ich konnte nur noch an Flucht und an Porsche denken. Meine Beine wollten wie von selber laufen.

»Porsche!«, rief ich leise durch die Klappe. »Komm her! Bei Fuß!«

Das funktionierte sonst so gut wie nie. Diesmal schon. Porsche kam im selben Moment zu uns rausgewitscht, als hinter dem Fenster über der Haustür plötzlich das Licht anging. Die unerwartete Helligkeit war so grell, als wäre die Sonne auf die Erde gefallen. Dann erklang Gepolter von der Treppe.

»Bobo?«, dröhnte Justins schlaftrunkene Stimme durch die Hundeklappe bis zu uns nach draußen. »Was geht denn ab da unten, du Penner?«

»Der Köter ist taub«, rief Julia ihm nach. »Also schrei hier nicht so rum.«

Oskar ließ die Klappe los. Nun also doch noch Plan B, wenn auch nur der halbe: Wir rannten, aber ohne dabei zu schreien.

Das Letzte, was wir hörten, war ein langgezogenes unglückliches Jaulen in unserem Rücken, als wir zu viert durch die Wildnis stürmten. Und das Letzte, was ich eine halbe Stunde später vor dem Einschlafen spürte, war das Schlottern meiner Beine, das sich einfach nicht abstellen ließ. Das und die kuschelige Wärme von Porsche, als ich ihn zu mir auf die Liege unter die Decke nahm.

Er brauchte fünf Sekunden, dann schlief er tief und fest.

Ich brauchte länger.

Ganz zuletzt überlegte ich, ob es auch eine Gebärdensprache für schwerhörige Hunde gab.

MONTAG

DIE GEBURT DER VENUS

»Noch eine Apfelschorle mit Bläschen?«

»Nein danke.«

»Und das andere Montagswaisenkind – für dich noch etwas?«

Oskar winkte nur matt ab. Sobald ich bezahlt hatte und die nette Kellnerin abgezischt war, ließ er den Kopf auf die Tischplatte sinken und schloss die Augen. Ich weiß nicht, wie er es schaffte, aber diesmal landete dabei eine von den Bommeln in einem Schälchen mit Bio-Erdbeerkonfitüre.

Lutschfutter für Notfälle.

Ganz toll.

Inzwischen kam mir mein ganzes Leben vor wie ein einziger Notfall. Ich war müde und enttäuscht und besorgt. Zusammengezählt ergab das total schlechte Laune. Um halb zehn war die Schuppentür aufgeflogen, und Sven hatte uns wach gerüttelt: Sein Vater würde gleich anrücken, um zuerst den Rasenmäher und dann den Garten auf Vordermann zu bringen. Also blitzschnell aufräumen und abhauen, diesmal mit Hundekasten. Und mit Hunger im Bauch. Im Café erwischten wir mit Mühe und Not noch einen Platz auf der Terrasse. Kann sein, das lag bloß am guten Wetter – der Sturmregen der vergangenen Nacht hatte keine Spuren hinterlassen, es war ein schöner warmer blauer Tag. Konnte aber auch sein, den Urlaubern gingen langsam die Vorräte aus. Überall um uns herum klimperten Geschirr und Bestecke fröhlich um die Wette, aber manche der Leute guckten über ihr teures Frühstück sehnsüchtig rüber zum Edeka. Tja, selber schuld. Mit meinem Mitleid musste heute keiner rechnen. Hätten sie ihre

Vorräte eben besser einteilen oder wenigstens daran denken müssen, dass Pfingstmontag auch noch ein Feiertag war.

> <u>PFINGSTEN</u>: Eines schönen Frühlingstages wurde ein Heiliger Geist über die Jünger vom toten Jesus ausgeschüttet, der ihnen sagte, dass sie gefälligst die erste Kirche gründen sollten. Nach zwei Tagen waren alle klatschnass vor lauter Geschütte, hatten es aber endlich verstanden. Damit waren sie zwar achtunddreißig Tage schneller als der Moses, aber ich frag mich, warum die in der Bibel so viel Zeit für alles brauchen. Sogar fürs Duschen.

Während ich missmutig in meinem Knuspermüsli herumstocherte, hielt ich mit einem Auge Ausschau nach Julia und ihren inzwischen zwei Muskelpaketen. War aber nicht. Wahrscheinlich gab es für Julia und Justin Pizzareste von gestern und für Bobo ein armes kleines Kind, das von fiedelnden Heuschrecken ins Labyrinth der Wildnis gelockt worden war und sich dort verfranzt hatte.

Im Klo hatte ich Wasser für Porsches Schälchen geholt, jetzt fraß er genüsslich sein eingeweichtes Trockenfutter. Ich fragte mich, ob er sich wohl an Bobo erinnerte. Mir lief es immer noch kalt den Rücken runter, wenn ich an diese Kinderfressmaschine dachte. Ich hatte bloß Glück gehabt, dass er praktisch stocktaub war, sonst hätte er mich in der Küche sofort gehört.

Überhaupt, so eine schmachvolle Pleite! Ich hatte keine Ahnung, wie wir jetzt noch die Steine zurückerobern sollten. Selbst wenn Julia sie in ihrer Handtasche hier anschleppte – sie in diesem überfüllten Café beklauen zu wollen wäre selbst für einen Tiefbegabten eine Schnapsidee. Heute Mittag am Strand, inmitten der vielen Nacktkultur, war es sicherlich ebenso aussichtslos. Und sobald dieser Hehler mit den Steinen abzog, war die Sache endgültig gelaufen.

Und das war erst der Anfang meiner Probleme, denn ob mit oder ohne Steine, früher oder später stand die Rückfahrt nach Berlin an, was wieder mal Flucht vor den Schaffnern bedeutete, und zu Hause wartete dann Knatsch mit Lars, der vor lauter in die Hose gegangener Verantwortung Mama und dem Bühl nach ihrer Rückkehr brühwarm auftischen würde, was ich für ein Früchtchen war, und dann war ich daran schuld, wenn es mit dem Heiraten nicht klappte, weil der Bühl auf so einen beknackten tiefbegabten schwarzfahrenden einbrechenden lügenden verantwortungslosen Sohn keine Lust haben würde.

Silberhochzeit ade.

Mama würde ihr Armkettchen niemals vollkriegen.

Mann, Mann, Mann!

Ich wollte mich gerade einer Mischung aus schwarzer Trauerwelle, grauem Gefühl und Mitleid mit mir selber ausliefern – für das Mitleid hatte ich noch keine passende Farbe –, als Oskar plötzlich ruckartig den Kopf hob.

»Ich hab nachgedacht«, verkündete er mit so funkelnden Augen, als hätte das Nachdenken ihn wacher anstatt, wie normale Menschen, immer müder gemacht. »Wir müssen noch mal zu Sven. Wir brauchen den Fotoapparat von seiner Mutter.«

»Wofür?«

»An die Steine kommen wir nicht mehr ran – da sind wir uns einig, oder? Aber wenn wir knipsen, wie sie an den Hehler übergeben werden, haben wir Beweisfotos. Du weißt schon.«

Er sah mich abwartend an. Er dachte dabei an den Bühl. Und ja, überlegte ich, der Bühl würde uns glauben. Selbst wenn er keine Lust mehr darauf haben sollte, mein Papa zu werden, blieb er immer noch Polizist. Er würde uns glauben. Vor allem mit Fotos als Beweis.

Sofort spürte ich einen kleinen Keim der Hoffnung. Ich war noch nicht bereit, aufzugeben und den Kalbstein abzuschreiben. Aber Oskar und ich steckten fest. Der Gedanke, ein Erwachsener könnte sich um die Angelegenheit kümmern, war sehr verlockend. Erwachsene sind gute Kümmerer. Manche zumindest. Jedenfalls war der Bühl einer.

»Okay«, sagte ich. »Und wie machen wir das? Die merken doch, wenn wir sie fotografieren.«

»Nicht wenn wir am Strand einen sicheren Abstand halten! Kameras haben einen Zoom, der das Bild vergrößert. Wir müssen also nicht mal wirklich nahe an Julia und ihre Typen ran.« Oskar schüttelte sich. »Ich brauche echt keinen zweiten Bobo!«

ZOOM: Kameradings, das fast wie ein Palindrom vorwärts und rückwärts funktioniert, es kann nämlich Sachen näher dran oder weiter weg aussehen lassen, und es bleiben trotzdem immer dieselben Sachen. Damit man mit den Richtungen nicht durcheinanderkommt, könnte man für näher dran ZOOZ sagen und für weiter weg MOOM. Aber bitte sehr, warum einfach, wenn es auch schwierig geht?

»Und wenn es ein schlechter Zoom ist oder ein kaputter?«, sagte ich. »Wenn wir womöglich doch so nah ranmüssen, dass sie uns bemerken?«

»Was sollen sie denn bemerken? Wir sind nur drei Jungen, die sich gegenseitig fotografieren oder ein Video aufnehmen. Keiner wird uns weiter beachten.«

»Drei Jungen?« Ich runzelte die Stirn. »Kommt Sven denn mit?«

»Natürlich. Erstens ist er unser Komplize. Wir können ihn nicht einfach so ausschließen. Er hat uns die ganze Zeit geholfen.«

Er hatte Recht. Und meine Eifersucht war einfach nur bescheuert. Zwei Freunde zu haben ist ja wohl mal besser, als nur einen zu haben. Das galt für Oskar und Sven genauso wie für mich.

»Zweitens kann er gut Lippen lesen«, fuhr Oskar fort. »Ich

will wissen, über was Julia und dieser Hehler sich unterhalten. Jede Information kann wertvoll sein.«

Ich beugte mich verschwörerisch vor. »Und drittens?«

»Muss jemand die Fotos aus der Kamera auf einem Computer auslesen. Wir wollen ja nicht, dass Svens Eltern sie sehen, oder? Sven kann sie mir per E-Mail schicken oder auf eine CD brennen.«

Ich beugte mich verschwörerisch wieder zurück. Die Idee klang gut, vor allem, weil es drittens gab. Drittens macht Sachen immer irgendwie ordentlicher.

Oskar stand auf. »Gehen wir? Ich möchte den Fotoapparat gern erst ausprobieren. Und ich würde gerne noch Zeit am Strand verbringen. Einfach in der Sonne liegen, bevor …«

Er stockte. Sein Blick wurde dunkel.

»Bevor du wieder zurück zu Lars musst.«

Er nickte bloß. Im ersten Moment wirkte er immer noch bedrückt, aber im nächsten war alle Dunkelheit weg, als hätte sich nur kurz eine Wolke vor die Sonne geschoben. Er grinste sein Alle-großen-Zähne-Grinsen, von dem ich schon befürchtet hatte, es wäre vor lauter Kummer ausgestorben.

»Es wird schon alles irgendwie werden. Ich hätte dir vertrauen und viel früher darüber reden müssen. Über Dänemark, meine Mutter … meine Ängste.« Das Grinsen wich einem ernsten Ausdruck. »Ich hab schließlich keine Lust, deswegen neurotisch zu werden.«

»Was ist das?«

»Bekloppt.« Er entdeckte die Erdbeermarmelade an seiner

Bommel und begann sie gedankenverloren abzulutschen. »Irgendwie verhaltensauffällig, weißt du.«

***

Wir stellten den Hundekasten draußen vorm Zaun ab. Ich hatte damit gerechnet, vom Gebrumme des Rasenmähers empfangen zu werden, aber über dem Garten der Svens lag Stille. Mitten in dieser Stille, auf zwei schrittbreiten Schneisen im hohen Gras, hockten Sven und sein Vater auf der einen Klappliege und gebärdeten herum. Auf der anderen lag Svens Mutter, in einem bunten Badeanzug, ein aufgeschlagenes Buch in den Händen. Sie schaute auf, als Porsche an ihr vorbeigaloppierte, um sich von Sven genüsslich unterm Kinn kraulen zu lassen.

»Ist ja ein Ding!«, rief sie. »Ich dachte schon, nachdem wir euch gestern verpasst hatten, dass wir uns gar nicht mehr wiedersehen!«

Ich zeigte auf den Garten. Die zwei Streifen waren nicht mal richtig gerade. »Soll der Rasen etwa so bleiben?«

»Ein paar Anlieger bestehen auf Feiertagsruhe«, erwiderte Svens Vater mit säuerlichem Gesicht. »Verdammte Spießer!«

»Und das, wo dieses viele lange Grün mich ganz irremacht«, sagte seine Frau. »Kann ja sein, dass es andere Menschen beruhigt, aber mich nicht. Nicht mehr ab fünf Zentimetern Höhe.« Sie schüttelte kurz den Kopf, als wäre es eine absolute Unverschämtheit vom Gras, ohne ihre Erlaubnis höher als fünf Zentimeter zu wachsen. »Möchtet ihr was trinken?«

»Ich geh schon«, sagte ihr Mann und stand auf. »Ist aber momentan nur Wasser da«, rief er im Weggehen über die Schulter. »Einkaufen können wir erst morgen.«

Oskar schaute ihm kurz nach. Dann wandte er sich an Svens Mutter, mit so viel süßer Liebenswürdigkeit in der Stimme, dass ich fast sehen konnte, wie die Luft um ihn herum Karies kriegte.

»Sie bleiben also länger als nur bis heute?«

»Die ganze Woche. Die werden wir auch brauchen, um den Laden auf Vordermann zu bringen, was? Allein dieser Rasen …«

»Muss Sven morgen nicht in die Schule?«

»Doch. Aber hier lernt er mehr.«

Voll cool.

Sven nickte, als hätte er jedes Wort verstanden. Wie es aussah, war er wirklich ein guter Lippenleser. Oskar lächelte noch etwas Karies in die Luft, bevor er das Bilderbuch aus seinem Rucksack zog, sich neben ihn setzte und anfing, mit ihm zu gebärden. Genau wie wir es geplant hatten. Jetzt musste ich bloß noch Svens Mutter ablenken.

Sie guckte von den beiden zu mir, mit einem halben Lächeln und diesem Ausdruck im Gesicht, den Leute kriegen, wenn sie nicht recht wissen, was sie als Nächstes sagen sollen. Ich überlegte, ob ich mich über hohes Gras mit ihr unterhalten sollte. Mit Wildnis und Dschungel hatte ich ja inzwischen Erfahrung, und –

»Was macht denn Otto?«, fragte sie mitten ins Grüne hinein.

»Otto?« Ich runzelte die Stirn. »Der furzt wahrscheinlich gerade bei Lars auf dem Sofa rum.«

»Er tut *was?*«

Ups! »Ehm – Lars ist der Otto von Oskar«, sagte ich schnell. »Von Otto, meine ich. Lars ist der Papa von Otto.«

»Ah, verstehe! Namen nenne man!«

»Hab ich doch gerade.«

»Wirklich? Eine güldne gute Tugend: Lüge nie!«

Erwischt! Keine Ahnung, wie und warum.

»Nun guck nicht so erschrocken! Sei lieb, nebenbei lies!« Svens Mutter ließ begeistert das Buch auf ihre nackten Schenkel klatschen. »Hey – alles Palindrome, verstehst du!«

»Ah … Wie das mit dem Knut im Hundehaufen?«

»Und wer ist Knut? Der Papa von Lars?«

Sie fing wiehernd an zu lachen, genau wie im Intercity, nachdem ich mich unterm Tisch versteckt hatte. Das Buch klatschte erneut auf ihre Schenkel. Ich fand sie ein bisschen unberechenbar. Wahrscheinlich war es höchste Zeit, dass der Rasen fertig gemäht wurde.

Als ihr Wiehern langsam in ein Schnauben überging, fragte ich, ob Sven mit uns an den Strand durfte. Er durfte. Und er wollte. Oskar hatte ihn inzwischen eingeweiht. Den Fotoapparat kriegten wir auch. Plus –

»Warum nehmt ihr nicht die Fahrräder?«, schlug Svens Mutter vor. »Stehen im Schuppen.«

Sehr cool!

Das Letzte, was wir von ihr hörten, als wir davonpedalten, mit Porsche im Reisekasten auf dem Gepäckträger, war ihr Gebrüll in Richtung Haus. »Schatz, Getränke brauchen wir nicht mehr! Komm her und wirf den Rasenmäher wieder an! Ich pfeif auf die Spießer! Dieses bescheuerte Gras ist der Tod für meine Nerven!«

***

Wir nahmen den Weg zum Strand, den wir bereits kannten, über den Teich mit Holzbrücke und voller Schilf, und dann den Pfad zwischen den Bäumen durch, der zu den Dünen führte. Oben angekommen, stellten wir die Fahrräder ab. Wieder hielt ich die Luft an, als ich die Ostsee sah. Blauer Himmel, flimmerndes Wasser, überall gestrandete Menschen, bunte Lenkdrachen in der Luft, Surfbretter auf den kleinen Wellen … So schön. Für einen Moment wünschte ich mir nichts sehnlicher, als hier in einem harmlosen Urlaub zu sein und das alles einfach nur genießen zu können.

Konnte ich aber nicht.

Oskar schaute auf seine dicke Uhr. Julia und Justin wollten diesen Hehler um dreizehn Uhr treffen. Jetzt war es erst halb zwölf. Also gönnten wir uns erst ein ausgiebiges Herumgetolle im Wasser, bevor wir ernsthaft die Kamera begutachteten. Oskar verstand den Apparat schneller, als ich *Apparat* buchstabieren könnte, und die ersten Probefotos knipste er von Porsche, als der kläffend ein paar Möwen nachjagte, und von Sven, der lachend Porsche nachjagte.

»Wir sollten schon mal in Richtung Nacktbadestrand gehen«, sagte ich irgendwann. Es kamen immer mehr Urlauber an den Strand. Ich hatte Bammel, die Übersicht zu verlieren.

»Ich zieh mich aber nicht aus!«, sagte Oskar mit rotem Kopf und so schnell, als hätte er diese Antwort schon vor Stunden formuliert.

»Musst du ja nicht.«

Wir gingen am Wasser entlang in Richtung FKK-Gelände. Es war nicht mit einem Zaun oder so was von dem Strand mit den angezogenen Leuten abgegrenzt. Irgendwo steckte ein Schild im Sand, auf dem FKK stand, und dann ging es langsam mit den Nackten los. Ein paar verschwammen sich draußen im Wasser und kamen bei den Angezogenen wieder raus. Keiner kümmerte sich darum. Oskar knipste hier mal ein Foto und da mal eins. Ich fand, dass es schon beinahe auffallend unauffällig aussah.

Plötzlich versetzte Sven mir einen kleinen Knuff. Seine Lippen formten zwei Mal nacheinander ein großes O. Das hieß wohl *Wow!*. Ich folgte seinem Blick. Der Grund für das *Wow!* kam gerade aus der Ostsee. Vor lauter Sonnengeglitzer auf dem Wasser glich die nackte Frau zunächst nur einem Schattenriss. Sie stieg aus den Wellen, wie die Venus auf diesem berühmten Gemälde aus dieser todschicken großen Klappmuschel steigt, wo auf der einen Seite schon eine Dienerin mit einem großen Handtuch wartet, was die Venus aber nicht braucht, weil sie von der anderen Seite her von zwei Engeln trocken gepustet wird, die sie zusätzlich auch noch freundlich mit Gänseblümchen bewerfen.

VENUS: Die wunderschöne Göttin der Liebe. Sie war noch nicht auf der Welt, da wollte ihr total beknackter Vater alle seine Kinder umbringen. Aber einer von den Söhnen machte ihn mit einer kleinen Sense für Anfänger platt – so eine ohne Stiel. Blut tropfte ins Meer, vermischte sich mit Wellenschaum, und BUMMS!, heraus kam die Venus. Plus die Idee für den elektrischen Föhn.

Der einzige Unterschied zwischen der gemalten Venus und der im Wasser bestand in der Größe von ihren Brüsten. Die Muscheltante vom Gemälde hatte nette kleine. Die Frau vor uns hatte –

»Mörderisch dicke Hupen!«, flüsterte Oskar.

War auch kein Wunder. Als die Venus näher kam und uns der Glitzerschein des Wassers nicht mehr so sehr blendete, erkannte ich sie sofort. Mein Herz machte einen Stolpersprung. Erst vor Schreck und dann vor Freude.

Wenn Maja hier war, war irgendwo in der Nähe auch ihr Willi.

***

Sie hatten sich ein lauschiges Plätzchen am oberen Rand des FKK-Geländes gesucht, wo die Dünen sanft zum Strand abfielen. Man konnte dort liegen, aber auch bequem halb aufrecht sitzen, was Berts das Lesen in seinen Lernbüchern erleichterte. Außerdem kriegte er so gleich mit, wenn Maja einen Verkehrsunfall verursachte. Sie zog so viele Männerblicke auf sich, dass ich ständig befürchtete, es könnten zwei Windsurfer zusammenknallen oder ein paar Lenkdrachen abstürzen.

Berts strahlte, als er uns erkannte, und begann zu winken. Ich hatte ihn noch nie ohne Klamotten gesehen, aber die Dieffe 93 war ja auch kein Nacktstrand für Kulturelle. Er sah voll sportlich aus, genau wie der Bühl, nur ohne Skorpion überm Herzen, aber dafür mit viel mehr Muskeln.

»Fetter Zufall!«, rief er, während wir auf ihn zustapften. »Warum habt ihr vorgestern nicht gesagt, dass ihr auch an die Ostsee fahrt?«

»Da wussten wir es noch nicht«, antwortete Oskar. »Wir sind mit Sven hier. Er ist gehörlos. Das ist Sven. Hallo geht so.«

Er hob eine flache Hand und bewegte sie oberhalb vom Handgelenk hin und her wie ein Fähnchen. Berts und Maja machten es ihm nach, Sven gebärdete freundlich lächelnd zurück, und schwupps, schon kam keiner mehr auf die Idee, nach Mama, dem Bühl oder Lars zu fragen. Oskar hatte zwar nicht gelogen, sondern nur geschickt formuliert. Aber ich fühlte mich trotzdem nicht wohl. Ich mochte Berts, ich sollte ihn nicht beschummeln. Andererseits würde er mich, wenn ich ihm von Rubinen und Kalbsteinen erzählte, wahrscheinlich persönlich mit der Ducati zur nächsten Klapsmühle fahren.

»Der Kiesling ist auch hier«, sagte ich, mehr aus Verlegenheit. »Ich bin schon Kutsche mit ihm gefahren!«

»So?« Berts sah sich kurz suchend um. »Die Welt ist ein Dorf, was? Ist sonst noch wer hier, den man kennt?«

»Nur der Neue vom Kiesling. Den kennt jeder, aus dem Fernsehen. Deshalb ist er inkognito.« Ich senkte verschwörerisch die Stimme. »Wenn er nicht inkognito wäre, wäre er zum Beispiel Ulf Brauscher. Der Sprecher von der Abendschau. Aber das ist echt nur ein Beispiel.«

»Verstehe«, sagte Berts mit einem breiten Grinsen. »Und ich bin sicher, er weiß deine Diskretion sehr zu schätzen.«

»Das glaube ich auch«, sagte ich zufrieden.

DISKRETION: Wenn man etwas so unauffällig wie möglich macht, weil es auffällig für andere total peinlich wäre. Oder wenn man etwas, das einem anvertraut wurde, vertrauensvoll für sich behält. Wenn man es trotzdem weitererzählt, ist man ein verräterisches Schandmaul, auf dessen Ehrenwort man keine fünf Cent geben kann.

Es war schön, einfach mal locker plaudern zu können. Ich fühlte mich gleich viel sicherer. Mit Berts auf seinem hübschen gestreiften Badetuch war es, als wäre auch ein heimatliches Stückchen von der Dieffe dabei. Ich streckte die Beine aus, drückte mich neben Porsche und Sven in den Sand, und sofort rieselte es mir von hinten in die Hose.

Maja saß neben uns mit untergeschlagenen Beinen auf einer Decke. Sie rubbelte sich mit einem Handtuch die langen Haare trocken, so gut es ging. Ihr nachdenklicher Blick war die ganze Zeit auf Oskar gerichtet gewesen. Jetzt legte sie das Handtuch beiseite.

»Du«, sagte sie.

Oskar zuckte erschreckt zusammen.

»Du kannst mich nicht leiden. Und ich frage mich, wieso.« Majas Stimme war ganz ruhig, nicht so schnippisch wie sonst, wenn sie und Oskar aneinandergerieten. »Es geht mir nicht um dieses Biene-Maja-Liedchen, damit kann ich leben. Ist sowieso nicht unbedingt der neueste Gag, wenn man diesen Namen hat. Aber ich würde es gern wissen. Was hab ich dir getan?«

Berts und ich guckten uns an, als wäre eben eine Sturmflut vorausgesagt worden. Sogar Sven drückte Porsche wie ein Sicherheitspolster an sich, als hätte er Majas Worte gehört. Aber Oskar schluckte nur. Er versuchte nicht mal, Maja anzustarren oder einen schlauen Spruch loszulassen. Irgendwas hatte sich seit gestern bei ihm verändert. In ihm. Er kramte in seinem kleinen Rucksack. Seine Hände zitterten ein wenig und hielten kurz inne, bevor sie entschlossen weitermachten und mit seinem Geldbeutel wieder zum Vorschein kamen. Oskar öffnete den Klettverschluss, und als ich das RATSCH! hörte, ahnte ich schon, dass er in diesem Moment mehr als nur sein Portemonnaie öffnete. Er zog wortlos ein Foto aus einem der Fächer und reichte es Maja. Ich sah nur die Rückseite. Die Ränder waren abgegriffen und speckig.

Maja studierte das Foto. Eine Haarsträhne fiel ihr ins Gesicht. Sie schob sie mit einer Hand sacht beiseite. Dann hob sie den Blick.

»Deine Mutter?«

Oskar nickte.

Mir wurde ganz eng im Hals.

»Ich sehe ihr wirklich sehr ähnlich.« Maja reichte Oskar das Foto zurück. »Es tut mir leid, Oskar.«

Sie hätte jetzt noch fragen können: Was ist denn mit deiner Mutter, Oskar? Ist sie tot, geschieden, weggelaufen, von einem UFO entführt worden? Stattdessen schaute sie Oskar einfach nur an, und er schaute zurück, mit bebender Unterlippe.

»Mir tut's auch leid«, sagte er leise. »Dass ich immer so gemein zu dir war.«

Maja lächelte und streichelte ihm über die Wange. Sie konnte nicht wissen, was für eine große Ehre es war, dass Oskar nicht mal zurückzuckte. Normalerweise wäre er nach so einer Befummelung brüllend den Strand runtergestürmt und hätte sich zum freiwilligen Ertrinken in die Ostsee geworfen.

Berts lächelte auch, aber nur kurz. Er setzte sich auf, packte seine Bücher zusammen und griff nach Unterhose, Shorts und T-Shirt. »Wie sieht's aus – wir wollten jetzt was essen gehen. Möchtet ihr mit?«

»Nee«, sagte Oskar schnell, froh, dass das Thema gewechselt war, bevor er womöglich öffentlich heulte. »Wir sind ja gerade erst angekommen.«

Maja begann ebenfalls, sich anzuziehen. »Dann sehen wir uns vielleicht später wieder hier, hm? Wir wollen nicht so spät zurück nach Berlin, aber eine letzte Stunde Wasser und Sonne vor der Heimfahrt nehmen wir nachher noch mit.«

»Wir versuchen es«, sagte ich und war selber verwundert, wie vorsichtig die Worte klangen. Bis die beiden wiederkamen, war alles vorüber. Dann hatten wir die Fotos von der Steinübergabe und konnten uns entspannen. Es wäre toll, dann mit Freunden an einem Strand zu liegen wie ganz normale andere Menschen.

Aber irgendwas rumorte in mir herum, wie um mich zu warnen, dass etwas schiefgehen würde. Es war, als suchte eine Prophezeiung sich einen Weg aus mir heraus nach draußen, aber plötzlich stand sie vor drei Türen und wusste nicht, welcher Ausgang der richtige war. Ich schüttelte das Gefühl ab. Bestimmt war ich einfach nur nervös.

Sven guckte Maja verknallt nach, als sie und Berts durch den Sand die Düne raufschlurften. Seine Augen leuchteten dermaßen, dass ich befürchtete, das Badewasser für die Marienkäfer würde überlaufen. Sein Zeigefinger fuhr ein paar Mal unterm Kinn an seinem Hals runter, als würde er sich kratzen. Das bedeutete *sexy,* erklärte Oskar mir später.

»Dann bis dann«, rief Maja über die Schulter. »Habt's schön!«

Sie und Berts winkten.

Wir winkten zurück.

Auf Oskars Uhr war es Viertel vor eins.

IMMER NOCH MONTAG

KNIPS, KNIPS … ZISCH!

Das FKK-Gelände war zwar vom übrigen Gelände nicht scharf abgegrenzt, aber je mehr Menschen an den Strand kamen, umso mehr trennten sich die Nackten von den Bekleideten. Wenn eine Möwe von oben draufguckte, sah sie einen schmalen Streifen in hauptsächlich Schweinchenrosa und zu beiden Seiten davon einen jeweils breiteren Streifen ohne Schweinerei in hübsch Bunt.

Julia kam in Gelb mit Jeans, Justin in Weiß mit Jeans, und Bobo kam überhaupt nicht. Logisch, man geht ja auch nicht mit einer brennenden Fackel in einen Laden voller Feuerwerksartikel, selbst wenn sie schwerhörig ist. Die beiden hatten offenbar denselben Weg genommen wie wir. Oskar bemerkte sie als Erster, nickte nur knapp in ihre Richtung und schaute dann unauffällig in den Himmel, als wollte er überprüfen, ob es da oben zwischen den vielen grauweißen auch ein paar Nacktmöwen gab. Sven streichelte unauffällig den hechelnden Porsche, und ich versuchte unauffällig Julia im Auge zu behalten.

Ich könnte jetzt noch nicht sagen, warum sie mir plötzlich leidtat, als sie und Justin nur wenige Meter entfernt an uns vorbei durch den Sand stapften. Es war irgendwas an ihrem Gang oder etwas in ihrem Gesicht, oder es war beides zusammen. Mit einer Hand umklammerte sie fest ihre Handtasche. Mir fiel ein, wie sie im Café gesagt hatte, dass sie den Rubin nur Justin zuliebe geklaut hatte. Aber sie hatte es nicht mit einem guten Gefühl getan, das sah man. Sie war ein schwieriges Kind gewesen, und jetzt war sie bestimmt keine einfache Frau, sonst hätte sie ja nicht geklaut. Aber vielleicht war sie kein wirklich schlechter Mensch. Nur ein sehr trauriger.

Ziemlich genau in der Mitte des Strandabschnitts, am obersten Rand in den Dünen, ließen die beiden sich nieder. Da guckte viel pikendes Gras aus dem Sand, deshalb war die Stelle nicht beliebt und noch einigermaßen frei. Die übrigen Stellen rundum aber leider nicht. Ein bunter Windfang reihte sich an den nächsten, Sonnenschirme spannten sich über den hellen Sand, Erwachsene und Kinder lagen oder saßen herum, gingen zum Wasser, kamen vom Wasser … Sobald Julia und Justin sich ausgezogen und niedergelassen hatten, sah es aus, als wären zwei Schiffchen untergegangen hinter vielen anderen Schiffchen.

»Zu viele Leute«, stellte Oskar fest, nachdem er mehrfach aufs Display vom Fotoapparat geschaut hatte. »Wir müssen näher ran, sonst kriegen wir die ganze Aktion nicht richtig ins Bild.«

Er hatte Recht damit gehabt, dass in diesem Durcheinander wirklich niemand auf drei Jungen achtete, die ein paar Fotos knipsten.

Aber sicher war sicher.

»Was machst du denn da?«, stieß er entsetzt aus.

»Na, Tarnung.« T-Shirt und Hose lagen ruck, zuck im Sand. Jetzt schlüpfte ich aus meiner noch fast komplett frischen Unterhose. »Wenn wir näher ranmüssen, fallen wir nackt zwischen lauter nackten Leuten viel weniger auf.«

»Aber –«

»Ist doch schlau, oder nicht?«

»Schon, aber …«

»Schämst du dich?«

»Nein.«

Es war etwas anderes als Scham. Es war, als hätte man einem Ritter befohlen, er solle ohne Rüstung aufs Schlachtfeld gehen, oder einem Igel, er solle sich sein Stachelkleid ausziehen, bevor er mit dem lustigen Bobo spielte. Aber schlau war es trotzdem.

Oskar kaute auf seiner Unterlippe herum. Zuletzt holte er zwei Mal tief Luft und zerrte umständlich das T-Shirt über seinen Kopf. »Aber die Mütze bleibt auf«, murmelte er trotzig. »Sonst dreh ich durch!«

Sven, der längst verstanden hatte, um was es ging, stand schon splitterfasernackt neben mir, mit passend bleicher Haut zu seinem hellen Blond, als Oskar immer noch umständlich an seiner Hose herumzupfte. Dass er die Bommelmütze aufbehalten wollte, war okay. Fast alle Leute hier trugen irgendeine Kopfbedeckung zum Schutz gegen Sonnenstich. Oskar passte mit seiner peruanischen Strickwolle prima ins Bild, auch wenn jemand, der genauer hinguckte, wahrscheinlich überlegte, ob dieser verlegene Bommelmützenjunge mit dem hochroten Kopf im letzten Winterurlaub von seinen Eltern hier vergessen worden war.

Als er endlich nackt war, guckte ich sicherheitshalber an ihm runter. Womöglich war an ihm irgendwas zu viel oder zu wenig, und dann fielen wir doch auf. War aber nicht. Wenn man die auffällige Armbanduhr mal außer Acht ließ, die er auch nicht ablegte.

»Wir müssen uns noch einreiben«, sagte er unglücklich, als ich gerade Svens und meine Klamotten in meinen Rucksack steckte.

Na toll! Ich wusste noch, wie lange das mit der Sonnencreme beim letzten Mal gedauert hatte. Andererseits … Ich guckte an mir runter und versuchte, mir meine Füße ohne Zehen vorzustellen. Wenn sie alle gleichmäßig abfallen würden, ginge es ja noch. Aber wenn einer Zehenritzenkrebs kriegte, ein paar andere nicht und dann wieder einer, gäbe das für immer eine schreckliche Unordnung. Also gut …

Wir waren gerade fertig mit Einschmieren, als Sven mich antippte und nach vorn zeigte. Woran er ihn erkannt hatte, weiß ich nicht. Vielleicht besaß er so eine Art Radarsinn wie Spiderman, als Ausgleich für seine Gehörlosigkeit. Der Hehler war am Wasser entlangspaziert, bis er bei der freien Nacktkörperkultur angekommen war. Jetzt stapfte er geradeaus den Strand rauf, groß und schlank, in hellem Hemd und khakifarbenen Shorts, mit kurzen dunklen Haaren. Bis auf ein schadenfrohes Grinsen im Gesicht, das garantiert dem eifersüchtigen Justin galt, sah er eigentlich ganz freundlich aus.

Oskar schoss das erste Bild, KNIPS! Und noch eins, nachdem ich Porsche angeleint und den Rucksack aufgezogen hatte, und noch eins, während wir uns zielstrebig zwischen den herumsitzenden und liegenden Leuten durch, um Sonnenschirme herum und an Windfängen vorbei, Julia und ihren Typen näherten.

KNIPS! … KNIPS!

Als wir noch etwa so weit entfernt waren, wie ich ohne Anstrengung einen Stein werfen konnte, blieb Oskar stehen, mitten in diesem nackten Gewühl.

»Was ist?«, sagte ich.

»Hast du was zum Schreiben dabei?«

»Wofür?«

»Ansichtskarten.« Er hob schnell eine Hand. »Scherz!«

Nach einer Mischung aus Gebärden und Deuten und Zeigen und Fingeralphabet war klar, was er wollte: Sven sollte sich so dicht wie möglich an Julia, Justin und den Hehler heranschleichen, ihre Lippen lesen und alles aufschreiben, was er mitkriegte. Das Dreiergrüppchen begrüßte sich gerade. Julia umarmte den Hehler ziemlich zurückhaltend, aber Justin gefiel das trotzdem nicht, weshalb er selber dem Hehler unauffällig ein bisschen die Hand zu zerquetschen versuchte, als der sie ihm gab.

Sven lächelte mich begeistert an. Ich lächelte zurück. Man sah immer nur an seiner Gesichtsfarbe oder am Leuchten seiner Augen, ob gerade irgendwas in ihm vorging. Sonst war er fast wie unsichtbar, aber genau diese unsichtbare Art fand ich inzwischen total cool.

»In meinem Rucksack sind Stifte und mein Matheheft«, sagte ich zu Oskar. Ich ging ein Stück in die Knie, damit er besser drankam. »Gib mir mal so lange den Fotoapparat.«

Ich spürte und hörte die am Dschungelstrand gesammelten Steine klackern, als Oskar darin herumwühlte, aber mehr so nebenher, weil ich auf das Display vom Fotoapparat konzentriert war. Julia verzog verächtlich den Mund, als der

Hehler, der sich jetzt ebenfalls auszog, gerade das Hemd über dem Kopf hatte. Justin guckte woandershin, mit voll dem roten Kopf. Das hatte er jetzt davon, dass seine Geldgier größer war als seine Eifersucht. Ich fragte mich, wie Julia sich mit so einem Blödmann einlassen konnte, und dann fiel mir ihr unglückliches Gesicht von vorhin ein. Wahrscheinlich fragte sie sich das längst schon selber. Wahrscheinlich war sie deshalb so traurig.

»Bernstein!«, hörte ich Oskar hinter mir keuchen.

Das überrumpelte mich völlig. Ich hatte keine Ahnung, was gerade passierte, aber Codewort war Codewort.

»Lassen Sie uns durch!«, brüllte ich sofort los. »Lassen Sie uns bitte durch, ich bin behindert! Ich bin ein behindertes Kind!«

Von Oskar kam gar nichts. Aber überall blickten nackte Leute auf, manche mit neugierigen, manche mit empörten Gesichtern, als hätte ich mich gerade über Spastis lustig gemacht. Sogar Julia und Justin und der Hehler schauten zu uns rüber, wenn auch Gott sei Dank nur kurz. Ich überlegte, ob ich ein paar Schritte rennen sollte, irgendwo durch, aber ich hatte keine Ahnung, wie man behindert rennt. Mir schoss Blut in den Kopf, so peinlich war das.

»Hast du sie noch alle?«, zischte Oskar hinter mir, als die Nackten sich kopfschüttelnd wieder um ihren eigenen Kram kümmerten.

»Was denn?«, zischte ich zurück. »Du hast doch das Codewort gerufen, nicht ich!«

»Oh, Mann!« Er stapfte um mich herum und hielt mir den

hübschen Stein unter die Nase, der aussah wie gefrorener Honig. »Ich meinte den hier.«

»Das ist Bernstein?«

Er biss mit seinen großen Zähnen prüfend in den Stein und nickte. »Er ist weich. Müsste einer sein. Woher hast du den?«

»Gesammelt. Am Dschungelstrand beim Leuchtturm.«

»Echt schön!« Er zeigte den Bernstein Sven, der anerkennend nickte und ein C und ein L machte.

Fein, dann hatten wir jetzt ein Mitbringsel für Frau Dahling. Bloß waren wir deshalb eigentlich nicht hergekommen.

Oskar drückte Sven mein Matheheft und einen Faserschreiber in die Hand. Sven schoss zwischen den herumliegenden Urlaubern davon, als würde er Slalom laufen. Weit oben auf der Düne, sechs oder sieben Meter von Julia entfernt, setzte er sich in den piksgrasigen Sand. Es war genau der richtige Abstand zu Julia und den Typen. Sie würden nicht vermuten, dass er lauschte, und dennoch konnte er einigermaßen gut erkennen, was jeder von ihnen sagte. Hoffte ich jedenfalls.

»Es geht los«, sagte Oskar leise.

Ich hatte ihm den Fotoapparat zurückgegeben. Wir starrten beide gebannt auf das Display und sahen zu, wie Julia in ihre Handtasche griff. Der Stein, den sie zutage förderte, war nicht mehr als ein kleiner dunkler Klumpen.

»Weiter reicht der Zoom nicht«, sagte Oskar. »Schade.«

Julia reichte den Stein wortlos dem Hehler. Er drehte den Stein zwischen den Fingern hin und her. Hielt ihn prüfend gegen das Sonnenlicht. Sagte irgendwas zu Julia. Sven begann zu kritzeln. Julia antwortete. Der Hehler runzelte die Stirn, schüttelte den Kopf.

Und pfefferte den Stein in die Dünen.

»Keine Sorge, den finden wir wieder«, murmelte Oskar, der mitkriegte, wie ich schockiert zusammenzuckte. »Den und die nächsten. Weißt du noch, wie Julia im Café beim Telefonieren sagte, sie sei sich wegen des Rubins nicht sicher? Ob sie den richtigen mitgenommen hatte? Ich wette, sie hat noch mehr Steine eingesteckt.«

Julia hatte dem davonfliegenden falschen Rubin mit einem fast gelangweilten Blick nachgeschaut. Und Oskar behielt Recht: Jetzt holte sie einen zweiten Stein aus ihrer Handtasche.

KNIPS, KNIPS!

Und einen dritten, und das war's.

KNIPS!

Drei Steine also.

Vor drei Türen hat Ihre Prophezeiung gestanden, Watson, die Sie so leichtfertig abgeschüttelt haben! Und wie weit stehen Sie von den Verbrechern entfernt? So weit Sie gerade mal einen Stein werfen können! War das nicht eben noch Ihr Gedanke?

Doch, war er gewesen. Aber wenn die Gabe der Prophezeiung bedeutete, dass ich in Zukunft statt der Bingotrommel ständig einen schwarz-weißen Sherlock Holmes im Kopf hatte oder andere Stimmen, würde ich lieber darauf verzichten. Dieser Sherlock war ein blöder Besserwisser. So einer durfte Miss Marple gerade mal ein Törtchen zum Tee servieren. Fast wünschte ich mir, Julia hätte noch einen vierten und fünften Stein dabei, nur damit er mal Unrecht hatte. Sie hielt dem Hehler inzwischen die beiden anderen Steine entgegen. Sie sagte etwas. Der Hehler nahm schweigend die Steine und begutachtete sie.

KNIPS!

Er rubbelte mit einer Hand über die Steine und hielt sie beide ins Sonnenlicht, genau wie zuvor den ersten. Sein Gesicht verzog sich. Er schüttelte den Kopf. Seine Lippen wurden dünn, als wäre er langsam verärgert. Er sagte etwas und sah dabei ziemlich sauer aus. Julia entgegnete etwas, genauso sauer.

KNIPS!

Justin guckte zwischen den beiden hin und her, den Kopf leicht zwischen die Schultern gezogen, und irgendwie erinnerte er mich an Bobo. Er blaffte den Hehler an. Das sah nach Krach aus.

Sven kritzelte schnell und schneller.

Und dann … folgten die beiden Steine in hohem Bogen dem ersten!

KNIPS!

Justin sprang auf. Der Hehler auch. Justin wollte ihn beim Kragen packen, aber wegen der Nacktheit war da kein Kragen. Die beiden Männer blitzten sich böse an. Rundum wurden erste Leute unruhig.

Sven kritzelte jetzt nicht mehr, sondern guckte bloß zu, nur wenige Meter entfernt vom Auge des Sturms, bis es Julia gelungen war, die beiden Männer zu beruhigen. Sven nahm das Kritzeln wieder auf.

Es dauerte nur noch eine Minute, bis Justin und der Hehler sich widerwillig die Hand gaben und das Dreiergrüppchen ging. Alle zusammen. Zwischen den Nackten durch, Richtung Polen.

Ich atmete dermaßen lange aus, dass ich dachte, ich würde dabei schrumpeln, so viel Luft strömte aus mir raus. Das Warten, bis die drei vom Urlaubergewühl verschluckt wurden, kam mir wie eine Ewigkeit vor. Dann stürmten Oskar und ich gleichzeitig los, auf Sven zu, der aufsprang und mit uns weiterrannte. Porsche kläffte neben uns her und hinterließ eine blitzschnelle Reihe von kleinen Tapsen im warmen Sand.

Die drei Steine waren nicht zu übersehen. Auf so einer jeden Tag und jede Nacht vom Wind verpusteten Düne liegen ja sonst nicht allzu viele herum. Jeder von uns fand einen. Meiner war unter einen von diesen windschiefen kleinen Bäumen gekullert, die Kiefer heißen, auch wenn ich bis heute nicht weiß, warum, schließlich haben sie ja bloß Nadeln und keine Zähne.

Während Porsche an die Kiefer pullerte, guckten wir uns die drei Steine genauer an. Alle waren etwa pflaumengroß und eher schwärzlich, aber einer von ihnen funkelte tatsächlich dunkelrot im Sonnenlicht. Sven streichelte über die kantige, raue Oberfläche. Mit einem Fingerschnipsen lockte er Porsche an und hielt ihm den Stein zum Schnuppern unter die Nase. Ich weiß nicht, warum mir das vorher nicht aufgefallen war, aber ich glaube, Sven hätte total gern einen eigenen Hund. Das stand auf seinem Zettel:

Svens Zettel

H = Haaremann G = Glatzemann F = Frau
erster Stein falsch kein Rubin
Ganat? Kranat?
H: War einziger?
F: Nein mehr gebracht
aber alle Steine falsch
in Berlin hättest selber gucken können aber war dir ja der Weg zu weit du bringst es nicht Klappe nicht so mit meiner Freundin du Opfer hau dir das Gehirn raus aber hast ja keins aufhören die Leute gucken Ruhe
alle abregen
F soll richtigen Stein holen in Berlin heute Abend
H soll mitkommen kann nicht weil andere Geschäfte
F soll ihn anrufen heute Nacht aber nur wenn sicher
gehen alle essen jetzt
F und G danach Berlin
H nach Ostock?

»Rostock«, sagte Oskar. »Das ist nur eine gute Stunde von Prerow entfernt. Deshalb wollte der Typ sich hier mit Julia treffen. Wäre wirklich schlauer gewesen, er wäre mit ihr bei Fitzke reinspaziert.«

»Was ist ein Ganat?«, sagte ich.

»Granat«, verbesserte er. »Das ist ein Halbedelstein.«

»Kann er explodieren?«

»Nein.«

GRANATE: Entweder die Mehrzahl von Granat, das sind harmlose Halbedelsteine. Oder die Einzahl von einem handlichen Sprengkörper, der einem explosiv um die Ohren fliegt, wenn man daran rumfummelt. Gar nicht harmlos, weil Hände und Ohren dabei gleich mit wegfliegen. Plus sonst was. Und nicht nur zur Hälfte.

»Meinst du, Fitzke hat sich vertan?«, sagte ich.

»Nein. Eher Julia. Sie hat nach einem roten Stein gesucht, aber den falschen gefunden. Noch dazu einen schlechten.« Oskar wendete den Granat in der Hand. »Siehst du diese unzähligen kleinen und großen Einschlüsse im Kristall? Je mehr davon ein Edelstein enthält, umso weniger ist er wert. Dieser hier taugt höchstens für Billigschmuck.«

»Und die beiden anderen?«

Die sahen noch weniger kristallig aus. Und nicht mal vierteledel.

»Keine Ahnung«, gab Oskar zu. »Aber der Hehler wird schon wissen, warum er sie auch weggeworfen hat.«

»Ich nehm sie wieder mit. Sie sind Teil von Fitzkes Vermächtnis.«

»Genau wie der echte Rubin«, sagte Oskar, während er zusah, wie ich die drei Steine in meinen Rucksack stopfte. »Wenn du ihn Julia nicht überlassen willst, müssen wir so schnell wie möglich zurück nach Berlin. Was meinst du?«

Er hatte Recht. Bis jetzt hatte ich mich damit abgefunden, dass der Rubin sowieso verloren war, jedenfalls so lange, bis der Bühl unsere Beweisfotos gesehen hatte und vielleicht irgendwas unternahm, um ihn zurückzukriegen. Aber solange der Stein noch gemütlich bei Fitzke in der Wohnung lag …

Oskar schaute auf seine Uhr. »Der vorletzte Bus geht Viertel nach vier, dann wären wir gegen halb zehn in Berlin. Jetzt ist es nicht mal zwei. Selbst wenn Julia und Justin jetzt noch Mittag essen, dann zum Haus laufen und packen, haben sie immer noch fast zwei Stunden Vorsprung, bevor wir überhaupt in den Bus steigen! Und mit dem Auto sind sie viel schneller als wir mit der Bahn. Klar, vielleicht bleiben sie im Pfingstreiseverkehr ein bisschen stecken. Trotzdem … rechtzeitig schaffen wir das nie.«

»Und wenn wir Lars anrufen?«, sagte ich. »Wenn wir ihn bitten, sich vom Mommsen den Schlüssel zu Fitzkes Wohnung geben zu lassen?«

»Um dann was zu tun? Nach einem Rubin zu suchen? Zwischen ein paar hundert Steinen Wache zu halten? Lars würde uns nie glauben.« Die nächsten Worte waren voller Verachtung. »Außerdem ist er ein Feigling. Der hätte viel zu viel Schiss.«

Mir fiel Irina ein, die würde sich bestimmt trauen. Ich war mir bloß nicht sicher, ob sie einen Rubin von einer Erdbeere unterscheiden konnte. Überhaupt, ich kannte ihre Handynummer nicht auswendig und ihren Nachnamen erst recht nicht, der ist nämlich mindestens drei Mal so lang wie der von Erdbeere auf Russisch, also konnte ich nicht mal bei der Telefonauskunft fragen. Blieb noch …

»Massoud!«, rief ich. »Ach nee, der ist ja im Iran. Dann doch der Mommsen! Seine Nummer könnten wir rauskriegen. Obwohl, nee – zwei Feiertage hintereinander! Bestimmt hat er sich die Befuselung seines Lebens verpasst.«

Oskar nickte nur abwesend. »Wir können uns Mommsen als Notlösung aufheben. Aber es muss auch anders gehen.« Er guckte eine Weile auf die See, bevor er mit einem kleinen Seufzer nach seinem Rucksack griff.

»Was machst du?«, sagte ich.

»Mich endlich wieder anziehen. Ich kann mich nicht konzentrieren, wenn ich das Gefühl habe, dass alle mir auf den Puller gucken.«

Es ist erstaunlich, was ein verborgener Puller ausmacht. Wir waren kaum angezogen und bei den Fahrrädern noch nicht mal angekommen, da hatte Oskar auch schon eine wirklich kriminell gute Idee.

***

Für den weniger kriminellen Teil war ich zuständig. Der war immer noch schwierig genug. Wir radelten, so schnell wir konnten. An der Haltestelle für die Kutschen trennten wir uns, nachdem ich mich mit einem Blick zum Abstellplatz unter dem Holzdach vergewissert hatte, dass der Porsche vom Kiesling noch dort stand.

Schwein gehabt! Ich stellte hastig das Fahrrad ab, stürmte zur Haustür und klingelte. Der Kiesling öffnete mit einem fragenden Blick und mit jeder Menge Schaum in seiner Frisur, den er wohl gerade am Verteilen war.

»Wann fahren Sie zurück nach Berlin?«, japste ich.

»Hallo erst mal.«

»Hallo.«

»Also, wir wollten etwa in einer Stunde ... Darf man fragen, warum du fragst?«

»Ja, aber ich kann's leider nicht sagen. Es ist wirklich dringend!«

Hinter ihm kam Ulf Brauscher aus einer Tür, mit nassem Kopf, ein Duschtuch in der Hand. Er trug einen todschicken dunkelgrünen Morgenmantel. Seide oder so. Womöglich sogar Polyester.

»He, der junge Held! Können wir helfen?«

»Ich würde gern –«

»Er will, dass wir ihn mit nach Berlin nehmen«, unterbrach mich der Kiesling ungnädig. »Aber er will nicht verraten, warum. Sieht so aus, als hätte er Stress mit seiner Mutter und ihrem Polizisten.«

»Hab ich nicht! Die sind auf Sri Lanka im Sonderangebot.«

Die Nachrichtensprecherstimme von Ulf Brauscher klang plötzlich so ernst, als gäbe es ab heute nie wieder Wind aus Südwest. »Heißt das, du bist allein hier?«

»Nein, mit Oskar. Und Berts aus dem Ersten ist auch da. Aber den kann ich nicht fragen, der ist nämlich mit seiner Ducati hier, und auf der fährt schon Maja mit.«

»Unser Berts?« Eine Augenbraue vom Kiesling rutschte so weit hoch, dass etwas Schaum dran kleben blieb. »Aus unserem Ersten? Hier in Prerow?«

»Ja. Am Nacktbadestrand.«

»Wow! Klingt, als sollten wir doch noch mal baden gehen.«

»Maja ist Berts' Freundin.«

»Und?«

»Seine *feste* Freundin. Die knutschen und dergleichen.«

»Ach was, das ist bestimmt nur eine Phase.«

Immerhin, jetzt grinste er wenigstens. Er wuschelte sich mit beiden Händen durch die Haare, um den Schaum endlich fertig zu verteilen.

»Jetzt bitte noch mal«, sagte Ulf Brauscher. »Warum willst du uns nicht erklären, was los ist?«

»Weil Sie die Wahrheit sowieso nicht glauben würden, also müsste ich mir irgendwas ausdenken und lügen, und dann werde ich womöglich irgendwann ein schwieriges Kind. Aber es ist nichts Schlimmes. Und wir machen wirklich keine Probleme!«

»Wer ist wir?« Der Kiesling nahm überrascht die Hände vom Kopf. »Moment mal, dein kleiner Kompagnon –«

»Oskar.«

»– will der etwa auch mit? Das kannst du vergessen. Ernsthaft jetzt. Ein Porsche ist kein Reisebus. Der Wagen ist rappelvoll, da sind schon drei Koffer drin.«

»Aber Sie hatten doch nur eine Reisetasche dabei, als ich Sie im Treppenhaus getroffen habe?«

»Da war der Wagen längst bepackt. Reisetaschen sind für Zahnbürsten und … Kleinkram eben.«

»Sie haben drei Koffer für zwei Tage mitgenommen?«

»Was ich für das Nötigste hielt, Sherlock Holmes!«

Ich hätte ihm gern erklärt, dass ich eigentlich der liebe Watson war, aber Ulf Brauscher musterte mich so intensiv aus seinen braunen Teddyaugen, dass ich unbedingt vertrauenswürdig zurückgucken musste, sonst wäre die Sache gelaufen. Frau Dahling wäre von so einem langen intensiven Blick ohnmächtig geworden. Und wieder aufgewacht und sofort noch mal ohnmächtig geworden.

»Okay, wir fahren in einer Stunde«, sagte Ulf Brauscher endlich. »Schatz?«

Der Kiesling nickte bloß.

»Besprich dich mit deinem Oskar«, sagte Ulf Brauscher. »Ob wir dich oder ihn mitnehmen, ist uns egal. Aber es stimmt, mehr als einen von euch kriegen wir wirklich nicht unter.«

Einer war besser als keiner, überlegte ich, als ich zur Straße zurückging. Der andere würde dann leider mit dem Zug zurückfahren müssen. Ich hoffte, dass Oskar das freiwillig übernahm. Meine Nerven würden noch so eine Zugfahrt ohne Ticket nicht aushalten. Die Bingotrommel auch nicht.

Ich schnappte mir das Fahrrad, rollte es zur Kutschen-Haltestelle und wartete, ungeduldig und angespannt. Fröhlich urlaubige Menschen waren unterwegs. Autos und Fahrräder zuckelten vorbei. Bienchen summten. Zeit verging. Bingokugeln bildeten freundliche, aber unmögliche kleine Türmchen, die der winzigste Schubs zusammenstürzen lassen würde. Ein kleiner Hund kläffte glücklich, als er durch die Ritzen im Reisekasten sein aufgeregtes Herrchen am Straßenrand entdeckte. Mir fiel ein Stein vom Herzen.

»Porsche!«

Oskar und Sven grinsten schon beim Heranradeln dermaßen breit, dass damit eigentlich alles gesagt war. Ich fragte trotzdem.

»Hat es geklappt?«

»Voller Erfolg«, sagte Oskar.

»Gab es Stress mit Bobo?«

»Nee. Ich glaube, der ist nicht schwerhörig, sondern wirklich taub. Sven hat trotzdem die ganze Zeit die Hundeklappe im Auge behalten, aber wir waren ja auch nicht mal richtig auf dem Grundstück. Da tat sich nichts.«

Sven strahlte mich an und hob einen Daumen. Dann machte er drei Mal hintereinander das C mit dem L. Ich wusste ja nicht, wie er sonst seine Zeit verbrachte, wenn seine Eltern hier mit ihm Urlaub machten, aber bestimmt hatte er noch nie so viel Spaß in so kurzer Zeit gehabt. Ich stellte mir vor, wie er und Oskar durch die Wildnis gebraust waren, über Stock und über Stein, Porsche im Reisekasten hinten drauf. Den hatte ich absichtlich nicht zum Kiesling mitnehmen wollen, damit der nicht sofort die Krise kriegte, wenn er sah, dass es noch einen dritten zusätzlichen Beifahrer gab.

Ab durch die Wildnis also. Bis zum Häuschen der Bonhöfers. Wo der silberne Wagen von Justin geparkt stand. Genau so hatte Oskar es erhofft – hätte ja sein können, Julia und Justin wären am Mittag mit dem Wagen zu dem Treffen am Strand gefahren. Dann hätten wir Pech gehabt, aber nichts verloren außer ein wenig Zeit, die wir sowieso mit dem Warten auf den Bus verplempert hätten. Aber wir hatten Glück gehabt und hoffentlich etwas Zeit gewonnen. Wie viel, hing davon ab, wie schnell Justin oder Julia ein Rad wechseln konnten. Falls sie überhaupt ein Ersatzrad dabeihatten und nicht erst noch eins an irgendeiner Tankstelle besorgen mussten, womit wir noch mehr Zeit gewonnen hätten.

Der blöde Bus konnte jetzt jedenfalls ohne uns fahren.

Gut, ohne einen von uns.

Was ich Oskar irgendwie noch schonend beibringen musste.

»Hat es dolle gezischt?«, sagte ich, als er mir die Mine von meinem Tagebuchkugelschreiber zurückgab.

»Geht so. Aber länger als fünf Minuten. Mit einer dünneren Mine im Ventil wäre der Querschnitt für den Luftaustritt größer gewesen. Schade, dass es aussehen soll wie ein Zufall. Die drei übrigen Reifen hätte ich auch noch gern geplättet.« Er seufzte kurz bedauernd, dann sah er mich gespannt und erwartungsvoll an. »Und du? Wie war's bei dir und dem Kiesling?«

***

Ab dann ging alles sehr schnell, und weil womöglich gerade die letzten Minuten meines Lebens heraufdämmern – oder herunter, weil das irgendwie besser passen würde, aber auf jeden Fall ist nach der Dämmerung Schluss –, muss ich mich ein bisschen beeilen. Was das Tagebuch angeht, habe ich leider inzwischen die Übersicht verloren. Ein Teil davon ist in Mamas Computer, ein Teil in dem von Oskar, ein Teil steht in meinem Matheheft, und diesen Teil hier schreibe ich auf dem Notebook von Berts.

> PUZZLE: Einzelne kleine Teile, die man zu einem großen Ganzen zusammensetzen muss. Kennt jeder. Ich hab mal eins mit zwölf Teilen geschafft, als ich klein war, aber das war Glück. Es gibt Puzzles mit über 10 000 Teilen. Danach wäre ich wahnsinnig. Wer auf die Idee kommt, die zusammenzusetzen, ist es aber eigentlich vorher schon.

Ich sitze direkt hinter Fitzkes Wohnungstür, damit ich hören kann, ob sich im Treppenhaus was tut. Berts hat es sich auf Fitzkes dunkelgrünem Sofa im Wohnzimmer bequem gemacht und lernt Beh-Weh-Ell für seine Prüfung. Ab und zu höre ich, wie er eine Seite umblättert, ansonsten ist da nur das Blubbern der Aquarien. Wir warten beide auf Julia und Justin. So ewig lang kann ein Reifenwechsel ja nicht dauern.

Und wir warten drauf, dass der Kiesling endlich Oskar und Porsche abliefert. Ich hoffe, die sind nicht auf der Autobahn steckengeblieben, da war nämlich ein kleiner Stau vor Berlin, weil Pfingsten vorbei ist und alle nach Hause wollen. Die Ducati hat Berts und mir einen schönen zusätzlichen Vorsprung verschafft, weil wir prima im Zickzack zwischen allen Autos durch oder am Fahrbahnrand entlangfahren konnten.

Ich werde es Maja nie vergessen, dass sie mir ihren Platz angeboten und gesagt hat, okay, dann würde sie eben den Zug nehmen. Einfach so! Sie ist toll. Ich hoffe, sie wird Berts heiraten und sie bekommen viele gesunde kleine Willis und Majas.

Es war Oskars Idee gewesen, die beiden zu fragen. Wir wussten ja, dass sie vor der Heimfahrt noch mal an den Strand wollten, und wir fanden sie an derselben Stelle wieder, wo sie uns am Mittag verlassen hatten. Wir erzählten ihnen alles. Das war inzwischen meine Bedingung, sogar rückwärts: Eine güldne gute Tugend – lüge nie!

Zur Belohnung bin ich jetzt in Berlin. Berts hatte nämlich gesagt, zum Mitfahren käme nur ich in Frage, weil Oskars Füße nicht bis runter auf die Fußrasten reichten. Er könnte sonst auf der Autobahn wegfliegen und sonst wo landen. Wie ich Oskar kenne, würde es ihm danach zwar besser gehen als dem Sonstwo, und die Motorradfahrt hätte ich ihm echt gegönnt. Aber es sollte nicht sein.

Der Abschied von ihm und von Sven und von Porsche ist mir schwergefallen, aber er ist ja nur für kurz. Oskar hat noch den Zettel, auf den Sven seine Adresse notiert hat, und wir werden uns nächste Woche auf jeden Fall in Tempelhof mit ihm treffen.

Obwohl ich vor ein paar Stunden noch auf der halben Insel war, erscheint mir alles schon wie ein entfernter Traum. Als wäre ich nie wirklich an der Ostsee gewesen. Nachdem Berts und ich vorhin die letzten von Fitzkes Steinen in den Fünften gebracht und in meinem Zimmer abgestellt hatten – hübsch verpackt in zehn von den Umzugskartons, die seit Majas Einzug vor ein paar Monaten im Keller lagerten –, sind wir kurz raus auf den Dachgarten. Ich hatte ein ganz wohliges Gefühl im Bauch, weil jetzt alle Steine in Sicherheit waren – alle bis auf den Kalbstein. Den hatte immer noch Julia. Und ich wollte ihn immer noch wiederhaben.

»Schade, dass der Rubin nicht dabei war«, sagte Berts, als wir zum Geländer gingen. »Ich bin zwar kein Fachmann, aber von diesen Dingern hat keins auch nur ansatzweise nach Edelstein ausgesehen. Ich schätze, Fitzke hat Stuss in sein Journal geschrieben.«

»Oskar meint, dass er sich bestimmt nicht getäuscht hat.«

»Wie gesagt, ich bin kein Fachmann. Aber falls wir den Rubin übersehen haben, steckt er jetzt in einem von den Kartons. Oskar kann sich ja selber noch mal durchwühlen.«

Ja, konnte er. Und würde er auch.

Berts und ich guckten schweigend über die Stadt. Auf Hunderten von Dächern lag golden die frühe Abendsonne, und alle Geräusche, die aus den unendlichen Labyrinthen der Straßenschluchten in den Himmel stiegen, klangen in meinen Ohren wie eine rauschende Brandung. So eine große

Stadt kann einen, wenn sie will, verschlucken, wie eine Möwe einen kleinen Fisch runterhappst. Trotzdem, ich bin gern in Berlin. Aber diese halbe Insel, der Nothafen und der Leuchtturm, das viele Grün und der Wind in den Bäumen, Wellen und Sand und Dünen, der Strand und das Meer – die haben mir auch alle sehr gefallen. Trotz Wildnis und Dschungel. Vor allem das Meer …

»Ich werde dich vermissen, Kumpel«, sagte Berts neben mir.

Ich schluckte. Als Mama mich ihm vorgestellt hatte, nach unserem Einzug in die Dieffe 93, mit ihrem üblichen Spruch, den sie vor jeder Wohnung im Haus aufsagte – ich sei ihr Sohn Rico und ein bisschen schwach im Kopf, aber ich könne nichts dafür, und so weiter –, da war Berts vor mir in die Hocke gegangen, hatte gelächelt und gesagt:

»Ein echter kleiner Schwachkopf also, hm? Mann, Mann, Mann! So haben sie mich früher auch genannt.«

»Wer?«

»Irgendwelche Typen. Haben mich blöd angemacht. Auf der Straße. Auf dem Schulhof. Überall.«

»Haben sie dich verkloppt?«

»Nee. Ich habe einen großen Bruder. Bevor ich das irgendwann selber auf die Reihe kriegte, hat er solchen Typen damals, wenn es Ärger gab, gezeigt, wo der Hammer hängt.«

»Welcher Hammer?«

»Der, mit dem man die Bretter in deinem Oberstübchen annagelt. Falls sich mal eins lockert, weißt du. Hast du einen großen Bruder?«

Ich hatte zu Mama raufgeguckt. Sicher war sicher.

Sie hatte den Kopf geschüttelt.

Und Berts hatte mir eine Hand hingehalten.

O ja.

O Mann, Mann, Mann!

Ich schluckte noch mal. Besser, ich lenkte Berts ab, bevor er merkte, dass ich fast heulte. »Meinst du, wir sollten es noch mal bei Mommsen versuchen?«, sagte ich.

»Nee. Bringt ja nichts.«

Bei Mommsen hatten wir sofort nach unserer Ankunft geklingelt. Ich hatte ihn fragen wollen, ob Julia am Freitag auch wirklich, wie mit ihm verabredet, Fitzkes Schlüssel in seinen Briefkasten geworfen hatte. Aber Mommsen ist entweder auf Kneipentour an so einem schönen Doppelfeiertagswochenende, oder er ist schon davon zurück und liegt besinnungslos befuselt im Bett. Falls er es bis zum Bett geschafft hat.

»Sieh es doch mal so«, fuhr Berts fort. »Wenn Julia den Schlüssel nicht mehr hat, müssen sie und ihr Typ bei Fitzke einbrechen. Wir ertappen sie also in flagranti. Und nun rate mal, was wir als Gegenleistung dafür verlangen, dass wir ihren kleinen Einbruch nicht anzeigen?«

»Den Kalbstein … Was heißt in flagranti?«

»Auf frischer Tat.«

Frisch klang gut. Ursprünglich hatten Oskar und ich uns bloß ausgedacht, Julia und Justin einfach ins Leere laufen zu lassen. Tür auf, keine Steine mehr da – sellawie! Die Idee, auf Julia zu warten, weil das vermutlich die letzte Gelegenheit für mich war, doch noch den Kalbstein von ihr zurückzufordern, stammte von Berts. Er hat sogar extra die Haustür einklinken lassen, damit Julia und Justin problemlos in die Dieffe 93 reinkommen.

»Du findest es wirklich nicht zu gefährlich, oder?«, sagte ich. Ich wollte ganz sicher sein, dass er sich nicht von mir manipuliert fühlte.

»Nein«, sagte Berts. »Ich meine, hallo? Eine Tussi und ein Penner, die sich als Kleinkriminelle aufspielen? Da reichen ein paar Wörtchen Klartext, und die beiden werden handzahm.«

»Bobo ist nicht handzahm.«

»Wenn dich das wirklich sorgt, schieb Wache am Türspion. Sollten sie mit dem Köter ankommen, rufen wir die Polizei. Ich glaube aber nicht, dass sie ihn mitbringen. Zu auffällig. Niemand will auffallen, wenn er gerade irgendwo einbricht, oder?«

Ich schüttelte den Kopf.

»Und sie können ja nicht wissen, dass das Haus gerade völlig verwaist ist. Weshalb nur *wir* wissen, dass uns auch niemand schreien hören würde – du weißt schon, falls Klein Bobo unbedingt mit uns spielen will.« Berts kicherte wie ein kleiner Junge. Er legte mir einen Arm um die Schulter und zog mich mit sich. »Komm, gehen wir runter.«

Und jetzt sitze ich hier und warte auf die Dämmerung. Es stimmt, was Berts da auf dem Dachgarten gesagt hat. Das Haus ist komplett leer. Nur er und ich sind hier und vielleicht der Mommsen, aber nur als Totalausfall. So was hat es in der Dieffe 93, glaube ich, noch nie gegeben. Wenn ich alle weglasse, von denen ich weiß, wo sie sind, bleiben nur Lars und Frau Dahling übrig, die Kesslers und die RBs. Bei Lars tut sich leider nichts, das hab ich schon probiert. Oskar wird deshalb garantiert ausrasten, weil er ihm doch auf den AB gesprochen hat, dass wir heute Abend wiederkommen. Aber okay, es wird ja gerade erst Abend, und irgendwann wird Lars schon noch aufkreuzen. Hoffentlich.

Frau Dahling scheint beim van Scherten zu sein. Ich hoffe, er hat sie inzwischen mal schick ausgeführt zu einem leckeren Essen. Ich hoffe, er hat sie inzwischen endlich mal geknutscht.

Die Kesslers pfingsten offenbar noch irgendwo herum, sonst würde man das Gebrülle von den doppelten Zwillingen hören, und bei den RBs hab ich vorhin an der Tür gelauscht. Da herrschte die absolute Stille von einem Grab um Mitternacht. Unten im Grab, meine ich. Im kalten, dunklen Sarg.

So allein in so einem riesigen leeren Haus zu sein ist gruselig. Ich sollte keine Angst haben, schließlich ist ja Berts bei mir. Aber inzwischen hab ich doch ein bisschen Schiss. Ich spüre zwar keine Prophezeiung, aber trotzdem habe ich ein mieses Gefühl.

Ich glaube, dieser Montag ist noch lange nicht vorbei.

DIE RÜCKKEHR DES MONTAGS

BERSERKER!

»Nüsschen sind gut für die Nerven.« Oskar schüttete Berts und mir großzügig von seinem Studentenfutter in die ausgestreckten Hände. »Ich hab noch zwei volle Päckchen. Hat Ulf Brauscher mir gekauft, an der dritten Tankstelle.«

Ich warf mir ein paar Nüsschen und Rosinen in den Mund. »Ihr habt an drei Tankstellen getankt?«

»Nee, nur an der ersten. An den anderen beiden mussten wir halten, um Porsches Kasten zu lüften. Außerdem noch an zwei Parkplätzen. Der Kiesling ist durchgedreht wegen dem Vanillegeruch. Es war ständig ein Fenster runtergekurbelt. Wahrscheinlich habe ich mich erkältet.«

»Aber ich hab das Bäumchen doch weggeworfen!«

»Und der Kiesling den Reisekasten, an der letzten Tankstelle.« Oskar hüstelte kurz, damit wir seine Erkältung nicht vergaßen. »Ich soll dir von ihm ausrichten, dass er dir einen neuen kauft, sogar einen vergoldeten mit Rollen drunter. Aber nur, wenn du ihn nie wieder um einen Gefallen bittest.«

Also echt! Ich zog Porsche an mich und drückte ihm einen Kuss auf den Kopf. Der Kiesling hatte ihn und Oskar bloß vorm Haus abgesetzt, übernachten würde er bei Ulf Brauscher. Die Dieffe 93 blieb also so gut wie menschenleer.

»Ist Lars inzwischen zu Hause?«, fragte ich vorsichtig. Es war jetzt ungefähr halb zehn. Draußen brach gerade die Dämmerung an, und in Fitzkes Wohnung wurde es, wegen den Pellebäumen vorm Fenster, schon richtig duster. Licht anmachen war aber nicht. Julia und Justin sollten es für dunkel halten, falls sie von der Straße aus raufguckten.

Oskar schüttelte den Kopf. »Kann sein, dass irgendwo ein Zettel für mich liegt, aber ich hab meinen Rucksack nur in den Flur geworfen. Ich hab keine Lust auf zu Hause. Der Vorteil ist, dass der Krach wegen dem Abhauen verschoben ist, solange Lars nicht hier ist. Leider ist das auch gleichzeitig der Nachteil. Ich hätte das gern hinter mir.« Er seufzte, zupfte kurz mit beiden Händen an beiden Bommeln und sah sich zufrieden im steinefreien Wohnzimmer um. »Coole Idee, hier auf Julia zu warten. Falls sie Bobo mitbringt, springe ich einfach aus dem Fenster. Noch jemand Nüsschen?«

Das mit dem Fenster war Sarkasmus, glaube ich. Oskar ging tatsächlich hin, aber bloß, um einigermaßen die Straße im Blick zu behalten – die Kronen der Pellebäume waren hier oben so dicht, dass man leider nicht allzu viel sah. Ich nahm meinen Lauschposten in Fitzkes Flur wieder auf und öffnete die Tür spaltbreit ins Treppenhaus. Porsche kuschelte sich an mich und pennte. Ich hatte ihn im Fünften in Sicherheit bringen wollen, aber nach einer Beratschlagung mit Oskar hatten wir entschieden, dass er eine gute Geheimwaffe war, falls Bobo aufkreuzte.

Fahles Licht sickerte aus dem Wohnzimmer in den Flur. Berts hatte es sich wieder auf dem Sofa bequem gemacht, mit seinem Lernbuch und meiner Taschenlampe. Ich überlegte, dass ich später auch gern so sportlich und so muskulös sein wollte wie er. Als tiefbegabtes Kind wird man oft blöd angemacht, da verschaffen Muskeln einem Respekt. Der Lawottny aus dem Förderzentrum macht schon seit Monaten mit Hanteln rum, um sich auf sein schwieriges späteres Leben vorzubereiten. Vor vier Wochen ist ihm eine auf den Fuß gefallen und hat ihm einen Zeigezeh gebrochen, weshalb der Wehmeyer gemeint hatte, das sollte der Lawottny mal zum Anlass nehmen, darüber nachzudenken, ob er nicht vielleicht sein eigener größter Feind ist. Das hatte der Lawottny nicht richtig kapiert und ich auch nicht. Aber jetzt fiel mir Justin ein. Der war ja auch nicht der Hellste, und vielleicht hatte er seine Muskeln nur, weil er mehr Respekt wollte – bloß, von wem? Schlaue Leute ärgern so einen wie Justin ja nicht, außer sie sind komplett lebensmüde und zu faul, um auf ein Hochhaus zu klettern, denn wenn man da gleich wieder runterhüpft, lohnt sich ja die Anstrengung kaum. Nein, es kloppen sich immer nur Leute, die denken, der eine hätte vorm anderen zu wenig Respekt, und jetzt fragte ich mich, ob ich dann nicht lieber gleich Respekt trainieren sollte statt Muskeln. Wäre bestimmt weniger anstrengend. Plus weniger Zeitaufwand. Andererseits muss man dann bestimmt auch weniger Steaks und Schnitzel und dergleichen essen, die man für Muskelmasse braucht. Womöglich gibt es für Respektmasse nichts, was genauso lecker ist.

Ich überlegte gerade, ob Nüsschen gut für Respektmasse sind und wie viele Oskar wohl noch übrig hatte, als Porsche die Augen öffnete und mit einem Fiepen den Kopf hob. Sofort schlug mein Herz schneller. Ich drückte mein Ohr gegen den Türschlitz. Die Geräusche waren schwach, aber eindeutig. Jemand betrat gerade das Haus! Und wer auch immer das war, vermied dabei jeden überflüssigen Lärm und machte kein Licht im Treppenhaus an. Schritte kamen nach oben.

Ein Stockwerk, zwei, dann weiter ... Ich drückte vorsichtig die Tür zu. Der Mommsen wäre schon im Parterre in seine Wohnung gestapft. Lars im Zweiten. Die RBs hätten sich lautstark unterhalten, und wenn alle Kesslers gleichzeitig nach Hause kommen, hört sich das normalerweise an, als würde eine Horde Berserker einfallen.

BERSERKER: Nordische Krieger in Wolfsfellen, die keine Wunden und keine Schmerzen spürten, so bekloppt waren sie. Vor lauter Kampfrausch merkten sie erst fünf Minuten nachdem sie tot waren, dass sie nicht mehr lebten. Im Krieg standen sie so lange in der ersten Reihe, bis sie irgendwann die letzte Reihe waren. Wenn dann keiner mehr zum Kloppen übrig war, gingen sie traurig nach Hause und aßen ein Steak oder ein Schnitzel.

»Sie kommen!«, rief ich leise in Richtung Wohnzimmer.

Ich hörte, wie Berts sein Buch zuklappte. Ein paar vorsichtige trippelnde Schritte von Oskar, dann Stille. Die Taschenlampe erlosch, man sah nicht mehr viel. Als ich mit Porsche ins Wohnzimmer kam, standen Berts und Oskar schon vor dem Sofa, kaum mehr als zwei dunkle Flecken, ein kleiner und ein großer.

»Hast du nichts mitgekriegt?«, fragte ich Oskar flüsternd.

»Nee«, wisperte er zurück. »Den Gehsteig und die Haustür sieht man von hier aus einfach nicht richtig!«

Klack … klicker-klack!

Gefuddel in Fitzkes Türschloss. Julia hatte den Schlüssel am Freitagabend also doch behalten. Eigentlich war das auch logisch. Sie war ja nicht sicher gewesen, ob sie beim Steineklauen tatsächlich den Rubin erwischt hatte, und bestimmt hatte sie befürchtet, Mommsen würde ihr den Schlüssel kein zweites Mal aushändigen.

Sie merkte schon, dass etwas nicht stimmte, als sie in Fitzkes Flur das Licht anknipste. Bei Julias letztem Besuch hatten hier noch überall Steine herumgelegen, die jetzt fehlten. »Mist!«, hörten wir sie fluchen. »Wer hat die –?«

Justin betrat als Erster das Wohnzimmer. Er drückte auf den Lichtschalter und blieb wie angewurzelt stehen, als er uns entdeckte. Julia knallte ihm in den Rücken, und Justin war so massig, dass er dabei keinen Millimeter wackelte oder wankte.

Beide starrten uns an.

Das Gute war, dass sie Bobo nicht mitgebracht hatten.

Das Schlechte war, dass Justin irgendwie aussah wie Bobo.

»Was soll das?«, sagte Julia. Sie hatte mit einem einzigen schnellen Blick das Wohnzimmer abgesucht. Viel gab es nicht zu sehen. Ein paar verstaubte Möbel, ein paar blubbernde Aquarien. Keine Steine.

Justin glotzte nur. Sein Gesicht lief langsam rot an.

»Wir machen das ganz kurz«, sagte Berts so freundlich, als stände er im Karstadt vor Frau Dahling an der Wursttheke und bestellte hundert Gramm Salami plus ein Scheibchen, das es mehr sein durfte. »Dann gibt es keinen Stress, und in einer Viertelstunde sitzt ihr in einer gemütlichen Kneipe und trinkt was Nettes.«

Justin fasste uns der Reihe nach ins Auge wie ein Jäger drei Wildschweine, aus denen er gern Pastetchen machen möchte. Er zeigte mit einem Finger auf Oskar. »Dich kenn ich. Du warst mit deinem behinderten Freund und mit deiner schwulen Mütze heute Mittag am Strand!«

»Und du hättest dir mal besser eine Mütze aufgesetzt«, sagte Oskar ohne das geringste Zittern in seiner Stimme. »Du hast Sonnenbrand auf der Glatze. Das könnte irgendwann Hautkrebs geben.«

»Zwischen den Zehen auch«, sagte ich. »Die fallen dann ab. Unregelmäßig.«

»Was soll das?«, wiederholte Julia leise, als hätte sie Berts nicht gehört. Aber da war ein leichtes Beben in ihrer Stimme und eine Art verzweifelter Kummer in ihren Augen. Sie wusste genau, was das Ganze sollte. Und sie wusste noch mehr, und ich wusste es auch: dass sie nur wegen Justin hier war. Dass sie lieber woanders wäre. Und dass sie sich wünschte, nie ein schwieriges Kind gewesen zu sein. Trotzdem …

»Du hast den Kalbstein mitgenommen, der dadrin lag«, sagte ich und zeigte zum Tisch. Da hatte ich das geplünderte Elefantenkästchen aufgestellt. Davor vibrierte etwas in der Luft herum. Das war mein zitternder Finger. »Dieser Stein gehört mir. Ich will ihn wieder! Fitzke hat ihn gezüchtet, und ich soll auf ihn aufpassen. So steht das in seinem Vermächtnis.«

»Ich vermach dir eine hinter die Ohren, du Zwergratte!«, schnaubte Justin. »Wo ist der Scheiß-Rubin?«

Berts tat so, als hätte er ihn nicht gehört. »Auch wenn ihr einen Schlüssel benutzt habt, seid ihr widerrechtlich hier eingedrungen. Es gibt Fotos, die beweisen, wie ihr von hier entwendete Steine weitergeben wolltet – eventuell wertvolle Steine. Das bedeutet für euch Ärger, früher oder später. Und den könnt ihr euch ersparen. Also gebt dem Jungen seinen Kuhstein –«

»Kalbstein.«

»– seinen Kalbstein wieder, verschwindet, und wir vergessen, dass ihr hier wart. Ganz einfache Sache.«

»Einfache Sache?« Justin machte zwei Schritte auf Berts zu. »Ich lass dir gleich ganz einfach die Luft raus, du Opfer!«

»Wie wir aus deinem Auto, was?«, rief ich triumphierend.

»O-oh!«, machte Oskar leise.

In Comics sind an so einer Stelle zwei Bildchen. Auf dem ersten wendet Justin den Kopf, mit blutunterlaufenen Augen und ein klein wenig Schaum vorm Mund. Auf dem zweiten sieht man das vor Schreck totenbleiche dumme Kind, das seine vorlaute Klappe nicht halten konnte, und über dem Kind steht in einer kleinen weißen Denkblase *Ups!* und vielleicht noch *Schluck!* und ganz vielleicht auch noch zusätzlich *Stöhn!*

Bevor ich upsschluckstöhnen konnte, brach die Hölle los. Es gibt Männer, die können es überhaupt nicht leiden, wenn jemand ihr Auto betatscht. Schon gar nicht, wenn sie kurz zuvor gedemütigt worden sind, weil ihre Geliebte von einem Exfreund zur freien Körperkultur gelockt wurde.

Mit einer Geschwindigkeit, die ich ihm überhaupt nicht zugetraut hätte, spurtete Justin die wenigen Schritte auf uns zu. Berts, der offenbar genau damit gerechnet hatte, rannte fast im selben Moment los. Die beiden rumsten ineinander wie King Kong und der Tyrannosaurus in diesem schönen alten Schwarz-Weiß-Film. Es gab ein kurzes, unüberschaubares Gerangel. Als es überschaubarer wurde, flog Berts auch schon rückwärts in Fitzkes Regal. KRACH! Ein paar Bücher kippten aus den Fächern. Kleine Sachen stürzten um. Eine komische Pferdefigur aus Eisen – vielleicht war es auch ein Kuh aus Bronze – blieb stehen. In Filmen greift der Held geistesgegenwärtig nach so etwas, erwischt es gerade noch so und zieht es seinem Angreifer über die Rübe.

Falls er es sieht.

»Berts!«, brüllte ich. »Hinter dir, rechts!«

Berts schaute blitzschnell über die Schulter ins Regal.

»Das andere Rechts!«, brüllte ich.

Zu spät. Er hatte den Kopf noch nicht richtig gewendet, da war Justin mit einem federnden Sprung vor ihm gelandet und ballerte ihm eine Faust in den Bauch.

WUMP!!!

Berts verdrehte die Augen. Er klappte zusammen wie ein Taschenmesser und rutschte langsam am Regal zu Boden. Justin versetzte ihm trotzdem noch einen Schwinger. Etwas knackte und brach, aber Berts meinte später, im Urban-

Krankenhaus, seine Nase hätte ihm sowieso nie richtig gefallen, und jetzt wäre sie viel gerader als vorher.

Das alles hatte nur Sekunden gedauert. Julia stand ebenso erstarrt wie Oskar und ich. Porsche hatte bloß aufmerksam die Ohren hochgestellt. Und Justin wirbelte schon wieder herum, ein Berserker im Kampfrausch auf der Suche nach dem nächsten Opfer, das er mit seinen Dampfhammerfäusten bearbeiten konnte. Aus der Bewegung heraus fiel sein Blick auf mich, und schon walzte er auf mich zu, ein Berg aus Wut und Muskeln, der rasend schnell immer größer und immer dunkler wurde, so groß und dunkel, dass meine Angst mich auf der Stelle bannte. Meine Angst und das Wissen, dass uns hier niemand hörte, uns niemand hörte, uns niemand hörte …

KLACKER, KLICKER, KLACKER!!!

»Nein!«

Ein Schatten mit blonden Haaren flog heran und rammte den Kampfkoloss von der Seite, so heftig, dass er ins Wanken geriet. Ein zweiter Schatten, einer mit Bommelmütze, huschte blitzschnell über den Boden, gefolgt von einem dritten mit Schwänzchen. Während Justin oben mit Julia rang, die mit einer Hand an seinem T-Shirt riss, umklammerte Oskar unten sein Bein. Porsche sprang wild kläffend um den sich balgenden Menschenhaufen. Viel Angriffsfläche blieb da nicht mehr und Zeit schon gar nicht.

»Du kannst mich mal!«, flüsterte ich der Bingotrommel zu.

Ich sprang auf den Tisch, schnappte mir das Elefantenkästchen und zog es Justin mit aller Kraft über die Glatze. Mehr als diesen einen Schlag schaffte ich nicht, weil ich das Gleichgewicht verlor und seitlich vom Tisch fiel. Dafür hatte ich dann am Boden eine prima Aussicht auf Oskar, als der Justin gerade in die Wade biss, und auf Porsche, der wie ein Springteufelchen in die Luft schnellte und dasselbe mit Justins Hintern probierte.

Justin brüllte, weniger vor Schmerzen als vor Wut. Ein Tritt, und Porsche schlitterte jaulend übers Parkett wie ein Puck bei einem Eishockeyspiel. Das Bein, an dem Oskar hing, knallte unter die Tischkante, und Oskar kullerte erschüttert, aber unverletzt davon, denn ich konnte sehen, wie er sich sofort wieder aufzurappeln versuchte. Julia hatte weniger Glück. Für so einen tobsüchtigen Berserker war sie zu klein und zu schwach. Justin warf sie von sich. Einfach so. Sie segelte wortwörtlich durch die Luft, und wäre da das Fenster gewesen, hätte ich ihr gerade noch kurz zuwinken können, bevor sie durch die Pellebäume abwärtsrauschte.

Aber an ihrem Landeplatz war kein Fenster, sondern eins von den Aquarien für die Wassersteine. Julia rumste voll dagegen, mit einer solchen Wucht, dass das Becken zerbarst. Glas machte *KLIRR!!!* und *KRACH!!!* Scherben segelten durch den Raum, Wassermassen ergossen sich über den Wohnzimmerboden. Julia torkelte und fiel mitten rein in das nasse Chaos. Ihr Glück war, dass sie sich nicht mit den Händen abstützte, sonst hätte sie sich garantiert geschnitten. So lag sie einfach auf dem Rücken, mit geschlossenen Augen, wie ein besonders großer blonder Fisch, den eine Springflut gerade aufs Festland gehauen hatte.

Zwei erwachsene Gegner besinnungslos am Boden. Ein benommener Jack Russell, der mit gesträubtem Fell, aber aus sicherer Distanz angriffslustig knurrte. Eine halbe Portion, die gerade aufzustehen versuchte und damit rechnete, dass Justin sich jetzt auf sie draufsetzen und sie zu einer hübschen Doretti-Briefmarke zerdrücken würde.

Und eine viertel Portion, die plötzlich in der Wohnzimmertür stand.

Und schrie.

Oskar schrie so schrill, dass ich dachte, alle übrigen Aquarien müssten jetzt auch noch platzen und alle Fenster gleich dazu. Sein Kopf war hochrot, der Mund weit aufgerissen, und er hielt die Fäuste so fest geballt, als wären in denen noch ein paar zusätzliche Stimmbänder drin. Für Justin war es, als hätte jemand auf einer von diesen Hundepfeifen geblasen, die Menschen nicht hören können. Ich glaube, wenn er gekonnt hätte, hätte er sogar die Ohren angelegt, um noch schneller bei Oskar zu sein.

Oskar nahm die Fäuste runter, drehte sich um und hetzte los, ohne mit dem Schreien aufzuhören. Justin hinterher. Ab durch Fitzkes Flur, raus ins Treppenhaus. Es klang wie ein Krankenwagen, der volle Lotte an einem vorbeifährt und jetzt weiterbraust, mit sich entfernender, immer leiser werdender Sirene.

Ich hörte Berts ächzen und sah, wie er benommen den Kopf schüttelte. Julia regte sich ebenfalls am Boden. »Passt mit den Scherben auf!«, rief ich, und dann war ich so schnell wie noch nie in meinem Leben.

Ich weiß nicht mehr, wie ich auf die Beine kam. Ich weiß nur noch, wie ich rannte. Ich sehe noch das Gewackel vor meinen Augen, Fitzkes hellen Flur, das dustere Treppenhaus. Ich schieße in fliegender Hast die Stufen runter, zwei auf einmal, das Gerumpel in den Ohren, mit dem Justin von Treppenabsatz zu Treppenabsatz springt, um den Abstand zu verringern, hinter mir Porsches Bellen, sein mir rasend schnell folgendes Getrippel und über alldem der nicht enden wollende Alarmsirenenschrei von Oskar. Vier Stockwerke, kann ich nur denken. Vier Stockwerke, und wenn Oskar es bis raus auf die Straße schafft, ist er in Sicherheit, da sind sicherlich Fußgänger unterwegs, und falls nicht, liegt keine fünfzig Meter entfernt der Eingang ins Urban-Krankenhaus.

Plötzlich ging das Licht an. Da war ich schon im Zweiten, während Oskar und Justin, den Geräuschen nach zu urteilen, etwa im Parterre angekommen sein mussten.

Da war Endstation.

Oskars Alarmsirenenschrei brach so unvermittelt ab, als wäre der Krankenwagen in vollem Tempo gegen eine Mauer gerauscht. Ich überschlug mich fast die Stufen runter, so eine Angst hatte ich um ihn, aber noch bevor ich im Ersten ankam, hörte ich ein *WUMP!!!* und ein *UFF!!!* und ein *DOPPELWUMP!!!*.

Irgendwas brach lautstark in sich zusammen.

Dann Stille.

Porsche und ich kamen gleichzeitig im Parterre an und gleichzeitig zum Halten. Wo das Schneckengewinde der Treppe aufhört und diesen Abbieger runter in den Hausflur macht, lag reglos Justin, die Füße nach oben, den Kopf die Stufen runter. An der Wohnungstür vom Mommsen lehnte Lars, keuchend, beide Fäuste erhoben, die er ungläubig anstarrte. Auf seiner Stirn klaffte eine kleine Platzwunde. Ein bisschen helles Blut rieselte runter. Oskar stand dicht an ihn gepresst, die Arme um seine Hüften geschlungen, die Augen weit aufgerissen.

Lars ließ die Fäuste sinken. Er legte Oskar eine Hand auf den Kopf. Ein tiefer Atemzug, so tief wie ein Ozean, ging in ihn rein und kam wieder raus, gefolgt von einem rauen, rasselnden Flüstern, als spülten große Wellen unzählige kleine Kieselsteine an einen Strand.

»Niemand. Schlägt. Meinen. Sohn.«

Der Berserker stöhnte leise. Ein Arm zuckte, eine Hand hob sich, dann fiel sie kraftlos wieder runter. Ich trat wortlos auf Oskar zu, zog ihm seine Bommelmütze ab und hielt sie Lars hin. Wenn man sonst nichts zum Fesseln hat, muss man nehmen, was man kriegt.

***

Erst flitscht die Zeit so schnell an einem vorbei, dass man ihr kaum nachgucken kann, und dann dehnt sie sich auf einmal wie ein kiloschweres Kaugummi von hier bis Sri Lanka.

Lars rannte sofort in seine Wohnung, um die Polizei anzurufen – ein Handy hat er nicht, weil Handys angeblich Strahlen aussenden, die einem das Gehirn verbrutzeln. Er war kaum die Treppe rauf, da kam Berts die Treppe runter, gestützt von Julia. Er hielt sich eine Hand vor die Nase. Seine Stimme war total komisch, wie die von einem Bauchredner mit einer lustig quäkenden Plastikente unterm Arm.

»Wir gehen rüber ins Urban«, näselte er. »Geht schneller, als wenn wir einen Krankenwagen rufen. Alles okay bei euch?«

Oskar, der ohne die Bommelmütze fast so nackt aussah, als wäre die Dieffe 93 zum FKK-Strand erklärt worden, zeigte auf Justin, der immer noch bewusstlos und mit dem Kopf abwärts auf den Stufen in Richtung Hauseingang lag. Lars hatte ihn auf den Bauch gedreht, ihm die Hände mit den Bommelbändeln fest hinter dem Rücken zusammengeknotet und, weil er befürchtet hatte, das könnte nicht ausreichen, die Fesselung zur Sicherheit auch noch mit seinen Schnürsenkeln verstärkt. Julia musterte Justin mit einem Blick, als wäre er ein hässlicher Teppichläufer, der das ganze Treppenhaus verschandelte.

»Ich komme wieder, sobald ich euren Freund im Krankenhaus abgeliefert habe«, sagte sie zu mir mit einer Stimme, die so müde und matt war wie eines von den Blättern an den Pellebäumen, die den ganzen Winter über daran hängen bleiben, statt im Herbst runterzufallen. »Ich kann Justin nicht alleinlassen. Jedenfalls jetzt noch nicht. Ich hab immer gewusst, dass er fies werden kann. Aber das hier …«

Ich konnte nur nicken. Sie tat mir leid, obwohl wir ihr dieses ganze Chaos zu verdanken hatten. Als sie so alt gewesen war, wie Oskar oder ich es jetzt waren, war sie in der

Dieffe 93 herumgeturnt, ein schwieriges kleines Mädchen, das bestimmt nicht im Traum darauf gekommen wäre, dass es hier später mal mit einem bewusstlosen Muskelpaket stranden würde.

»Ich hab nicht gewollt, dass euch was passiert oder überhaupt irgendjemandem«, fuhr sie fort. »Es ist alles so … ach, was soll's. Ich hab einfach auf ganzer Linie Mist gebaut. Mal sehen, was die Bullen dazu sagen.«

Berts knuffte mich gegen den Arm, als er an mir vorbeiging. »Ich wollte dein Held sein«, näselte er. »Hat nicht so richtig funktioniert. Aber echt, der Typ hat auch einen Schlag wie ein Dampfhammer. Mann, Mann, Mann!«

Ich wollte ihm sagen, dass er trotzdem mein Held war, aber es kam nur raus: »Du klingst wie eine verknautschte Plastikente.«

»So seh ich wahrscheinlich auch aus. Wir sehen uns, hm?«

Erst als Julia mit ihm gegangen war, fiel mir ein, dass ich immer noch nicht wusste, was sie mit dem Kalbstein angestellt hatte.

Oskar, der bis jetzt wortlos nur immer wieder mal auf den Lichtschalter für den Hausflur gedrückt hatte, damit wir nicht im Dunkeln standen, zeigte auf Justin.

»Wir sollten ihn die Treppe runterziehen. Sonst staut sich das Blut in seinem Kopf.«

Falls jemand gedacht hat, es wäre einfach, einen ausgewachsenen Mann eine Treppe runterzubugsieren: ist es nicht. Wir zogen und zerrten immer noch an Justin herum, als der Mommsen von Pfingsten zurückkam, sternfuselvoll.

»Das muss da weg!«, schnappte er, als er Oskar und mich an Justin herumzerren sah. »Treppenhaus issen Fluchtweg!« Er quetschte sich an uns vorbei eine Stufe hoch und guckte von oben auf Justin runter.

»Tot?«

»Nee, nur bewusstlos.«

»Das geht nich, jede Woche ’n Toter im Treppenhaus! Issen ordentliches Haus hier!«

»Sie sollten sich hinlegen«, sagte Oskar.

»Aber nich middem Kopp abwärts!«

»Nein. Einfach nur in Ihr Bett.«

Wir halfen ihm mit seinem Wohnungsschlüssel. Es wäre eine super Gelegenheit gewesen, um nachzusehen, ob an seinem Schokoladenschrank alles in Ordnung war. Aber als ich Mommsen fragte, ob ich das für ihn übernehmen sollte, kam keine Antwort mehr. Er zockelte in sein Wohnzimmer und brach auf seinem Sofa zusammen, und das war’s. Ganz toll. Da hat man es einmal wirklich an den Nerven und wäre auf Schokolade dringend angewiesen und dann das!

»Ich dreh durch, wenn jetzt auch noch die RBs oder die Kesslers aufkreuzen!«, sagte Oskar, als wir Justin endlich einigermaßen grade in den Hausflur gelegt hatten.

Aber es kam keiner. Nur Lars, mit einem Pflaster auf der Stirn.

»Setz dich mal«, sagte er zu Oskar.

Mich hatte er zwar nicht aufgefordert, aber ich setzte mich dazu. Ich würde Oskar nicht alleinlassen, denn jetzt kam garantiert der Anschiss für die Ostsee, für die vergeigte Verantwortung, an der wir schuld waren, und für unsere Körpergefährdung durch einen Berserker und dergleichen. Wir hockten auf den Stufen, Oskar auf der einen Seite von Lars, ich auf der anderen, und hatten von da aus einen prima Ausblick auf Justin.

Erst sagte Lars gar nichts. Er guckte bloß die gelb getünchte Wand gegenüber an, den Boden, schaute kurz unsicher zu Oskar, wieder zur Wand … und plötzlich füllten seine Augen sich mit Tränen, und ich dachte, toll, jetzt flennt er los, wie schwer er es hat im Leben, mit so einem schwierigen Kind, für das er auch noch Dresche einstecken muss!

Aber *nitschewo.* Es war ein anderer Lars, der jetzt sprach. Es war der, von dem ich neulich überlegt hatte, dass er vielleicht eher an sich selber verzweifelte als an seinem Sohn.

»Ich hab dich lieb, Oskar. Ich weiß, ich hab dir nie viele Anlässe gegeben, das zu glauben. Aber ich liebe dich mehr als alles andere auf der Welt. Es ist nur …« Er wischte sich mit einer Hand schnell über die Augen, als wäre ihm gerade eine Mücke oder so was reingeflogen. »Es ist nicht leicht mit einem Kind, das schlauer und sensibler ist als man selbst. Und ich habe viele Macken, das macht es für uns beide noch schwieriger. Du hast Erwartungen an mich, die ich nie erfüllt habe, und irgendwas in mir war deshalb immer sauer auf dich. Aber anstatt mich erwachsen zu verhalten, habe ich mich dann benommen wie ein Kind. Als wären wir Konkurrenten, verstehst du?«

Oskar nickte.

»Klar verstehst du, was frag ich so blöde.« Lars schüttelte

den Kopf. »Jedenfalls hatte ich, als wir hier einzogen, mir vorgenommen, dass das anders werden soll. Dass *ich* anders werden soll. Aber so etwas dauert. Trotzdem, ich habe mich auf Medikamente einstellen lassen, ich gehe in die Selbsthilfegruppe, ich habe bald den ersten Termin bei einem Therapeuten. Ich habe einen Job angenommen –«

»Was für einen Job?«

»Das wollte ich feierlich beim Frühstück am Freitag verkünden, aber das ging ja in die Hose, und danach warst du verschollen.« Lars hob abwehrend eine Hand, bevor Oskar etwas erwidern konnte. »Es ist okay, dass du abgehauen bist. Ich meine, eigentlich ist es schrecklich, aber wenn ich jemandem deswegen Vorwürfe machen sollte, dann nur mir selbst.« Er holte kurz Luft und stieß sie wieder aus. »Dieser Job ist nichts Besonderes oder so. Otto hat ihn mir besorgt – deshalb war er in letzter Zeit so oft hier, um mich vorzubereiten, weißt du. Er arbeitet in einem großen Versandlager, Päckchen, Pakete, so etwas. Und da hat er mich untergebracht. Ich weiß, das ist keine Professur, man verdient da auch nicht so viel, aber –«

»Ich finde es toll«, sagte Oskar mit einer Stimme, die so klein war, dass ich in dem Moment dachte, sie würde locker in meine Hosentasche passen.

»Jedenfalls bin ich deshalb eben erst nach Hause gekommen«, erklärte Lars. »Schichtarbeit, da wollte ich nicht gleich am Anfang fehlen. Steht auf dem Zettel, der auf dem Küchentisch liegt, aber wie es aussieht, hast du nur den Rucksack in die Wohnung gepfeffert und bist rauf zu Rico, hm?«

Oskar nickte. Dann ging das Flurlicht aus, aber keiner von uns schaltete es wieder an. Aber auch ohne ihn zu sehen, wusste ich, wie Oskar sich fühlte. Ich kannte solche Gespräche mit Mama. Die sind nicht so oft und deshalb sehr kostbar. Danach fühlt man sich wärmer und größer, was komisch ist, weil einem solche Gespräche gleichzeitig das Gefühl geben, dass man ruhig klein bleiben und ein Kind sein darf.

»Wo warst du letztes Jahr?«, erklang Oskars Stimme im Dunkeln. »Als du mich alleingelassen hast.«

»Ich war bei deiner Mutter.«

»Um mich an sie abzugeben?«

»Was? Nein. Himmel, nein! Hast du das etwa gedacht?«

»Mhm.«

Eine Pause entstand. Ich stellte mir vor, wie Lars sich jetzt auf die Lippen biss, als ihm aufging, dass man jemandem manchmal besser etwas erzählt, statt ihn sich hilflos ausmalen zu lassen, was los ist.

»Ich wollte sie bitten, zu uns zu kommen«, sagte er endlich. »Wenigstens für eine Weile. Um mich zu entlasten. Und um dir das Gefühl zu geben, dass sie für dich da ist.«

»Aber du hast sie nicht gebeten?«

»Doch. Glaub mir, ich hab mir den Mund fusselig geredet. Und danach habe ich es nicht übers Herz gebracht, dir zu sagen, dass ...«

Er stockte.

»Dass ich ihr egal bin«, flüsterte Oskar.

»Es tut mir so leid«, sagte Lars.

Dann kam wieder ein Schweigen, das diesmal so lang war,

dass ich aufstand und mich zum Lichtschalter tastete. Als das Licht anging, sah ich Oskars kleine Hand, die auf einer großen Hand von Lars lag. Aber Lars zog seine gerade wieder raus und legte sie auf die von Oskar.

»So herum gehört sich das«, sagte er. »Jedenfalls meistens. Und so soll das ab jetzt auch bleiben.«

Oskar sah mich an und lächelte. Seine Zähne waren mir noch nie so groß vorgekommen.

***

Ich könnte jetzt noch aufschreiben, wie die Polizei anrückte und wie Julia zurückkam mit der Nachricht von Berts und seinem Nasenbruch und wie mitten in unsere Vernehmung im Hausflur die Kesslers platzten – da war aber Justin schon weggeräumt – und wie Oskar und ich, als endlich alles vorbei und wieder Ruhe eingekehrt war, uns brotlos über das Nutella-Glas hermachten, das Lars gekauft hatte. Aber ich bin müde, und ich will noch eine Weile auf dem Nachdenksessel sitzen.

Ich muss über das nachdenken, was Julia mir gesagt hat, als ich sie endlich fragen konnte, wo Fitzkes Kalbstein ist.

JUBELTAGE
STEIN ZU STEIN

Mama und der Bühl waren wegen dem Ostseeausflug erst ziemlich sauer, dann weniger sauer, dann doch wieder ein bisschen mehr sauer und danach wieder etwas weniger. Nur auf Lars waren sie nicht sauer, obwohl der alle Schuld auf sich nehmen wollte. Er hatte das mit der Verantwortung vergeigt, sagte er, und deshalb würde er auch die Konsequenzen tragen.

> <u>KONSEQUENZ</u>: Das, was man von irgendwas hat. Zum Beispiel, wenn man sich nicht mit Sonnencreme einschmiert, und später fallen einem unregelmäßig die Zehen ab: Das hat man dann davon. Wenn sie einem nicht abfallen, ist das inkonsequent, sieht aber ordentlicher aus.

Aber es gab für Lars keine Konsequenzen. Schließlich hatten allein Oskar und ich entschieden, in Richtung Norden abzuhauen. Wir mussten Mama und dem Bühl einen ganzen Nachmittag lang alles erzählen, wie Angeklagte vor einem Gericht, und am meisten regte Mama die Sache mit Berts auf.

»Das kann doch nicht sein«, schimpfte sie, »dass jedes Mal, wenn ihr in solche Geschichten verwickelt seid, irgendwer zuletzt im Krankenhaus landet!«

»Ohne mich wäre das alles nicht passiert«, warf Oskar kleinlaut ein.

»Quatsch mir nicht dazwischen, wenn ich mich aufrege, junger Mann!«, schnappte Mama, »sonst verpasse ich dir eine Ohrenverkleinerung. Langziehen ist ja wohl nicht mehr drin!«

Der zweite Aufreger war Bobo. Der Bühl fing an, dermaßen zu schimpfen – erst auf Kampfhunde und ihre Herrchen, dann auf alle Hunde und alle Herrchen, wegen fünfundfünfzig Tonnen Hundehaufen im Jahr und dergleichen –, dass Porsche sich mit eingeklemmtem Schwanz unters Sofa verzog, als wollte der Bühl ihn bei nächster Gelegenheit an einem Rastplatz an der Autobahn aussetzen. Manche Leute machen so was nämlich. Es werden sogar Omas an Rastplätzen ausgesetzt, vor allem wenn die Sommerferien anfangen. Die irren dann verstört über die Autobahn, bis sie von der Polizei eingefangen werden. Kommt ab und zu im Radio.

Aber irgendwann – nach einer Woche oder so – war alles wieder gut, und es kamen nur noch Sprüche wie: »Dann fahr doch an die Ostsee, wenn's dir hier nicht passt!«, oder: »Hey, es gibt da ein tolles neues Heim für schwer erziehbare Kinder in Hohenschönhausen, da sind noch Plätze frei!«

Die Sprüche waren nur ironisch gemeint, denn eigentlich passte alles. Der Knutschurlaub auf Sri Lanka hatte total gut funktioniert – so gut, dass Mama meinte, eigentlich müssten ihr vom vielen Knutschen die Lippen in Fransen runterhängen.

»Und heiraten?«, sagte ich.

»Oh, irgendwann vielleicht.«

Toll. Irgendwann vielleicht könnte auch die Welt untergehen, oder es könnte, irgendwann vielleicht, jemand einen Kompass für Tiefbegabte erfinden, damit man beim Weltuntergang wenigstens weiß, in welche Richtung man flüchten muss.

Aber mehr war aus Mama nicht rauszulocken, also fragte ich ein paar Tage später den Bühl. Der zuckte nur die Achseln und guckte angestrengt zu seiner hübschen Zimmerdecke mit dem aufgemalten Aquarium rauf, als hätten die bunten Fische darin sich vermehrt oder als hätte er Angst, es könnte Wasser von oben runtertropfen.

»Aber auf jeden Fall erst, wenn wir dich nach Hohenschönhausen verfrachtet haben«, sagte er. »Ich hab keine Lust auf einen Sohn, wegen dem andere Leute die Nase eingeschlagen kriegen.«

Das war nur wieder einer von diesen Sprüchen. Wenn man Ironie erst mal verstanden hat, macht sie richtig Spaß.

»Und würdest du mich, wenn du Mama geheiratet hast, aus dem Erziehungsheim rausadoptieren?«, sagte ich.

»Logisch.« Er legte seine Daumen und Zeigefinger zu einem Guckkasten aneinander und schaute nach oben durch, als wollte er einen Film drehen. »Wen soll ich sonst zu Edeka oder nachts zum Spätkauf schicken, wenn das Bier mal alle ist?«

***

Berts machte seinen Abschluss an der Uni mit total guten Noten. Die letzte Prüfung war an einem Donnerstag. Am Freitag, als er nach Frankfurt am Irgendwas aufbrach, schenkte ich ihm zum Abschied eine Pappnase. Seine eigene war immer noch blau und lila rundrum. Die neue Nase musste ich ihm zum Fenster vom Umzugswagen reinreichen. Der Motor brummte schon. Maja saß auf dem Beifahrersitz und Berts am Steuer.

»Woher hast du die?«, sagte er.

»Karstadt.«

»Cool.«

Er setzte die Pappnase auf und guckte sich im Rückspiegel an. Es sah witzig aus, aber mir war nicht zum Lachen zumute. Am liebsten hätte ich mich vor den Wagen geworfen, damit Berts nicht davonfuhr.

»Hey!« Er streckte einen Arm aus dem Fenster und drückte mir fest die Hand. »Mach's gut. Und sei nicht traurig. Wir sehen dich ja bald wieder, wenn –«

»Wir müssen uns beeilen«, unterbrach ihn Maja.

Eine Minute später verschwanden sie hinter der Ampel in die Grimmstraße. Blink, blink – und weg!

So schnell ist alles anders.

Am Samstag erfuhr ich, warum Maja Berts ins Wort gefallen war, und ich erfuhr, warum der Bühl dauernd zu seinem Aquarium unter der Decke raufgeguckt hatte. Ich saß am Schreibtisch und heftete mein frisch ausgedrucktes Tagebuch ab. Das erste, über Mister 2000, steckte in einem Ordner mit Spiderman vorne drauf, auf dem zweiten, über Mamas Erpressung, war Batman. Das neue war mit Wolverine von den X-Men. Oskar hatte mir beim Zusammenstellen von den vielen einzelnen Teilen geholfen, sonst wäre ich durchgedreht.

Mama kam rein, als wäre sie gerade zufällig im Flur an meinem Zimmer vorbeigegangen und hätte gedacht, ach, wenn ich schon mal hier bin, kann ich ja mal nachgucken, ob mein geliebtes Kind noch lebt und ob es vergnügt ist. Also total unauffällig.

Sie schob sich zwischen den überall herumstehenden Steinkartons durch. Jeden einzelnen davon hatte Oskar vor ein paar Tagen ausgeräumt, die Steine untersucht und sie wieder eingeräumt, bis zuletzt klar gewesen war, dass Fitzke – bestimmt nicht als erster Mensch auf der Welt – einen Granat mit einem Rubin verwechselt hatte. Sellawie ... Oskar hatte vorgeschlagen, den Granat Justin in seine Untersuchungshaft zu schicken, damit der ihn dort auf die Fensterbank legen und jeden Tag bewundern konnte. Vom Bühl hatten wir erfahren, dass Justin eingesperrt bleiben würde – er hatte mehr Vorstrafen, als Fleißbienchen in Oskars Matheheften klebten, und jetzt war das Maß voll. Auch sellawie.

Mama setzte sich auf mein Bett und klopfte mit einer Hand neben sich auf die Decke. Sie war immer noch braun von der Sonne auf Sri Lanka, obwohl der Urlaub jetzt schon fast zwei Wochen her war.

»Komm mal zu mir, bitte«, sagte sie.

Porsche, der neben dem Schreibtisch lag, stellte sofort die Öhrchen hoch. Er war zwar nicht gemeint, aber er sprang trotzdem aufs Bett. Da rollte er sich wieder zusammen, sein Kinn gegen Mamas Bein gekuschelt. Ich setzte mich neben sie und sah sie abwartend an. Ihre Hände lagen ausgestreckt auf ihren Oberschenkeln, und während ich wartete, dass sie endlich fertig lächelte und loslegte, bemerkte ich, dass keine Klebchen auf den Fingernägeln waren, und dann fiel mein Blick auf das Armband mit dem goldenen Herzchen vom Bühl für ihre Verliebung. Jetzt war ein Anhänger mehr daran. Mir wurde ganz schummerig. Der neue Anhänger war ein winziger goldener Ring.

»Ihr heiratet«, sagte ich.

»Nächste Woche«, sagte Mama.

Mein lieber, lieber Schwan!

»Vor ein paar Tagen hast du noch gesagt, irgendwann vielleicht. Und jetzt geht es auf einmal ganz schnell?«

»Na ja … Wenn man zu lange wartet, ist es nicht mehr romantisch. Und wenn man sich zu schnell entscheidet, bleibt es womöglich nicht lange romantisch.«

Ich hatte nur *romantisch* verstanden, aber das reichte ja auch. Ich platzte fast vor Aufregung.

»Kriegst du ein weißes Kleid mit Schleppe?«

»Wir heiraten nur standesamtlich, Schatz. Du weißt doch, ich hab's nicht so mit der Kirche. Außerdem haben Irina und ich uns überlegt, um Geld zu sparen, die Einweihungsfeier für die Boutique mit der Hochzeitsfeier zusammenzulegen.«

Ich überlegte. »Wenn du und der Bühl verheiratet seid, zieht er dann zu uns?«

»Viel besser: Wir haben mit Simons Vermieter geredet.

Er verkauft uns die Wohnung im Vierten. Es gibt einen Durchbruch nach hier oben mit Wendeltreppe. Wie bei den Kesslers, weißt du?«

Extrem cool! Eine Wendeltreppe durchs Aquarium ... Ich lehnte mich zufrieden zurück. Besser ging's nicht.

Aber womöglich schlechter. Mama holte tief Luft. Da kam also noch was, und damit rechnete ich schon seit Tagen. Sie wollte mir schonend mitteilen, dass Fitzkes Sammlung irgendwann verschwinden musste. Es waren viel zu viele Steine, um sie in meinem Zimmer zu verteilen, aber ewig die Kartons herumstehen zu haben war auch doof. Ich hatte schon überlegt, sie auf dem Dachgarten zu verteilen. Aber das fühlte sich erstens nicht richtig an, und wer will zweitens schon eine Steinhalde auf dem Dach haben?

»Wegen den Kartons ...«, begann ich.

Aber Mama schüttelte den Kopf.

Dann schüttelte sie den Arm.

Mit einem feinen Klingeln wurde ein weiterer Anhänger sichtbar. Porsche hob den Kopf und wuffte leise. Ich beugte mich neugierig vor. Der Anhänger war ein schlichtes goldenes Perlchen.

»Was ist das?«

»Bisher noch etwas Unentschiedenes«, sagte Mama. »Aber du könntest es mit einer Prophezeiung versuchen.«

Von meinen Prophezeiungen hatte ich ihr erzählt. Seit dem Fotogeknipse am Strand in Prerow war diese Gabe wie erloschen, aber das war okay. Vielleicht hatte der liebe Gott sie mir nur für Krisenzeiten geschickt, und jetzt, wo ich sie nicht mehr brauchte, hatte er sie jemand anderem verliehen. Ich versuchte es trotzdem.

Eine goldene Perle, eine goldene Perle …

Austern fielen mir ein. In manchen sind Perlen drin. Und als ich an Austern dachte, fielen mir die Muscheln von der Ostsee ein, und als ich daran dachte, sah ich Maja vor mir, die nackt aus dem Meer stieg, wie die Venus auf diesem berühmten Gemälde aus der großen Klappmuschel steigt, aus der sie geboren wird, und –

Fast blieb mir das Herz stehen.

Ich konnte gar nichts sagen, weil ich wusste, dass ich sofort anfangen würde zu weinen vor Überwältigung. Mama strahlte wie die Sonne und der Mond und alle Sterne gleichzeitig.

»Na, was sagst du?« Sie nahm meine Hand und legte sie auf ihren warmen Bauch. »Wird es ein Junge oder ein Mädchen?«

»Es wird ein sehr großes Glück«, sagte ich.

Und das war meine letzte Prophezeiung.

***

Im Fernseher flackerte lustig das Kaminfeuer im Heimkinosound. Ich steckte zwischen zehn Plüschkissen neben Frau Dahling auf dem Sofa und fühlte mich sehr behaglich.

»Wenn's nicht geregnet hätte, wäre es vielleicht netter gewesen«, sagte ich. »Andererseits, der Regen hat total gut zu diesem hässlichen Standesamt gepasst. Und außer Irina und diesem Polizistenkumpel vom Bühl, die Trauzeugen waren, und Mama und dem Bühl natürlich, war ja sowieso keiner da. Klar, ich noch. Aber ich durfte nicht mal Reis werfen. Erstens hatte ich Milchreis beim Edeka gekauft, das ist sowieso der falsche, und zweitens ist Reis nur für die Fruchtbarkeit, und Mama ist ja schon schwanger, und drittens findet Oskar, Lebensmittel durch die Gegend zu werfen wäre eine Schweinerei, wegen dem Welthunger und so.«

Frau Dahling grunzte bloß irgendwas. Sie hielt sich den Bernstein vor die Brust, den wir ihr von der Ostsee mitgebracht hatten, als überlegte sie, wie er sich dort als Brosche oder Halskette machen würde. Hätte sie richtig hingehört, wäre ihr bestimmt unsere Silvesterfeier vor zwei Jahren eingefallen. Da war ich bei ihr gewesen, weil Mama im Club arbeiten musste, und nachmittags hatte Frau Kessler uns im Treppenhaus mit der Karstadt-Tüte erwischt, aus der die Stiele von den Feuerwerksraketen rausguckten. Sie hatte losgeschimpft, Feuerwerk wäre das Allerletzte, man sollte gefälligst an den vielen Hunger in der Welt denken und lieber Brot statt Böller machen. Ich fand die Idee völlig beknackt, aber natürlich kriegte ich ein schlechtes Gewissen, und um Mitternacht, bevor wir runter auf die Straße gingen, um die Raketen abzischen zu lassen, konnte Frau Dahling mich gerade noch davon abhalten, ein frisches Vollkornlaibchen aus dem Fenster zu werfen.

Also kein Reis.

Der van Scherten kam mit einem Teller voller Müffelchen

ins Wohnzimmer. Seine ersten selbst gemachten. Vorhin, in der Küche, hatte er mir erklärt, es solle bloß keiner denken, er hätte sich eine hübsche Frau geangelt, bloß um sich von ihr durchfüttern und bedienen zu lassen. Die Küche hatte dabei ausgesehen wie ein Schlachtfeld, von dem die Berserker gerade abgezogen waren, aber immerhin hatte er sich liebevolle Mühe gegeben.

»Wo steckt eigentlich Oskar?«, sagte er.

»Bei der Spätschicht im Verpackungszentrum. Lars durfte ihn mitnehmen, damit er seinen Arbeitsplatz kennenlernt. Vorher waren sie im Technik-Museum, da wollte Oskar schon seit Ewigkeiten gern hin.«

»Dann geht's ihm gut?«

»Beiden geht's gut.«

Frau Dahling legte zufrieden den Bernstein auf den Tisch. »Das ist ein wunderschöner Stein! Dank euch nochmals.«

Ich schnappte mir gleich zwei Müffelchen auf einmal. Es war viel mehr Gemüsezeugs drauf statt Wurst, weil der van Scherten findet, dass es schon viel zu viele dicke Berliner gibt, aber sie schmeckten trotzdem total lecker.

»Heiraten Sie eigentlich auch irgendwann?«, sagte ich kauend. »Und kann ich dann trotzdem noch ab und zu reinschauen, wegen Miss Marple und dergleichen?«

»Ehm, ich …« Der van Scherten kriegte rote Ohren. »Ich würde eine auf Langfristigkeit angelegte, amtlich besiegelte Bindung tatsächlich in Erwägung ziehen. Allein, Madame verhält sich diesbezüglich noch ein wenig kapriziös.«

»Was ist das?«

»Launisch.«

»Und was ist mit Miss Marple?«

»Ich liebe Miss Marple«, sagte der van Scherten. »Aber weißt du, wen ich regelrecht verehre? Sherlock Holmes! Was meinst du, sollen wir uns die schönen alten Schwarz-Weiß-Filme mit ihm mal anschauen?«

Sherlock Holmes hatte sich freundlicherweise seit Tagen nicht mehr in meinem Kopf gemeldet, genauso wenig wie die Bingotrommel. Ich vermisste sie beide nicht, aber ich schluckte die Antwort runter, nahm mir noch ein Müffelchen und nickte bloß.

Frau Dahling griff nach den faltigen Händen vom van Scherten. Sie verpasste jedem der vielen kleinen Flecken darauf einen Knutscher und blinzelte mir zu, als wollte sie sagen: Lass ihn ruhig noch eine Weile denken, ich wäre kapriziös. Aber sobald er gelernt hat, wie man eine Küche wieder in Ordnung bringt …

***

Die Hochzeitsfeier fand an einem Samstag statt, laut Ulf Brauscher bei aufgelockerter Bewölkung und vierundzwanzig Grad. Mama trug ein champagnerfarbenes Kleid, das Irina, natürlich in aller Heimlichkeit und unter mordsmäßig zusätzlichem Stress, für sie genäht hatte. Das Kleid war eher schlicht, also ohne Schleierschleppe und dergleichen dran, aber es machte eine total gute Figur. Während Mama und der Bühl zwischen den Gästen herumspazierten, um hier mit jemandem zu reden und dort mit jemandem zu lachen, guckte ich immer mal wieder, ob man schon eine kleine Babywachstumsbauchbeule sehen konnte, aber angeblich geht das am Anfang nicht so schnell. Was eigentlich ganz gut so ist, weil ich immer noch nicht weiß, ob ich lieber ein Brüderchen oder ein Schwesterchen hätte.

»Ich würde einen Bruder nehmen«, sagte Oskar. »Mädchen sind zu kompliziert.«

Er saß zwischen mir und Sven auf dem Tisch mit den vielen Kuchen und Torten drauf. Wir wippten alle drei gleichzeitig mit den Beinen, Sven knipste mit seiner Kamera durch die Gegend, Oskar schaute sich bloß aufmerksam alles an, als könnte man sogar von einer Hochzeitsfeier was lernen, und ich hielt mich vorsichtshalber an der Tischkante fest. Musik und Gelächter und Kaffeeduft erfüllten die Luft, Leute wirbelten und wuselten umher, und ich hatte Schiss, dass wegen den vielen Eindrücken die Bingotrommel loslegen könnte und Oskar mir ein Schild um den Hals hängen müsste, auf dem stand: *Wegen Überforderung geschlossen! Vielen Dank für Ihren Besuch, versuchen Sie es später noch mal!*

Mama hatte das Gemeindezentrum für die Feier gemietet, und der Laden platzte aus allen Nähten vor lauter Gästen. Die komplette Dieffe 93 war eingeladen, und bis auf die RBs, die irgendwo eine angeblich wichtigere Hochzeitsfeier besuchten, was ja wohl die Frechheit des Jahrhunderts war, und Massoud, der immer noch in Teheran war, waren alle gekommen. Und dann waren da noch Polizistenkumpels vom Bühl, russische Freundinnen und Freunde von Irina, jede Menge Mädels aus dem Nachtclub, in dem Mama und Irina gearbeitet hatten, plus ein Dutzend graue Hummeln, die hier alles liebevoll geschmückt hatten. Luftschlangen und bunte Luftballons hingen von der Decke, auf den Tischen standen kleine Blumenvasen und Schalen mit Nüsschen, und hinter einer kleinen Anlage standen der Kiesling und Ulf Brauscher, beide mit ihren Sonnenbrillen auf, und sie waren die coolsten DJs der Welt, mit Musik von ABBA und dergleichen aus südwestlicher Richtung und mit Frau Dahling als ihrem größten Fan. Ulf Brauscher hatte ihr vorhin einen Kuss auf die Stirn gegeben, und der van Scherten hatte gesagt, wenn sie so weiterflirtete, würde er aus Protest Nüsschen essen, dann müsste sie ihn nämlich ins Krankenhaus bringen und wäre weg von diesem Filou.

> FILOU: Ein nichtsnutziger Knallkopf. In der DDR gab es Knaller und Feuerwerkskörper, die ebenfalls Filou hießen. Die DDR war früher der Teil von Deutschland ohne Bananen. Zuletzt musste sie wegen Obstmangel leider aufgegeben werden, aber dann gab es plötzlich doch genug für alle, und seitdem ist ganz Deutschland eine Bananenrepublik.

Irina schob sich zu uns an den Tisch, ein Glas Sekt in der Hand, die Augen fest auf den Polizistenkumpel vom Bühl gerichtet, der gemeinsam mit ihr Trauzeuge gewesen war. Er hieß Sebastian, und ich fand ihn total sympathisch, weil er gern und oft lachte. Jetzt lachte er auch, am anderen Ende des Raums, aber leider mit irgendeiner Polizistin, und deshalb hatte Irina mal wieder Para-Neujahr.

»Männer sind so kompliziert!«, schimpfte sie leise. »Der guckt mir einfach nicht an! Jetzt sagt, seh ich schlecht aus, oder was?«

»Das Kleid ist sehr bunt«, sagte Oskar.

Irina schaut besorgt an sich runter. »Meinst du, hm? Ist eigenes Modell, hab ich genannt *Russischer Frühling,* weil es ist wie Explosion von viele Hundert Blüten in Taiga.«

»Es sieht aus, als hättest du die Taiga gleich mit in die Luft gejagt«, sagte Oskar.

»Ach ja?« Irinas Augen blitzten. »Oskarchen, du weißt, ich mag dir, aber soll ich sagen, was man macht mit Jungen, die neun Mal so klug sind wie du?«

»Man verleiht ihnen Nobelpreise«, sagte Oskar und ließ sich elegant vom Tisch gleiten. Sven folgte ihm, als wäre er mit einem Gummiband an ihm befestigt, und beide gingen zu einem Grüppchen in bester Hochzeitslaune, das aus Berts und Maja und Svens Eltern bestand. Garantiert redeten die über die Ostsee. Berts schaute kurz auf, sah mich und grinste mir zu. Selbst über die Entfernung konnte man sehen, dass seine Nase immer noch ziemlich blau war. So einer Nase geht es offenbar genauso wie mir mit Mathe; sie kommt mit

Brüchen einfach nicht zurecht. Direkt neben dem Grüppchen quatschte Lars mit dem Mommsen, der ihn, seit er *dieses Ding da im Treppenhaus* umgehauen hatte, für einen Helden hielt. Ich seufzte zufrieden und schaufelte mir das vierte Stück Kuchen auf den Teller.

»Sag ich dir was, Rico.« Irina starrte jetzt wieder auf Sebastian. »Wenn es mit den da nicht klappt, warte ich einfach, bis du in passendes Alter für mich bist.«

»Aber ich werde immer jünger sein als du«, sagte ich mit vollem Mund.

»Wer erzählt so einer Quatsch? Frauen werden dreißig und dann nicht mehr älter.«

»Und Männer?«

»Werden acht oder neun, und ab dann sie wachsen nur noch. Aber der Sebastian würde ich trotzdem nehmen. Brauch ich schließlich ein Typ, der mir ab und zu in meine neue Wohnung besucht.«

»Du ziehst um?«

»Na, hab ich gehört von ist was frei geworden, ganz in Nähe von hier.« Irina zeigte auf den Kiesling. »Wohn ich vielleicht bald über den da.«

Es dauerte einen Moment, bis ich begriff. Vor Überraschung fiel mir fast der letzte Happs Kuchen aus dem Mund.

»Du mietest Fitzkes Wohnung?«

»He, steht noch nicht völlig fest, okay? Aber sieht verdammt gut aus. Genau wie diesen Sebastian. Schnapp ich mir jetzt!«

Sie stürzte den Sekt hinunter, stellte das Glas neben mir ab und segelte wie ein Schlachtschiff auf Sebastian zu, an Oskar vorbei, der gerade zurückkam, um sich wieder neben mich zu setzen. Eine Minute später tanzte sie langsam mit Sebastian an uns vorbei und grinste uns triumphierend an. Oskar und ich hoben beide einen Arm und winkten.

»Hey, coole Uhr!«, rief Sebastian Oskar zu.

»Ist von meinem Vater!«, rief Oskar zurück. Wenn Glücklichsein einen schwer machen würde, wäre er längst durch den Fußboden gebrochen und in Richtung Erdkern unterwegs gewesen. Ich legte einen Arm um ihn, weil Kumpels so was tun und weil ich mich so für ihn freute und weil ich mich gleichzeitig für mich freute, und es machte BLITZ!, und Sven hatte ein Foto von uns geschossen.

»Von da drüben bitte auch.« Ich zeigte zum Tisch von Mama und dem Bühl, an dem ein etwas älteres, freundlich dreinblickendes Ehepaar saß. »Seht ihr die? Das sind meine neuen Großeltern. Sie sagen Frederico zu mir, aber sonst sind sie ganz nett.«

»Und die Eltern von deiner Mutter?«, sagte Oskar.

»Sind nicht eingeladen. Wenn ich vierzehn bin, kriege ich ihre Adresse und kann sie anrufen oder so, aber Mama hat gesagt, größere Überlebenschancen hätte ich, wenn ich Bobo nach einer oder zwei Wochen Futterentzug im Tierheim besuche.«

Oskar grinste bloß und gebärdete schnell für Sven. Gebärden war sein neuestes Hobby, und inzwischen konnte er es schon total gut. Sven nickte und schoss sofort mehrere Fotos.

BLITZ! KNIPS! … BLITZ!

»Es ist übrigens bald sechzehn Uhr«, sagte Oskar mit einem Blick auf seine Uhr. »Ich sollte dich erinnern. Wegen deiner Verabredung.«

»Okay, dann muss ich jetzt los.«

»Findest du den Weg alleine?«

»Wenn ich in einer Stunde nicht zurück bin, weißt du es.«

»Ich hole dich ab, egal wo«, sagte Oskar. »Und wenn es in der explodierten Taiga ist. Aber erst ab fünf.«

Um fünf wollten alle – alle! – rüber in die Körtestraße, um die neue Boutique zu bewundern, in der wir noch heute morgen geputzt und gewienert und alles auf Hochglanz gebracht hatten. Es war ein schöner Laden geworden – klein, aber fein. Ab Montag würden Mama und Irina dort arbeiten. Ob der Laden laufen würde, hatte Mama gesagt, stand in den Sternen, aber ich hatte das Gefühl, dass alle Sterne uns gerade gut gesinnt waren.

Ich schob mich vom Tisch und ging los. Oskar fasste Sven bei der Schulter und zeigte auf eine Tischreihe, unter der Afra und Mele herumkrochen, auf der Suche nach Schnürsenkeln, die sie verknoten konnten, während Jonathan und Ludwig unter lautem Gekreische – nicht nur ihrem eigenen, sondern auch dem von ein paar grauen Hummeln – die gerahmten Apothekerkalenderbildchen von den Wänden rissen, um daraus einen wackeligen Turm zu bauen.

KNIPS!

Frau Kessler, der vor lauter Erziehungspanik längst die Haare in der schweißnassen Stirn klebten, versuchte ihre Söhne einzufangen, aber wenn sie den einen erwischte, entwischte ihr der andere. Ihrem Mann ging es mit den Mädchen kaum besser. Es war Svens Mutter, die plötzlich blitzschnell zupackte und eine wild zappelnde Afra an ihren Vater übergab.

»Tut mir leid«, hörte ich Herrn Kessler sagen, als ich an ihnen vorbeiging. Er hielt die sich sträubende Afra bei der Schulter fest und zeigte auf Sven. »Wir sind hier nicht zu Hause! Kannst du nicht mal etwas ruhiger sein, so wie andere Kinder, hm?«

»Ja, mit unserem Sven haben wir Glück gehabt, der ist ein sehr stilles Kind«, sagte Svens Mutter, um dann in wieherndes Lachen auszubrechen. »Ist ein Ding, was?«

In der Tür drehte ich mich noch mal um. Der Bühl entdeckte mich, lächelte sein cooles Schauspielerlächeln und tippte Mama an, die mit zwei von seinen Kumpels redete. Mama schaute auf. Sie sah mich und warf mir einen Handkuss zu, und ich hätte schwören können, dass ihre Augen dabei leuchteten wie Gold.

***

Es war einmal ein Mann, der hatte zwei Namen. Der vordere fing mit H an und der letzte mit B. Den hinteren Namen kannte ich.

»Tag, Herr Bonhöfer«, sagte ich.

Das Licht der Nachmittagssonne fiel über die umstehenden hohen Bäume hinweg auf Fitzkes Grab. Der Bonhöfer stand davor und betrachtete das kleine Holzkreuz, das irgendwann demnächst durch einen schönen Stein mit Inschrift ersetzt werden würde. Jeder aus der Dieffe 93 hatte was dafür gegeben. Fitzke war ein alter Stänkerer gewesen, aber sogar die Kesslers vermissten ihn inzwischen.

Den Hut von der Beerdigung trug er diesmal nicht. Ich hätte nie gedacht, dass der Wind Stahlborstenhaare durcheinanderbringen konnte, doch das ging. Viel mehr bewegte sich am Bonhöfer nicht, bis auf seine Augen. »Das sieht sehr eindrucksvoll aus«, sagte er, während er das Meer aus Steinen musterte, von dem das Grab vollständig bedeckt war. »Deine Idee?«

Ich nickte. Der Bühl hatte mit der Friedhofsverwaltung abgeklärt, dass das in Ordnung war. Danach, vor drei Tagen, hatten er und der Mommsen mir dabei geholfen, die Kartons hierherzutransportieren, rundum schmale, hohe Platten als Einfassung zu verbuddeln und zuletzt alle Steine dort reinzulegen, mit hier und dort einem hübschen Blumenpuschel dazwischen. Um die Puschel herum hatte ich die Steine aus den Aquarien verteilt. Wenn es regnete, würden sie sowieso nass werden, aber so kriegten sie beim Blumengießen noch zusätzlich Wasser ab.

Der Bonhöfer griff in seine Jackentasche und holte etwas heraus. Klein, graubraun, mit einem weißen Streifen mitten durch. Der unauffälligste Stein der Welt. Ich erkannte ihn sofort.

Der Bonhöfer hielt mir den Kalbstein entgegen. »Hier.«

»Haben Sie sich das wirklich gut überlegt?«

»Ja. Mal abgesehen davon, dass er sowieso dir gehört … Würde ich den Stein behalten, dann würde ich Fitzke eher vergessen, als wenn ich ab und zu hierherkomme. Ich hätte ihn sowieso viel früher besuchen sollen. Als er noch lebte.«

»Warum haben Sie es nicht getan?«

»Das frage ich mich inzwischen auch. Ich habe ihn immer vermisst, obwohl wir im Streit auseinandergegangen waren. Wenn man jung ist, weiß man es vielleicht nicht besser. Und wenn man alt ist, kann man es nicht mehr ändern.« Er seufzte, schaute auf das Grab und von dort in den Himmel, als könnte er dort oben einen Engel mit besonders schlechter Laune in einem dunkelblauen Schlafanzug mit grauen Längsstreifen herumfliegen sehen. »Nach Fitzkes Tod rief Mommsen mich an, und ich verständigte Julia. Hier am Grab habe ich Mommsen gefragt, ob er mich in die Wohnung einlassen würde, damit ich mir den Kalbstein holen konnte. Zur Erinnerung.«

»Und da hat Julia vorgeschlagen, das zu erledigen, oder?«

Der Bonhöfer nickte.

»Weil sie so endlich an den Rubin rankommen konnte.«

»Eins von Fitzkes Hirngespinsten, ich hab nie daran geglaubt. Im Gegensatz zu Julia. Fitzke hatte ihr irgendeinen Stein gezeigt, als sie noch ein Kind war. Sie hatte das nicht vergessen.«

Ich holte die drei Steine aus meinen Taschen, die der Hehler in die Nacktbadedünen gepfeffert hatte. Den rötlich schimmernden zeigte ich dem Bonhöfer. »Das ist ein Granat von schlechter Qualität. Fitzke und Julia haben ihn beide für einen Rubin gehalten. Aber er ist nichts wert. Er hat Einschüsse.«

Der Bonhöfer grinste, was sein Knitterfaltengesicht noch knitteriger machte. »Einschlüsse.«

»Genau. Hab ich doch gesagt.«

Ich legte den Granat und die beiden anderen Steine zu den übrigen auf das Grab. Gezählt hatten wir sie nicht, aber es waren Hunderte und Aberhunderte. Anfangs hatte ich gedacht, sie würden unmöglich alle hierherpassen oder wenn, dann nur als ein riesiger Haufen. Aber ich hatte mich getäuscht.

»Wie geht es Julia?«, sagte ich.

»Die kommt durch. Sie kommt immer durch. Anders als ihr Kerl hat sie ja keine Vorstrafen, und tatsächlich ist sie ja nicht mal wirklich in Fitzkes Wohnung eingebrochen. Na ja ...« Der Bonhöfer zuckte die Achseln. »Als ihr bei mir aufgetaucht seid, du und der Kleine mit der Strickmütze –«

»Oskar.«

»– da war Julia gerade mal eine halbe Stunde aus dem Haus. Hatte mir den Kalbstein übergeben und bei der Gelegenheit den Schlüssel für Prerow mitgenommen. Ich wusste ja nicht, was sie dort vorhatte. Ich wusste nicht, dass ihr Justin Spielschulden hatte und in Geldnöten steckte oder dass einer ihrer Exfreunde sich in Rostock als Hehler verdingt.«

»Aber warum haben Sie uns angelogen?«

»Weil ich den Kalbstein unbedingt behalten wollte. Ich wusste, wie stolz Fitzke darauf gewesen war. Merkwürdig, oder?« Er stieß einen kleinen Laut aus, der nicht wirklich wie ein Lachen klang. »Früher hatte ich mich wegen dieses Steins über ihn lustig gemacht. Aber plötzlich schien er das Einzige zu sein, was von Fitzke noch geblieben war. Deshalb tat ich euch gegenüber so, als hätte ich mit der ganzen Sache nichts zu tun, als wüsste ich Julias Handynummer nicht … all das. Es tat mir natürlich leid, dass du so verzweifelt warst, daher mein Vorschlag, dass du dir den Stein ab und zu anschauen könntest. Aber du wolltest ihn selber haben. Aus demselben Grund wie ich.«

»Weil er irgendwie Fitzke ist.«

»Ja.« Der Bonhöfer warf einen letzten Blick auf das Grab und holte tief Luft. »Ich muss los. Vielleicht treffen wir uns hier ab und zu.«

»Sie könnten mir von früher erzählen«, sagte ich. »Aus der Dieffe 93. Natürlich nur, wenn Sie Lust dazu haben.«

»Ich denke, die hätte ich.«

»Wie heißen Sie mit Vornamen?«

»Herbert.« Er lächelte. »Also, Wiedersehen.«

Er verließ den Friedhof mit zügigen Schritten, als hätte er noch was zu erledigen. Vielleicht besuchte er seine Tochter. Ich schaute ihm nach, und je weiter er ging und je kleiner er dabei wurde, umso weniger sah ich einen erwachsenen Mann, sondern einen kleinen vaterlosen Jungen.

Der Kalbstein lag warm in meiner Hand. Fitzkes Vermächtnis war vielleicht dieser Stein, aber was er wirklich hinterlassen hatte, war ein Mann, der ihn liebte. Ich dachte eine Weile nach, dann legte ich den Kalbstein an die Stelle, wo ungefähr Fitzkes Herz sein musste. Jedenfalls dann, wenn er nicht so beerdigt war, dass seine Füße in Richtung Grabstein zeigten. Und wenn ich das Herz nicht mit der Leber oder dergleichen verwechselte.

Der einzige Stein, der auf dem Grabhügel jetzt noch fehlte, war der, mit dem Fitzke am Tag seines Todes vor unserer Haustür den Testamentszettel beschwert hatte. Bis heute hatte er in meinem Regal gelegen. Jetzt holte ich ihn aus der Hosentasche und wendete ihn hin und her zwischen meinen Händen. Ich hatte ihn immer für schwarz gehalten, aber als das Sonnenlicht darauf fiel, bekam er an den Stellen, wo etwas Kruste abgeplatzt war, einen stumpfen blutroten Schimmer.

Sehr hübsch.

Ich legte ihn zu den anderen Steinen, irgendwo mitten rein. Jetzt war er einer unter vielen. Ich schloss die Augen und stellte mir vor, wie kleine Wellen über die Steine spülten. Das Meer hört nie auf mit seinen Wellen. Sie kommen und gehen und kommen und gehen, und sie kommen und gehen immer noch, wenn die Erde den letzten Menschen längst vergessen hat.

Ich machte die Augen wieder auf.

»Tschüss, Gustav Wilhelm«, sagte ich.

Ich drehte mich um, ging langsam den Hang runter und verließ den Luisenstädtischen Friedhof. Meine Familie und meine Freunde warteten auf mich, zwei Straßen und drei Abbiegungen weiter.

Drei Abbiegungen sind für einen Tiefbegabten echt ein Klacks.

RICORDARE: Erinnern, wieder zum Herzen führen. Italienisches Tuwort, das die Italiener den Lateinern geklaut und zur Tarnung ein bisschen umgeschrieben haben. Bei den Lateinern hieß es noch recordari, und da steckt cor drin, das bedeutet Herz. Weil die Lateiner dachten, dass in unserem Herz die Erinnerung wohnt.

Von Opern und Monstern

Andreas Steinhöfel
O Patria Mia!
96 Seiten
Taschenbuch
ISBN 978-3-551-31138-2

Gianna liebt italienische Opern und Gruselfilme. Und gestern Nacht, da besteht kein Zweifel, hat sie ein Ungeheuer gesehen, unten am Fluss. Ein großes schwarzes Ungeheuer mit glühend roten Augen! Und es scheint ganz so, als hätte es Hackfleisch aus dem doofen Nachbarsjungen Matze Hellmann gemacht. Aber kann es sein, dass ein echtes Ungeheuer nach Pfefferminzbonbons riecht? Irgendetwas stimmt hier nicht, da ist sich Gianna sicher …